FUSION FANTASTIC STORY
탁목조 장편소설

천공기

穿孔機

천공기 2

탁목조 장편소설

초판 1쇄 찍은 날 § 2015년 9월 14일
초판 1쇄 펴낸 날 § 2015년 9월 21일

지은이 § 탁목조
펴낸이 § 서경석

편집책임 § 이재림

펴낸곳 § 도서출판 청어람
등록번호 § 제387-1999-000006호
등록일자 § 1999. 5. 31
어람번호 § 제1-2229호

주소 § 경기도 부천시 원미구 부일로 483번길 40 서경B/D 3F (우) 14640
전화 § 032-656-4452 팩스 § 032-656-4453
http://www.chungeoram.com
E-mail § chungeorambook@daum.net

ISBN 979-11-04-90410-3 04810
ISBN 979-11-04-90408-0 (세트)

FUSION FANTASTIC STORY

탁목조 장편소설

천공기

穿孔機

② 2

도서출판 청어람

천공기

穿孔機

목차

Chapter 1

실험 실패가 남긴 후유증

"거기 막아!"

"피해! 피하라고! 얼쩡거리지 말고 문이라도 닫아!"

"죽고 싶어? 지금 영상 따월 찍을 때야? 응?!"

크와아아앙! 크르릉!

쿠당탕탕! 끼이이이익!

"차앗!"

키리릭! 터덩! 푸욱!

베기, 치기까지의 공격은 막혔지만 이어진 찌르기 공격이 드디어 몬스터의 가죽을 뚫고 들어갔다.

"마무리해! 어서!"

세현이 고함을 질렀다.

이제야 앙켑스의 효과가 나타나기 시작한 것이다.

저항력이 강한 몬스터에게 앙켑스의 효과가 나타나려면 어느 정도 시간이 필요했다.

"하압!"

촤촤촤촤촤!

나비의 쌍검이 요란스럽게 몬스터의 급소를 다져나갔다.

파파팍!

거기에 고재한의 연발 석궁에서 발사된 볼트가 탄착군을 형성하며 몬스터 패턴에 틀어박혔다.

크와앙! 크릉!

비스트형 몬스터 중에서도 레오파드라 불리는 고양잇과 몬스터가 포효를 터트리며 마지막 저항을 해보지만, 몇 번 앞발을 휘두르다가 결국 바닥에 쓰러지고 만다.

"휴유, 아슬아슬했네."

고재한이 이마에 흐르는 땀을 닦았다.

단정한 얼굴이 땀으로 범벅이 되어 있었다.

"그래도 다행이지, 여기서라도 막을 수 있었으니까. 아휴, 힘들어."

나비는 여전히 가면을 쓰고 있었지만, 이젠 그 안에 어떤 얼굴이 있는지 세현과 재한은 알고 있었다.

"주얼 챙기고, 몬스터 사체 회수 팀에 연락해서 사체 회수하라고 해야지. 그리고 정릉 쪽으로 넘어가자."

"야, 넌 힘도 안 드냐? 좀 쉬자. 응?"

고재한이 세현의 말에 발끈했다.

"우리가 조금 더 움직이면 사람들을 더 도울 수 있으니까 좀 참아. 한바탕 터졌으니까 한동안은 또 조용하겠지. 마무리만 하면 한동안 여유가 생기잖아."

"휴우, 그래 알았다. 쯧, 내가 무슨 말을 하겠냐."

고재한은 세현의 말에 침울한 얼굴로 대답하고는 쓰러진 레오파트의 사체에서 볼트를 수거했다.

몬스터의 뼈로 만든 볼트는 한 번 쓰고 버리기에는 아까울 정도로 비싼 물건이었다.

"또 그런다. 재한이, 니가 뭐 죄인이냐? 왜 매번 그렇게 죄인처럼 구는 거야?"

나비가 재한의 그런 모습이 마음에 안 든다는 듯이 한 소리를 했다.

"크크, 천공의 로열패밀리 아니었냐. 내가. 크크."

재한은 나비에게 그렇게 말을 하면서 자조의 느낌이 물씬 풍기는 웃음을 지었다.

"재한, 또 헛소리 하고 있는 거냐? 그 새끼들하고 너하곤 전혀 상관없잖아. 니가 고 씨 집안의 피를 타고났다고 그게 니가 죄인처럼 굴어야 할 이유는 되지 않지. 알면서 계속 그러는 것도 민폐다."

세현이 인적이 사라진 거리를 앞장서서 걸으며 재한에게 일침을 가했다.

"맞아. 함께 있는 사람들 생각도 좀 해주라고."

나비도 세현의 말에 동감을 표했다.

재한은 아무 말도 하지 않고 묵묵히 세현의 뒤를 따랐다.

그리고 얼마 가지 않아서 공중 부양 자동차에 올라탄 세 사람은 정릉 쪽으로 향했다.

*　　　　*　　　　*

전 세계적으로 일어났던 열세 곳의 실험은 단 한 곳도 성공하지 못하고 실패했다.

실험장 주변의 수십 킬로미터에서 전자기력(電磁氣力)과 에테르의 충돌 현상이 일어났다.

당시의 모습을 중계하던 거의 모든 화면들이 밝은 빛과 함께 꺼져 버린 것은 그런 이유 때문이었다.

이후에 위성사진으로 살펴본 결과, 실험이 있었던 장소는 감쪽같이 사라져 버렸다. 땅을 둥글게 파낸 것처럼 구덩이만 남기고 사라진 것이다.

당시에 천공 길드가 실험을 했던 칠천도 역시 사라졌는데, 섬이 있던 곳이 비어버려서 그곳으로 엄청난 양의 바닷물이 밀려들어서 거제도 북부가 횡액을 당했다.

어쨌건 대한민국은 칠천도란 섬이 하나 사라지고 해일로 약간의 피해를 입은 정도로 끝이 났다.

그리고 다른 나라들은 대부분 내륙에서 실험을 시행했고, 지름이 몇 킬로미터에 이르는 반구형의 구덩이가 실험 장소에 생겨났다.

그렇게 열세 곳의 실험장소는 사라졌고, 그곳에 있던 사람들 역시 완전히 모습을 감췄다.

하지만 그게 끝이 아니었다.

사라진 이들을 찾기 위해서 실험장소 주변에서 이면공간으로 들어간 천공기사 대부분이 돌아오지 못했고, 돌아온 이들은 그 곳에서 공격을 받았다고 증언했다.

아울러 사라진 실험장과 그곳에 있던 사람들에 대한 정보를 가지고 왔다.

그 정보 중에는 구조를 위해서 들어간 천공기사가 공격받은 것에 대한 정보도 있었는데, 그 정체는 바로 실험을 주도한 세력 의 천공기사들이었다.

게다가 실험이 진행될 당시에 각 실험장에는 그 실험을 주도하 는 세력에 속한 천공기사들과 그들의 가족, 그리고 다수의 일반 인이 있었던 것으로 드러났다.

그리고 그들 모두가 실험이 실패함과 동시에 지구상에서 모습 을 감춘 것이다.

사실상 새로운 이면공간을 만드는 것은 성공을 했다는 이야기 였다.

다만 그 이면공간으로 지구의 지형 일부가 흡수되어 사라진 것이 계획과는 다르다면 달랐다.

전문가들은 그 현상을 두고 그 때에 이면공간으로 들어간 이 들은 천공기를 이용하더라도 다시 현실로 나오는 것이 불가능할 거라는 예측을 내놓았다.

그들의 천공기가 기억하는 좌표가 이면공간으로 사라졌으니 천공기를 이용해서 지구로 복귀하는 것은 불가능할 거라는 말이었다.

어쨌거나 실험 결과로 많은 사람이 사라지고 각 나라를 대표하는 천공기사 또한 대부분이 모습을 감췄다.

그 때문에 세계가 대공황에 빠지는 것이 아니냐는 우려의 목소리가 나왔다.

그만큼 실력 있는 천공기사들이 줄어들었으니 이면공간으로부터 얻을 수 있는 부산물의 양이 줄어들 거라는 걱정이었다.

하지만 그런 우려는 의외의 사태로 해결이 되었다.

대신에 지구 인류는 지금까지와는 전혀 다른 위험에 노출되게 되었다.

"에구구, 죽겠다."

"하아, 정말 힘들었어. 그래도 앞으로 두 달 정도는 괜찮겠지?"

"그래. 한 번 몰아치고 나면 두 달 정도는 잠잠하니까."

세현과 재한 그리고 나비가 아파트의 거실 소파에 앉아서 이야기를 나누고 있었다.

그 아파트는 재한의 것이었는데, 세 사람이 함께 활동을 하기 시작하면서는 합숙소처럼 사용되고 있었다. 게다가 실험 이후로 세현과 재한은 가면을 벗고 다녔는데, 천공 길드가 사라졌기 때문에 더 이상 가면을 쓰고 다닐 필요가 없어졌기 때문이었다.

실험이 있고 난 후, 세계 곳곳에 몬스터들이 모습을 드러내기 시작했다.

이 사태를 두고 사람들은 인공 이면공간 생성 실험이 남긴 후폭풍으로 판단하고 있었다.

어쨌건 이면공간에서 몬스터들이 뛰쳐나오는 것은 일정 주기를 가지고 있었는데, 학자들의 연구 결과에 따르면 전체 몬스터의 에테르 총량이 비슷한 수준에서 몬스터가 등장한다는 것이 밝혀졌다.

예를 들어 1,000에테르만큼의 몬스터가 등장한다고 가정하고, 등급별로 1에테르에서 50에테르까지 등급에 따른 에테르 차이가 있다면, 빨간색 등급의 몬스터가 1,000마리가 나오면 다른 등급의 몬스터는 등장하지 않는다.

만약 빨간색 등급 몬스터가 500마리가 나온다면 나머지 등급에서 남은 500만큼의 에테르를 채워서 몬스터가 나타나는 것이다.

빨간색 등급에서 500마리의 몬스터가 나오고 주황색, 노란색, 초록색 등급의 몬스터가 등장하지 않으면 파란색 등급 열 마리가 나온다는 것이다.

그리고 그렇게 몬스터가 이면공간에서 밖으로 나오는 주기는 50일에서 60일 정도로 거의 일정한 간격을 가지고 있었다.

그 역시 학자들은 이면공간에서 몬스터들을 만들어 낼 에테르가 쌓일 시간이 필요기 때문이라고 판단했다.

몇 번 몬스터 웨이브를 겪으면서 그런 연구 결과들이 나오자

인류는 몬스터에 대한 대처 매뉴얼을 만들어 냈다.

붉은색 등급은 일반 군인들의 화력으로 제압이 가능했고, 주황색까지도 어느 정도는 가능했다.

당연히 그 대처 매뉴얼에 천공기사들의 역할이 중요할 수밖에 없었다.

때문에 세현과 재한, 나비도 팀을 이루어서 활동을 시작했다.

약 2개월에 한 번씩 있는 몬스터 웨이브 때, 함께 움직이기로 한 것이다.

그래도 그렇게 전 세계적으로 몬스터 웨이브가 일어나면서 이전보다 몬스터 부산물이 몇 배는 증가하게 되었다.

이면공간에서는 몬스터의 극히 일부만 가지고 나올 수 있었지만 이제는 몬스터를 잡으면 그 사체가 고스란히 남았다.

그 차이는 어마어마했다.

덕분에 이면공간 생산물의 부족으로 세계 경제가 휘청거리는 일은 피할 수 있었다.

대신에 몬스터의 공격으로 어마어마한 피해를 입게 되었다는 것이 비극이었다.

세현 일행은 현실에서 몬스터를 함께 사냥하다보니 어느 날부터 이면공간에 진입할 때에도 셋이 함께 하고 있었다.

"그런데 요즈음 이면공간에서 트라딧 놈들의 활동이 많이 늘었다면서?"

세현이 재한을 보며 물었다.

트라딧은 라틴어의 배신자라는 트라디토르(Tráditor)에서 만들어진 말로, 실험을 통해서 이면공간으로 들어간 인간들에게 붙은 명칭이었다.

"본다고 금방 확인이 되는 것은 아니라서 그 동안은 조용했는데, 요즈음 실종되었던 천공기사들이 이면공간에서 간혹 보인다는 소리가 있긴 하지."

"나도 들었어. 놈들이 활동을 시작했다고 말이야."

재한과 나비가 트라딧에 대한 소문을 이야기했다.

"천공기를 사용해서 이면공간에서 이면공간으로 가는 것이 가능하기는 하니까."

세현이 중얼거렸다.

"하지만 트라딧이라고 얼굴에 쓰고 다니는 것이 아니라서 봐도 모르고 지나가는 경우가 많지. 특히 이면공간에선 될 수 있으면 다른 천공기사의 사냥을 방해하지 않는 것이 매너잖아."

재한은 트라딧의 활동에 대해서 정확하게 알기는 어렵다는 듯이 말했다.

"그래도 간혹 충돌이 생기긴 하는 모양이던데? 놈들도 이쪽 천공기사들에게 적대적이고 말이지."

"개 같은 놈들. 지들이 어떤 짓을 저질렀는지 모른단 말이야? 지들 때문에 죽은 사람이 얼마나 많은지 몰라?"

재한이 나비의 말에 버럭 화를 냈다.

최초의 몬스터 웨이브가 일어났을 때, 얼마나 많은 사람이 죽었는지는 집계도 제대로 되지 않았다.

그나마 그 때는 대부분이 붉은색 등급의 몬스터였고, 상급이라고 해도 주황색 등급이나 노란색 등급 정도가 고작이었다.

사실상 노란색 등급은 일반적인 화기로는 거의 상대를 할 수 없는 대상이지만 중급 수준의 천공기사만 있더라도 어렵지 않게 처리할 수 있는 대상이다.

그 덕분에 최초의 몬스터 웨이브는 겨우 진정이 되었었다.

그리고 두 달 후, 다시 일어난 몬스터 웨이브에서도 피해가 크기는 했지만 정리를 했고, 다시 두 달이 지난 후에 일어난 몬스터 웨이브도 극복했다.

그런 경험을 통해서 인류는 빠르게 몬스터 웨이브에 대해서 가설을 세우고 또 대비책을 만들었다.

결국 1년이 지난 지금은 꽤나 단단한 대비책이 만들어져 있었다. 하지만 그 사이에 희생된 사람의 수는 헤아릴 수도 없이 많았다.

당연히 그 원망은 천공 길드를 비롯한 트라딧에게 집중이 되어 있었다.

"그런데 어쩔 거야? 웨이브는 대충 끝난 것 같은데, 이면공간으로 들어갈 거야? 아니면 이쪽에서 사냥을 나갈 거야?"

나비가 화제를 돌려서 앞으로의 일정을 물었다.

"이면공간."

세현이 생각할 것도 없다는 듯이 말했다.

"이번에는 토벌 좀 하지? 요즈음 강원도하고 지리산 쪽으로 몬스터들이 극성이라는데 좀 잡아줘야 하지 않겠어?"

하지만 재한은 현실에 나와 있는 몬스터를 먼저 처리했으면 하는 의견을 내었다.

재한은 언제나 사람들을 많이 구할 수 있는 쪽으로 활동하기를 원했다.

"저번엔 재한이 네가 하자는 대로 했으니까 이번엔 이면공간이야. 여기보다 이면공간 안쪽이 수련에 훨씬 도움이 되니까. 그리고 알잖아. 난 이면공간에서 반드시 해야 할 일이 있어."

하지만 세현은 양보할 생각이 없다는 듯이 다시 이면공간을 고집했다.

세상이 변했다고 해도, 세현이 형을 찾아야 한다는 사실은 바뀌지 않았다.

세현의 목적은 형을 찾는 것이고, 천공과 국가에 지난날의 빚을 갚는 것이었다.

"함께 초록색 등급은 가야 하지 않겠어? 재한도 언제까지 노란색 등급에 있을 수는 없잖아. 실력을 키우려면 등급이 높은 이면공간에 들어가야 한다고. 그건 알잖아. 재한."

"그야 그렇지."

"실력이 늘면 또 그만큼 몬스터를 상대하기 쉬워지는 거야. 멀리, 그리고 길게 보라고. 그러니까 이번에 가서 초록색 등급 천공기 주얼을 구해 보자고."

나비가 나서서 재한을 설득했다.

어차피 이번에는 세현의 바람을 들어줘야 할 순서였다.

"우리나라는 그나마 몬스터 처리가 잘 되고 있는 편이잖아. 또 두 달 동안 태극에서 고생을 하겠지만 태극을 돕는 천공기사들도 적지 않으니까 이번에는 이면공간으로 가자."

세현이 재한을 보며 설득하듯 말했고, 재한도 고개를 끄덕였다.

언제나 자신의 바람만 충족시킬 수는 없다는 것을 그도 알고 있었다.

보현산 이면공간에 들다

"그러니까 여기에 진강현 천공기사가 널 위해 준비해 둔 것이 있다고?"

경상북도에 위치한 보현산, 천문대로 오르는 좁고 가파른 길을 벗어나 산길로 들어서면서 나비가 물었다.

"그래. 나도 정확하게 뭐가 있는지는 모르지만 형이 이곳으로 가라고 했지. 그런데 일이 복잡하게 꼬이는 바람에 여길 올 수가 없었어. 이번엔 더 미룰 수가 없어서 고집을 피운 것도 있었던 거야. 참, 여기에 코어 몬스터가 있다고 조심하라더라."

세현이 조금은 긴장된 표정으로 코어 몬스터의 존재를 알렸다.

"윽, 코어 몬스터? 노란색 등급의 코어 몬스터라면 좀 위험하지 않아?"

나비가 코어 몬스터란 소리에 움찔했다.

"뭐, 괜찮지 않을까? 저 세현이 놈의 앙켑스면 코어 몬스터라고 해도 어렵지 않을 것 같은데? 전에 종로 쪽에 나타났던 초록색 등급 몬스터도 앙켑스 덕분에 우리 셋이서 어렵지 않게 잡았잖아."

하지만 재한은 노란색 등급의 코어 몬스터라도 문제가 없을 거라고 자신감을 보였다.

"뭐, 노란색 등급 코어 몬스터면 초록색 등급보다는 강하고, 파란색 등급보다는 약한 놈들이니까, 엑스퍼트 수준만 되어도 잡을 수 있기는 하겠지. 강기까지는 필요가 없는 수준이니까. 그래도 원래는 레이드 구성원 숫자가 서른 정도는 되어야 할 테지만, 우리에겐 세현이 있으니까."

"그 앙켑스는 정말 사기라니까. 몬스터의 에테르 스킨을 무시할 수 있다니."

나비도 앙켑스란 말에 어느 정도 코어 몬스터에 대한 긴장을 털어버린 모습을 보였다.

"몬스터가 강하면 앙켑스도 발동하는데 시간이 걸리고 또 발동한 다음에 유지 시간도 줄어들어. 알잖아."

세현은 그런 재한과 나비의 말에 조금 쑥스러운 듯이 앙켑스가 만능이 아님을 주장했다.

"그래도 그게 어디야? 보통 몬스터 잡을 때, 몬스터가 지닌 에테르 실드를 깎아 내느라고 얼마나 시간이 오래 걸리는지 알잖아. 근데 앙켑스는 그 과정을 건너뛰게 만들잖아."

"그거뿐이야? 그렇게 몬스터를 잡으면 거의 대부분 에테르 주얼이 나오지. 재한이 말대로 완전 사기 기술이라니까."

하지만 재한과 나비는 세현의 어설픈 항의 따위는 간단하게 씹어버렸다.

"그래도 긴장을 늦추지 마. 이면공간은 항상 변수가 있으니까."

세현은 그래도 다시 한 번 일행들이 긴장을 풀지 않도록 주의를 주었다.

"자, 이쪽에서 들어가자."

한동안 숲길을 가다가 재한이 둘레길의 쉼터를 발견하고 말했다.

"그래, 여기 괜찮네. 저기 약수도 있다. 물 채워서 들어가자."

세현도 마음에 든 듯이 말했고 나비도 불만이 없는 듯 진입 준비를 시작했다.

스화화화확! 스확! 화확!

"으음? 차앗!"

세현은 이면공간을 들어오자마자 뭔가가 자신에게 달려드는 것을 느끼고 무의식적으로 방패를 휘둘렀다.

콰과광!

"크읏!"

"뭐야? 들어오자마자 기습이야? 어디야? 뭐야?"

재한이 호들갑을 떨었다.

"저쪽인 거야?"

나비는 세현이 방패를 내밀고 있는 방향을 쳐다봤다. 그리고 삼십 미터 정도 떨어진 곳에 있는 존재를 발견했다.

"…이종족?"

나비가 확신이 서지 않는 목소리로 말했다.

인간처럼 두 발로 서서 몸에는 천으로 된 옷을 입고 있는 존재가 거기 있었다.

피부색이 옅은 회색으로 인간과 달랐지만 이면공간의 주민들은 특이한 외형을 지닌 경우가 많았다.

다만 옷을 입고 있다는 것에서 이종족일 거라는 판단을 하는 세 사람이었다.

보통의 몬스터들의 그것과는 다르게 제대로 차려입은 복장이었던 것이다.

이면공간에 사는 이성을 지닌 존재는 모두가 이면공간의 주민이라고 생각해야 했다.

"으음, 이종족 같은데? 이면공간의 주민. 하지만 왜 이종족이 먼저 공격을 한 거지?"

재한도 멀리서 이쪽을 노려보고 있는 상대를 두고 이해가 되지 않는다는 듯이 말했다.

이면공간의 주민들은 누군가를 먼저 공격하거나 하지는 않는다고 알려져 있었다.

인간들을 만나기 싫다면 일단 경고부터 하고, 그 경고를 무시하면 이후에 실력 행사를 하기는 해도, 보자마자 다짜고짜 공격을 하는 경우는 없었다.

우우우웅! 스화황!

"온다!"

세현 등이 혼란을 느끼고 당황하는 사이에 다시 그것이 공격을 해왔다.

에테르가 뭉치더니 흐릿하게 형태를 잡았다.

그것은 중세의 기사들이 말을 타고 돌격을 할 때 사용하던 랜스를 닮아 있었는데 순식간에 세현을 향해 날아왔다.

"차아앗!"

쿠과광!!

세현은 방패에 에테르를 덧씌운 상태로 그 공격을 맞받아쳤다.

정확하게 임팩트 순간에 세현의 방패에 에테르로 이뤄진 은빛 막이 만들어졌다가 사라졌다.

그동안 세현은 엑스퍼트의 트레이드 마크인 검기(劍氣)를 완전히 자신의 것으로 만들었다.

어느 날, 각성 능력이 발현되면서 에테르를 외부로 끌어내는 것이 세현에게 각인되어 버린 것이다.

덕분에 꼭 필요한 순간에만 에테르의 소비를 최소한으로 줄일 수 있었다.

물론 그 때문에 세현의 에테르 서클 두 개는 이전보다 많이 빈약해진 상태였다.

타다다다닥!

세현은 공격을 방패를 쳐낸 직후 곧바로 상대를 향해 달려갔다.

"야, 어쩌려고? 이종족을 건들면 어떻게 되는지 몰라?"

뒤에서 재한이 고함을 질렀다.

"나를 죽이려는 놈인데 그냥 죽을 수는 없잖아!"

하지만 세현은 재한의 만류를 들을 생각이 없었다.

자칫했으면 이면공간에 들어오는 순간 죽었을 수도 있었다.

첫 공격을 반사적으로 막아내긴 했지만 만약 재한이나 나비가 먼저 들어왔다면 죽거나 크게 다쳤을 수도 있었다.

세현은 적이라고 판명이 된 상대를 어설프게 대할 생각이 없었다.

단호함이 자신과 동료의 안전을 지키는 최선의 방법이라 믿는 세현이었다.

키라키라카라락!

세현이 달려들자 그것은 훌쩍 뛰어서 뒤로 물러났다.

"도망가게 둘 것 같으냐?"

우우우우웅, 스화화황!

세현이 더욱 바짝 추격을 시작하는데 뒤로 물러나는 그것에게서 이전과 같은 공격이 다시 날아왔다.

"이 정도는!"

키기깅!

"이젠 다 파악이 되었다!"

세현은 그 공격을 방패로 경로만 틀어서 흘려내며 그것에게 바짝 접근을 했다.

그리고 곧바로 이어진 찌르기.

코콕!

하지만 그 찌르기는 그것의 몸에 겨우 닿을 정도일 뿐, 강한 힘이 실려 있지는 않았다.

대신에 앙켑스가 발동되었다.

그것의 몸 안으로 세현의 앙켑스 에테르가 스며들었고, 그것은 곧바로 그것의 에테르 스킨과 충돌하기 시작했다.

세현은 짧은 순간 뒤로 물러나고 있었다.

앙켑스로 적을 공격하는 것은 쉽지 않았다.

앙켑스를 발동시키는 것과 동시에 적의 체내에 세현의 에테르가 스며든다.

그리고 그 에테르들은 상대의 체내 에테르를 파악해서 정보를 세현에게 전달하는 것이다.

그 정보를 받은 세현은 앙켑스 에테르를 상대의 에테르와 상극이 되는 성질로 바꾼다.

이것이 앙켑스를 사용하는 핵심이었다.

하지만 그런 과정을 진행하기 위해서는 잠깐 동안 세현도 공격과 방어 모두에서 허점이 생긴다.

정신을 집중해야 하는 일이라서 급한 움직임을 자제해야 하는 것이다.

그래서 세현은 앙켑스를 발동하면 즉시 몸을 뒤로 빼서 거리를 확보하곤 했다.

키락키락키락!

"몬스터야!"

뒤에서 재한의 목소리가 들렸다.

"어, 왜?"

나비가 묻는다.

"뭐라고 소리 지르는데 천공기로 통역이 안 되잖아. 그럼 몬스터인 거잖아!"

재한이 다시 소리를 질렀다.

"어머, 그러네?"

쉬쉬쉬쉭! 터더더덩!

뒤에서 재현이 날린 볼트가 인간을 닮은 몬스터의 몸에 맞아서 튕겨 나간다.

"아직이야. 앙켑스가 아직 효과가 없어!"

세현이 뒤도 돌아보지 않고 고함을 질렀다.

"뭐야? 노란색 주제에 저항력이 강한 거야?"

나비가 세현의 옆에서 튀어 나오며 맹렬하게 쌍검을 휘둘렀다.

카카카카 타다당!

하지만 그 검들 역시 몬스터의 에테르 스킨에 막혀서 별 효과를 보지 못했다.

우우우웅.

"조심! 녀석이 다시 에테르를 움직인다."

"알아!"

세현의 고함에 나비도 긴장한 목소리로 대답하며 뒤로 물러났다.

세현은 나비가 자신의 뒤쪽으로 이동하는 것을 느끼며 방패를 차고 있는 왼팔을 긴장시켰다.

콰과광!

거리가 가까우니 공격을 느끼는 순간 막아야 했다.

하지만 세현은 그 공격을 막으면서 어느 정도 확신을 가질 수 있었다.

"그렇게 강력한 공격은 아니다. 원거리 공격이라 당황하긴 했지만 이 정도라면 괜찮… 재한, 조심해라!"

세현은 말을 하다가 갑자기 느껴지는 또 다른 에테르의 유동에 버럭 고함을 질렀다.

에테르의 움직임은 배후에서 일어나고 있었고, 그쪽에는 재한이 있었던 것이다.

"날 뭐라고 생각하는 거냐? 나도 알고 있어! 으랏차!"

쿠과광!

재한은 세현의 경고를 듣기 전부터 위험을 감지하고 몸을 날리고 있었다.

그가 몸을 피한 곳에는 커다란 불덩어리가 떨어져 내렸다.

"세현, 저쪽은 불이다!"

"이쪽은 아무래도 바람 같은데? 이것들 공격 방법이 한 가지가 아닌 거였어?"

"그런 모양인데? 어? 칼 들어간다!"

세현의 말에 대답하며 몬스터에게 칼질을 하던 나비가 환호성을 질렀다.

그리고 곧바로 나비의 검이 몬스터의 목을 잘라냈다.

"에테르 스킨 없어지면 그냥 껍이야. 본체 방어력은 형편없어!"

나비가 죽은 몬스터에 대한 정보를 모두에게 알렸다.

그러는 동안에 세현은 벌써 재한을 공격하고 있는 몬스터를 향해 몸을 날리고 있었다.

"으아아! 이게 무슨! 도대체 몇 마리를 잡은 거야?"

재한이 털썩 바닥에 주저앉으며 중얼거렸다.

세현 일행이 있는 얕은 능선에는 수많은 몬스터의 사체가 널려 있었다.

그 중에서 일부는 벌써부터 에테르로 승화되고 있는 것들도 보였다.

하지만 그걸 보면서도 세현이나 나비, 재한 모두가 몬스터 사체를 어떻게 해볼 생각을 하지 않았다.

그 정도로 셋은 지쳐 있었던 것이다.

"하나같이 원거리 공격을 하는 놈들. 그것도 에테르를 이용해서 바람이나 불, 물, 번개를 만들거나 땅을 움직이거나 앙켑스처럼 몸에 영향을 주는 능력을 사용했어. 세현, 진강현 천공기사께서 뭐라고 하신 거야? 여기 가라고 하면서."

나비가 반쯤 넋이 빠진 목소리로 물었다.

"적어도 익스퍼트는 되어서 가라. 그리고 그곳에 가서 에테르 마법을 익혀서 마법사가 되라고 했지. 앞장서서 칼질 하면서 땀 흘리는 것은 지겹다면서 나는 럭셔리하게 살라고 했던가?"

세현도 나비와 마찬가지 목소리로 중얼거렸다.

"맞네. 여기 나온 몬스터들이 전부 에테르를 이용해서 뭔가 마법 같은 것을 사용했잖아. 그 기술들을 익힐 수 있으면 뒤에서 원거리 공격만 하면서 탱자탱자 놀 수 있겠다."

재한이 아주 지긋지긋하다는 얼굴로 다시 한 번 주변을 살피며 말했다.

"어서 정리하자. 다른 건 몰라도 에테르 주얼은 주워야지. 저게 다 몇 개냐?"

잠시 앉아있던 나비가 어느 정도 체력을 회복했는지 엉덩이를 털며 일어났다.

앙켑스에 걸린 상태로 죽은 몬스터는 높은 확률로 에테르 주얼을 내어 놓는다.

지금도 여기저기서 몬스터들의 사체가 승화되고 사라진 자리에 에테르 주얼이 떨어져 있었다.

"자, 이리 와. 앙켑스 해줄 테니까."

세현도 자리에서 일어나며 나비를 불렀다.

"괜찮겠어?"

나비가 물었다.

"나야 뭐 에테르 회복이 빠르니까. 그리고 나는 싸움이 끝나기 얼마 전에 앙켑스로 체력 회복도 도왔어."

"아, 그렇구나. 아무튼 앙켑스, 좋다니까. 으윽!"

나비는 세현이 어깨를 톡톡 두드리자 몸 안으로 파고드는 상쾌한 에테르의 느낌에 짧은 신음을 흘렸다.

전에는 신음 소리가 이상해서 재한에게 '느끼는 거냐?'는 소리도 들었던 적이 있어서 조심한다고 하지만, 그래도 온몸을 적시는 상쾌한 느낌엔 어쩔 도리가 없었다.

"으허허허. 조오타!"

그 때, 나비 다음으로 앙켑스를 시전받은 재한이 대놓고 탄성을 질렀다.

"자자, 정리하자."

세현은 두 사람의 체력 회복을 돕기 위해서 앙켑스를 이용해서 생기를 북돋워주고는 떨어진 에테르 주얼들을 줍기 시작했다.

수십 개의 에테르 주얼이 바닥에 떨어져 있었다.

동생아 너를 위해 준비한 던전이다.

보현산의 노란색 등급 이면공간은 세현 일행에겐 정말로 극악한 시험장이었다.

"아니, 이런 곳이 어떻게 알려지지 않은 거야?"

나비가 한바탕 전투를 치르고 뒤처리를 하면서 투덜거렸다.

"혹시 여기 들어왔던 사람들 모두 불귀의 객이 된 거 아냐?"

"불귀의 객? 그게 뭐야?"

"죽어서 돌아가지 못하는 신세가 되었다고!"

"아, 그렇구나."

재한과 나비가 영양가 없는 말로 말다툼을 했다.

"그랬을 수도 있고, 한 번 들어와서 데인 사람들이 다시는 안들어왔을 수도 있지. 더구나 보통 노란색 등급 같으면 그 지역에서 활동하는 천공기사 아니면 굳이 멀리서 원정을 하거나 하지는 않잖아."

세현이 자신의 생각을 말했다.

"아, 그러니까 이 근처, 영천이나 포항, 대구 쪽에서 활동하는 천공기사들이 여길 왔더라도 다시는 안 들어왔을 거란 말이지?"

"재한이 너 같으면 여기 다시 들어오고 싶겠냐? 몬스터는 전부 원거리 공격에 특화되어 있는데다가 에테르 스킨은 무척 두껍잖아. 거기다가 가까이 접근하면 은근히 거리를 벌리려고 도망을 가고, 그거 잡자고 쫓다보면 다른 몬스터들을 끌어들이게 되고 말이야."

"그렇지. 지겨운 놈들이지. 꼭 도망을 가도 지들 동족이 있는 쪽으로 도망을 간다니까. 그래서 동료를 부르고 말이야."

재한도 진절머리가 난다는 듯이 머리를 흔들었다.

"아마 그래서 이쪽 이면공간에 대한 소문이 좋지 않게 났을 거야. 그러다보면 아무도 찾지 않는 곳이 되잖아."

"맞아. 나도 그런 곳을 몇 곳 알고 있어. 참, 전에 시이뇨 잡았다고 했었지? 그쪽도 사람들 안 가는 곳 아니었어?"

나비가 그럴 듯하다는 듯이 맞장구를 쳤다.

"뭐, 시이뇨 나오는 곳 중에서 시이뇨 말고 다른 몬스터는 거의 안 나오는 곳이 그랬지. 천공기사들이 거의 찾지 않는 곳이라고 말이야."

"그런 거겠지. 여기도 그래서 사람들이 찾지 않는 곳이 되었을 거야. 아마도?"

"좋아, 좋아. 그렇다고 치고, 세현, 이제 어디로 가야 하는 거야? 네가 말한 계곡은 찾은 거 같은데?"

재한이 개울이 흐르는 작은 계곡을 턱으로 가리키며 물었다.

"따라 올라가다가 쪼개진 하트를 찾아서 왼쪽으로 돌아가면 거기에 동굴이 있다고 되어 있어."

세현은 거의 형의 다이어리를 거의 외우고 있었다. 그래서 재한에게 글자를 읽는 것 같은 목소리로 읊어 주었다.

"좋아! 가자! 동굴에 들어가면 몬스터들이 더 쫓아오진 않을 거 아냐?"

재한이 힘찬 걸음으로 계곡을 끼고 앞장서서 걷기 시작했다.

*   *   *

"아니, 입구를 그렇게 감춰 두더니 겨우 찾아서 안으로 들어오니까 던전, 이게 뭔 개소리야?!"

"정말 진강현 천공기사님이라도 이건 너무 한 거 아냐?"

사방이 가로막힌 석실 안, 세현과 재한, 나비가 품(品)자 형태로 모여서 한쪽 벽면을 바라보고 있었다.

벽에는 제법 유려한 필체로 음각된 글씨가 있었다.

동생아, 너를 위해서 준비한 던전이다. 선물이 있으니까 잘 찾아봐라. 참고로 보스 몬스터를 잡아야 던전 밖으로 나갈 수 있다. 그리고 될 수 있으면 내가 준 선물을 이용해

서 잡았으면 하는 바람이 있다.

재현과 나비가 그것을 보고 울화를 터트리고 있는 것이다.

그들이 계곡을 따라서 쪼개진 하트 모양의 바위를 찾는 것은 쉬웠다.

다만 그 바위는 크기가 3미터 정도밖에 안 되는 것이라 어딜 봐도 동굴 같은 것이 있을 바위가 아니었다는 것이 문제였다.

그래서 다시 상류로 올라갔다가 한바탕 몬스터들과 전투를 벌이고 다시 내려왔다.

아무리 찾아도 하트 비슷하게 생긴 다른 바위가 없었던 것이다.

그러다가 재한이 그 바위를 끼고 빙글빙글 몇 바퀴를 돌다가 비밀을 알아냈다.

사실은 재한이 바위를 몇 바퀴 돌고 사라져 버려서, 세현과 나비가 뒤따라서 바위를 따라서 돌았다는 말이다.

그렇게 해서 세 사람이 모두 한곳으로 들어오게 되었는데 그곳이 바로 지금 세 사람이 있는 곳이었다.

"어휴, 진정해라. 날 위해서 준비한 던전이라고 하잖냐. 설마 날 죽이겠다고 만들기야 했겠냐? 형이 엑스퍼트에 도달하면 오라고 한 곳이다. 그럼 그 정도 실력이면 얼마든지 통과할 수 있다는 뜻이겠지."

세현이 두 사람을 진정시키려 애썼다.

"그래? 정말 그렇게 생각하냐? 너, 밖에서 만난 몬스터들 기억

안 나냐? 그것들을 일반적인 엑스퍼트 천공기사 하나가 상대하면서 계곡을 오를 수 있다고 생각하는 거냐?"

"맞아. 어쩐지 진강현 천공기사님의 기준이 많이 높은 것 같아. 그건 절대 혼자 뚫고 올 수 있는 몬스터들이 아니었다고."

재한과 나비가 세현에게 발끈하며 항의를 했다.

세현도 그 말에는 어떻게 반박할 수가 없었다.

그 정도로 밖에서 만났던 몬스터는 수가 많았던 것이다.

"어쨌거나 가보긴 해야지. 그런데 세현아."

"왜?"

"혹시 여기 이 석실에서 나가는 방법은 형님께서 안 적어 주셨나?"

"어, 없었는데 그런 내용은?"

"!!!"

"그럼 어쩌라고!!!"

"미안해요오. 그러니까 용서해 주세요오."

"하하하. 용서라니요. 아닙니다. 전혀 아니니까 신경 쓰지 마십시오. 사람이 일이 있으면 잠깐 그럴 수도 있는 거지요. 네네, 이해합니다. 그럼요. 너흰 어때?"

재한이 손사래를 치면서 절대 아무렇지도 않다고 항변하듯 말했다.

"당연하지. 우리가 잘못한 거잖아. 보자마자 공격을 했으니까. 안 그래, 세현?"

"그, 그렇지."

"오호호호. 고마워요. 이해를 해주셔서. 그게요 마침 중요한 실험을 하느라고 다른 공간에 좀 가 있었거든요. 그래서 여기에 손님이 온 것을 모르고 있었어요. 그런데 막 급해서 이쪽으로 이동을 한 순간에 여러분이 공격을 막 하고 그러니까 저도 모르게 또 반격을……."

"네네. 그럼요. 절대 괜찮습니다. 괜찮아요. 보십시오. 이제 거의 회복이 되었잖습니까."

"그러네요. 재미있는 기술이네요. 꽤나 잘 다듬어진 거라서 저라도 해도 따로 손을 댈 것이 없겠어요. 으음."

"그렇습니까? 저 녀석이 포레스타 종족의 드리스에게 배운 건데 앙켑스라고 이름을 붙였지요."

"자자, 음, 여긴 앉을 곳이 마땅치 않군요. 그럼 이렇게 하면……."

회색의 피부를 지닌 약간 마른 체형의 인간형 존재.

세현 일행이 이곳 이면공간에 들어와서 숱하게 잡아 죽였던 바로 그 몬스터와 판박이로 닮은 여성이었다.

그래서 그녀가 석실에 나타나자마자 곧바로 셋은 힘을 모아서 공격을 퍼부었다.

그런데 공격을 하는 순간 세 사람은 한꺼번에 반대쪽 석벽까지 날아가 처박혀버렸다.

공격했던 두세 배의 힘을 되받아치기를 당한 꼴이었다.

그 충격으로 비틀거리는 세 사람에게 여자는 무지막지한 공격들을 퍼부었다.

죽지는 않을, 하지만 견디기 어려울 고통과 괴로움을 주는 공격들이었다.

중력이 몇 배는 늘어나거나 온몸의 근육이 하나하나 풀어져서 늘어지는 느낌이 들거나, 혈관에 소금 가루를 넣고 문지르는 느낌이라거나, 투통, 오한, 발열 등등.

길지 않은 시간 동안 세 사람은 지옥을 경험했다.

그렇게 셋의 진을 빼놓은 후, 여자가 말했다.

"안녕하세요오. 일라일라라고 합니다. 이곳 던전 돌파를 위한 안내와 교육을 맡았습니다아. 개인적인 용무로 조금 늦었는데 그렇다고 이렇게 공격을 하시면 많이 섭섭합니다아."

그 때까지도 셋은 그녀가 몬스터라고 생각했지 설마 이면공간의 주민인 이종족이라곤 생각도 못하고 있었다.

그 순간의 어이없음을 어떻게 표현할까.

그나마 재한은 극한의 생존 본능을 발휘해서 일라일라의 심기를 거스르지 않을 최선의 행동을 찾아냈다.

그리고 나비와 세현 역시 재한의 의지에 적극적으로 동참했다.

다시는 지옥을 겪고 싶지 않았으니까.

"그러니까 진강현, 우리 형님은 잘 모른다는 겁니까?"

"그래요. 난 진강현, 그 사람과는 별로 안 친했어요."

"그런데 어째서 형의 부탁을 들어주신 거지요?"

"뭐, 진강현 그 사람의 부탁이라기보다는 다른 사람의 부탁을 들어준 거예요. 하지만 그에 대해선 더 이야기하지 않을 거예요."

"아, 알았습니다."

"아무튼 세 사람이 던전에 들어온 것은 정말 예상 밖이에요. 한 명이 온다고 했는데 말이죠."

"그게 사정이 있어서……."

세현은 형의 안배에 재한과 나비를 데리고 온 것이 잘못이었나 하는 생각이 들었다.

세현은 형이 가르쳐 줄 기술을 재한과 나비가 함께 배우는 것도 나쁘지 않을 거라고 생각했다.

재한과 나비는 세현에겐 어느새 가족 같은 동료가 되어 있었던 것이다.

지난 1년을 부대끼는 동안에 몇 번이나 서로의 등을 지켜줬었다.

그 정도면 형의 안배를 함께 공유해도 될 거라고 생각했었다.

"그래서 생각을 해봤어요. 아무래도 지금 있는 던전은 너무 좁고 수준이 낮은 것 같아요. 그러니까 세 사람에게 어울릴 수준으로 끌어 올릴 필요가 있겠어요. 어떻게 생각해요?"

"저기 일라일라, 그렇게까지 신경을 안 써 주셔도 되는요. 그냥 형님이 전해 주라고 한 것만 주시면……."

"흐응? 그건 좀 곤란하네요. 저 일라일라의 자존심이 걸린 문제거든요. 저에게 교육을 받았으면 그래도 어느 정도 수준은 되어야 한다고 생각한답니다. 그래서 밖에도 제가 더미들을 왕창

깔아 뒀었는데요? 하긴 그걸 뚫고 오지 못했으면 여기서 저를 만나지도 못했겠지요."

세현은 일라일라의 말에서 어째서 이곳에 형이 말했던 것과는 많이 다른 상황이 펼쳐지는지 조금은 짐작할 수 있었다.

일라일라가 독단적으로 일을 벌여 놓은 것이다.

그리고 지금 다시 그녀가 뭔가를 하려고 하고 있었다.

"걱정하지 말아요. 난 답이 없는 문제를 주지는 않아요. 그리고 문제를 잘 풀면 당연히 상도 주고 그런답니다. 자, 이젠 푹 쉬어요. 내일부터 훈련을 시작하죠. 목표는 던전 돌파가 되겠어요. 끝까지 가야 한다는 건 알고 있죠? 호호홋."

세현은 일라일라의 웃음소리를 들으며 소름이 돋는 것을 느꼈다.

"던전이라고 꼭 몬스터가 나온다는 편견은 버리세요. 자, 첫 번째 관문이랍니다. 저기 보이는 저 에테르 응집체를 해체하세요. 저 응집체는 몬스터가 가지는 생체 에테르 스킨과 같은 성질을 지니고 있는 거랍니다. 호호홋."

다음 날, 일라일라는 세 사람을 데리고 석실을 나갔다.

사면이 막혀 있던 석실의 한 쪽 벽이 일라일라의 손짓 하나에 스스륵 지워지는 것은 꽤나 인상적이었다.

"원래 허상이었다고 생각하지 마세요. 그냥 지우는 거랍니다. 에테르를 극단적으로 사용하면 이런 것도 가능해지는 거죠. 호호홋."

'까불면 방금 사라진 벽처럼 지워버리겠다.' 정도 되는 경고라고 세 사람은 받아들였다.

그렇게 석실을 빠져 나와서 얼마쯤 통로를 걷다가 도착한 곳이 새로운 석실이었고, 그 중앙에 사람 머리 크기의 에테르 응집체가 있었다.

순전히 에테르를 뭉쳐 놓은 것으로 보이는 그것은 세현 일행의 눈높이 정도에 떠 있었다.

"이걸 해체하라고요?"

나비가 검을 뽑아들며 일라일라에게 물었다.

"호호홋, 조심해요오. 설마 저걸 검으로 두드릴 생각은 아니겠죠? 흐응, 저기 뭉쳐 있는 에테르 양이 굉장히 많은데 그런 짓을 해서 폭발이라도 하게 되면 어쩌려고 그래요? 뭐 폭발해도 다시 만들어지긴 하겠지만 나비 씨가 많이 다칠 텐데요오?"

일라일라는 나비를 보며 그렇게 경고를 했다.

"그럼 어떻게 하라는 겁니까?"

재한이 물었다.

"당연히 해체 도구를 줄 거예요. 제가 주는 해체 도구는 이거예요."

일라일라는 그렇게 말을 하고는 석실 중앙에 있는 에테르 응집체를 향해서 손을 뻗었다.

그러자 일라일라의 손끝에서 에테르가 뻗어 나가서 에테르 응집체를 휘감았다.

"어어?"

재한은 그 다음에 일어나는 현상을 보며 경악성을 토했다.

에테르 응집체가 조금씩 줄어드는 것이다.

"에테르를 흡수하고 있어!"

"가공된 에테르를 어떻게 흡수하는 거지?"

"저런 방법이면 몬스터의 에테르 스킨도 흡수할 수 있는 거 아냐?"

"호호홋, 누가 되었건 이걸 해내면 다음 관문으로 넘어갈 수 있게 되는 거랍니다. 자, 다들 힘내세요. 아, 사람이 셋이니까 세 개를 만들어 줘야 하는 건가요?"

일라일라는 그렇게 말하며 손을 저어서 새로운 에테르 응집체 두 개를 더 만들어 놓았다.

그리고 경악에 휩싸인 세현 일행을 관문에 남겨두고 느긋한 걸음으로 왔던 길을 되돌아갔다.

"이건 뭐 정말 가능하긴 한 거야? 세현, 뭔가 알겠냐?"

"아니, 나도 감이 안 잡히는데? 나비, 너는?"

"몰라! 저런 건 그냥 잘라 버리면 안 되는 건가? 흡수는 무슨 흡수냐고!"

세 사람은 막힌 벽을 앞에 둔 것처럼 암담한 표정을 지었다.

Chapter 2

일라일라의 관문 던전(Dungeon)

무에서 유를 창조할 수는 없다.

세현 일행이 일라일라에게 받은 시험은 셋에게 그 정도의 막막함을 전해 줬다.

하지만 일라일라는 관대했다.

그녀는 매일 아침마다 한 번씩 세 사람에게 에테르 응집체를 흡수하는 시범을 보여줬고, 그 시범을 통해서 세현 등은 조금씩 관문 해결의 실마리를 찾아갔다.

일라일라가 일부터 그녀의 기술을 최대한 천천히, 그리고 정확하게 보여줬기 때문에 가능한 일이었다.

일라일라가 시범을 보이고 사라지면, 세 사람은 서로 이야기를 나눴다.

일라일라의 시범에서 얻은 것을 공유하는 것이다.

그렇게 의견 교환이 끝나면 세 사람은 각자 하나씩 에테르 결집체를 상대로 해체 작업을 시작했다.

그런데 그 모습이 모두 제각각이었다.

나비는 쌍검을 응집체를 향해 휘둘렀다.

그녀는 일라일라처럼 응집체를 흡수하는 방법을 포기했다.

대신에 일라일라에게 배운 방법을 자신의 검에 적용했다.

그래서 나비의 검은 에테르 응집체를 조금씩 깊게 파고들고 있었다.

나비는 칼로 에테르 스킨을 잘라내는 기술을 만들고 있었던 것이다.

굳이 에테르 스킨을 지우거나 걷어낼 필요 없이 그것을 무시하고 본체를 공격할 수 있으면 충분하다는 것이 나비의 생각이었다.

재한은 일라일라가 가르쳐 준 것을 그대로 답습하는 모범적인 학생이었다.

최대한 일라일라의 수법을 자신의 것으로 만들기 위해서 땀을 흘리고 있었는데 제법 멀리 떨어진 거리에서 에테르 응집체를 조금씩 흡수해 내고 있었다.

그에 비해서 세현은 일라일라의 방법에 별다른 흥미를 느끼지 못했다.

에테르를 흡수한다고 그것을 자신이 재사용하거나 할 수 있는 것이 아니란 사실을 알고는 흥미가 떨어진 것이다.

대신에 세현은 일라일라의 기술 중에서 원거리에서 에테르를 대상에 덮어씌우는 부분만 떼어내서 자신의 것으로 만들고 있었다.

그 기술을 앙켑스에 적용하려는 것이 세현의 목적이었다.

지금도 앙켑스를 사용하면 에테르 응집체를 해결하는 것은 가능했다.

하지만 일라일라의 기술에서 원거리 대상에게 에테르를 전달하는 기술이 무척 탐이 나는 세현이었다.

"결국 이 관문은 내가 처리를 해야 한다는 거냐?"

재한이 그런 세현에게 따지듯 물었지만 세현은 '그럼 누가 하냐?'고 뻔뻔하게 되물을 뿐이었다.

"호호홋, 좋아요. 솔직히 나는 세현, 당신이 내 기술을 익히길 바랐지만 뭐 그보다 나은 방법이 있으니까 넘어가기로 하죠. 그럼 이제 다음 관문으로 이동을 하겠어요. 하지만 이번에는 제가 안내하지 않아요. 다음 관문까지는 직선 통로, 그 안에는 제가 준비한 선물들이 기다리고 있답니다. 아울러서 다음 관문을 통과하는데 필요한 힌트도 있어요. 그러니 열심히 해주세요."

열흘 정도 걸려서 결국 재한이 에테르 응집체를 해체하는데 성공했다.

물론 아직까지 실전에 사용할 정도의 완성도는 없었다.

시험 대상인 에테르 응집체를 모두 흡수하는데 한 시간 이상이 걸렸고, 재한은 그거 하나를 끝내고 거의 탈진 직전까지 갔다.

하지만 일라일라는 의외로 관문 통과를 인정하고 다음 관문으로 일행들을 들여보냈다.

그르르릉 쿵!

등 뒤에서 석벽이 닫히는 소리가 들렸다.

세현 일행은 막다른 복도의 끝에 서 있는 상황이 되었다.

도망갈 곳도 없는 상황이었다.

"선물이 있다고 했지?"

"힌트도 있다고 그랬고."

세현과 나비가 어둑어둑한 통로 저편으로 시선을 던지며 중얼거렸다.

"이런 말해서 미안한데, 나는 그 선물이나 힌트가 정상적일 거란 생각이 안 들어. 너희는 어때?"

고재한이 두 사람을 번갈아 바라보며 물었다.

세현과 나비는 아무 말도 하지 않았다.

셋은 불안한 예감을 가지고 앞으로 전진했고, 얼마 지나지 않아서 일라일라를 닮은 몬스터와 마주하게 되었다.

후웅! 후웅! 후웅! 후웅!

콰광! 콰광! 콰광! 쾅!

그 몬스터는 갑자기 좁아진 통로를 점거하고 있었고, 세현은 몬스터가 날리는 공격을 방패를 막으면서 버텼다.

"한 마리밖에 안 되는데, 가까이 접근하기가 어려워."

세현이 고함을 질렀다.

던전 통로가 너무 좁았다.

몬스터는 그 좁은 일직선 통로의 끝에 있었는데 그곳까지 몬스터의 공격을 견디며 접근해야 하는 상황이었다.

"무슨 방법이 없겠냐?"

"있겠냐? 어떻게든 거리를 좁혀 볼 테니까 재한이 네가 일라일라에게 배운 그 방법을 써 보는 건 어떠냐?"

"그거 아직 제대로 쓰기 어려운데?"

후웅, 후웅, 후웅, 후웅!

콰광, 콰광, 쾅, 쾅!

"어떻게 해? 공격 속도가 더 빨라지는 것 같은데?"

나비가 걱정스러운 목소리로 말하며 세현을 바라봤다.

"그냥 뒤로 물러나면 공격은 멈추겠지. 하지만 그래서야 돌파가 어렵겠는데?"

"이게 일라일라가 말한 선물 겸 힌트인 것 같은데?"

"결국 저 몬스터를 보고 뭔가 배워야 한다는 거겠지?"

"그렇겠지. 일단 뒤로 좀 빼자. 힘들다."

결국 세 사람은 몬스터의 공격을 견디지 못하고 후퇴를 결정했다.

그그그그긍!

"아앗, 통로가 좁아지고 있어."

"저놈이 우릴 따라오는데?"

"아, 10미터 정도 오다가 말았다. 설마 이거 한 번 후퇴할 때마다 이렇게 조금씩 전진해 오는 건가? 그러다가 더 후퇴할 곳이 없으면?"

"그전에 방법을 찾으라는 아주 신선한 배려 같은데? 일라일라 식의 배려 말이야."

세 사람은 통로가 좁아지는 곳 바로 앞에 주저앉아서 눈앞에 있는 몬스터를 해결할 방법을 연구하기 시작했다.

"제일 큰 문제가 저 무식한 연사력이야. 딜레이 없이 연속으로 공격이 쏟아지니까 앞으로 전진하는 것도 힘들어. 물론 방패에 에테르를 극한으로 끌어 올려서 밀고 들어가면 어떻게 수가 날 것도……."

"그러지 마, 일라일라가 가만히 안 둘 거야. 그건 절대로 그녀가 원하는 방식이 아니야."

나비가 세현의 생각을 적극적으로 말렸다.

"그건 나도 나비하고 같은 생각이야. 일라일라는 여기서도 우리가 뭔가 배우길 원하고 있어. 그럼 우리가 저 몬스터에게 배울 것이 뭐가 있느냐 것이 중요하지."

"연사력, 그리고 원거리 공격 방법?"

나비가 재한의 말에 답을 내놓았다.

"거기다가 한 가지 더하면, 에테르를 사용하는 몬스터에게서도 스킬을 배울 수 있다는 깨달음 정도가 되겠네."

세현은 거기에 한 가지를 더했다.

"그런가? 몬스터에게 기술을 배운다?"

[도와줄까? 음? 음?]

'팥쥐'가 세현에게 말을 걸어 온 것은 몬스터를 시험하다가 다섯 번이나 뒤로 물러난 후였다.

다섯 번의 시도 끝에 50미터 정도를 후퇴했는데 10미터와 50미터는 체감하는 느낌이 달랐다.

덕분에 셋이 심각하게 상황 돌파를 고민하던 중이었다.

'어떻게 도와줄 건데?'

지금까지 한 번도 없었던 '팥쥐'의 적극적인 태도에 세현이 기대를 가지고 물었다.

[내가 막아줄게. 음음.]

'막아? 몬스터의 공격을 네가 막아 준다고?'

[음음! 할 수 있어. 에테르 공격. 에테르, 내가 막을 수 있어. 음음.]

'팥쥐'의 의지에는 자신감이 가득했다.

'에테르를 이용한 공격은 막을 수 있단 말이지? 그럼 나비나 재한이 검을 들고 휘두르는 건?'

[그냥 에테르, 떨어져 나온 에테르만 되는 거야. 이어진 에테르, 힘들어. 음음.]

세현은 '팥쥐'와 본격적으로 이야기를 나눴다.

그리고 '팥쥐'가 원거리 에테르 공격을 방어하는 특별한 능력이 있다는 것을 알게 되었다.

'팥쥐'의 그 능력은 일종의 상쇄였다.

'팥쥐'가 가진 에테르를 이용해서 적의 원거리 에테르 공격을 무효화하는 능력이었는데 '팥쥐'는 이곳 이면공간에 들어와서 그 능력을 깨달았다고 했다.

그리고 그 깨달음의 단초(端初)는 앙켑스였다고 했다.

'좋아. 그러니까 일단 에테르를 이용한 원거리 공격은 얼마든지 없앨 수 있다는 거지?'

[음음. 가능해. 저거, 다섯 마리가 있어도 가능해.]

'우와, 그건 대단한데? 한꺼번에 그렇게 많은 공격이 쏟아져도 다 막을 수 있다고?'

[음! 대단해. 나는.]

'팥쥐'의 우쭐거리는 의식이 전해져 오지만 세현은 충분히 그럴 수 있다고 인정했다.

'좋아. 그럼 이제 저 몬스터의 공격은 너한테 맡기면 되고, 그다음은 녀석을 공격할 방법인데……'

'팥쥐'가 방어를 해주는 동안 달려나가서 놈을 썰어버리는 방법이 있긴 했다.

하지만 일라일라가 바라는 방법이 절대 아닐 거라는데 세현도 동감을 하고 있었다.

이 던전은 일라일라가 일행들에게 에테르 마법을 가르치기 위해서 만든 곳임을 잊지 말아야 했다.

아니면 일라일라의 분노를 받게 될지도 몰랐다.

재한은 일라일라의 에테르 실드 흡수 기술을 더욱 발전시키기 위한 수련에 빠졌고, 나비는 검을 이용해서 원거리 에테르 공격을 막거나 쳐낼 방법을 연구했다.

"이번에는 세현이, 네가 어떻게든 수를 내 봐."

재한이 첫 관문에서 모든 것을 자신에게 맡겼던 복수를 세현에게 했다.

나비는 모르는 척 외면했다.

결국 세현이 몬스터를 처리하는 방법을 고민해야 했고, 원거리 에테르 공격을 익혀야 했다.

그리고 세현 일행은 이 던전이 확실히 교육용으로 만들어진 곳임을 다시 한 번 확인했다.

몬스터가 원거리 공격을 할 때마다, 그 몬스터가 사용하는 에테르의 변화 과정이 마치 홀로그램처럼 흐릿하게 허공에 나타났던 것이다.

처음 봤을 때에는 스킬 사용의 시각적인 효과 정도로 생각했던 것이 사실은 에테르 변화 과정을 보여주는 교보재였던 것이다.

세현은 그것을 통해서 몬스터가 연속 공격을 하는 비밀을 알아냈다.

"저게 가능한 거냐?"

"만들 수만 있으면 가능하지 않을까? 전에 트라딧 놈들이 만든 구조물이 그랬잖아. 에테르를 일정 통로로 움직여서 결과물을 만들어 내는 거. 지금 저 몬스터가 그걸 하고 있는 거야. 허공에 에테르가 지나갈 회로를 만들어놓고 거기다가 에테르를 밀어넣기만 하는 거지."

"그러면 그 회로가 알아서 에테르를 변화시켜서 공격을 하는 거란 말이지?"

"그래. 실제로 저 몬스터가 하는 건 그 회로를 만들고 에테르를 주입하는 것밖엔 없는 것 같아. 아, 조금씩 공격 경로를 수정하는 것도 있는데, 그건 회로를 조금씩 움직여서 하는 것 같고."

"우와 대단하네. 그럼 결국 저 몬스터가 무슨 만화에서 나오는 마법진 같은 거 그래서 에테르만 밀어 넣으면 총알이 팡팡팡팡 나가는 그런 걸 만들어서 쓰는 거잖아?"

나비가 세현의 말을 듣고는 기가 막힌다는 듯이 말했다.

"그런데 문제는 어떻게 하면 허공에 에테르가 지나가는 회로를 그리느냐 하는 거지."

세현이 인상을 찌푸리며 핵심을 꺼냈다.

일단 중요한 것은 모두 알아냈다.

그런데 정작 실현 방법이 마땅치 않았다.

[그거 내가 만들어줄게. 음음. 해줄게.]

세현의 고민을 해결해 준 것은 '팥쥐'였다.

'팥쥐'는 특별한 기운을 가지고 있었다.

원래 에테르를 먹고 성장하는 '팥쥐'였지만 그 자신이 사용하는 에너지는 에테르가 아니었다.

[소화시키는 거야. 음음. 그럼 달라져. 에테르 아니야.]

세현도 그건 알고 있었다.

가끔씩 '팥쥐'가 자신의 기운을 드러낼 때가 있었기 때문이다.

그래도 그 기운이 세현이나 천공기에 영향을 주지 않았기에 별로 신경을 쓰지 않았는데 '팥쥐'는 그 기운을 이용해서 에테르를 상쇄하거나 혹은 유도할 수 있다고 했다.

그러니 몬스터가 만들어 낸 에테르 회로를 제대로 파악하기만 한다면 '팥쥐'가 그것을 카피하는 것은 어렵지 않은 일이었다.

[음, 함께하는 거야. 세현을 공격하는 것도 막고, 세현이 공격하는 것도 돕고. 음음. 난 굉장해지고 있어.]

'팥쥐'는 이전과 달리 세현에게 뭔가 도움이 된다는 사실에 상당히 고무되고 있었다.

그리고 실제로 세현이 재한과 나비 앞에서 '팥쥐'와 함께하는 모습을 처음 보였을 때, 두 사람은 굉장히 놀랐다.

그들은 세현에게 '팥쥐'가 있다는 사실을 알지 못했다.

그러니 세현 혼자서 몬스터의 연속 공격을 무효화 시키면서 동시에 공격까지 하는 것으로 봤던 것이다.

"저게 인간이 할 수 있는 짓이야?"

"몰라. 저건 이전부터도 괴물이었어. 그 기본동작들, 거기에 필요한 순간에만 에테르를 사용하는 수법, 엄청난 에테르 회복력까지. 저거 괴물이야."

나비는 세현을 괴물이라고 부르며 질린 눈빛을 했다.

푸식 푸식 푸식, 후황 후황 후황 후황. 쾅 쾅 쾅 쾅!

좁은 통로에서 세현을 향해 날아오는 공격은 중간에서 바람이 꺼지듯 사라지고, 세현의 앞쪽에 생성된 은빛의 마법진에선 쉬지 않고 주먹보다 큰 불덩어리가 날아가고 있었다.

"그럼 나도 좀 거들어 볼까?"

재한이 슬쩍 세현의 뒤로 붙으면서 몬스터의 에테르 실드를 흡수하기 시작했다.

"야야, 지금 연습중인데……."

"연습은 무슨! 지금 우리가 시간이 남아 도냐? 보름 내로 돌아가야지. 그래야 몬스터 웨이브에 힘을 보태지."

세현의 항의를 재한이 일축했다.

결국 몬스터는 얼마 버티지 못하고 불덩이에 맞아 죽었다.

그렇게 세현 일행은 일라일라의 과제 하나를 또 다시 해결했다.

그래, 졸업시켜 줄게, 이건 선물이다.

"이야, 정말 대단해요. 세현, 그거 어떻게 한 거죠? 흐응, 한꺼번에 두 가지 서로 다른 에테르를 사용했어요. 그건 저도 꽤나 신경 써야 가능한 건데 말이죠. 그걸 그렇게 자유롭게 하다니, 놀라워요."

일라일라는 세현에게 '꽐쥐'가 있다는 사실을 모르는지 나비와 재한 앞에서 극찬을 늘어놓았다.

사실 두 가지 서로 다른 에테르를 사용한 것도 맞지만 그 안에는 '꽐쥐'가 만든 에테르 회로에 사용한 특별한 기운도 있었다.

일라일라는 그에 대해선 전혀 언급하지 않았다.

"이렇게 되면 앞으로 있을 시험들이 별 의미가 없어지는데 말이에요. 조금 전에 사용했던 그 방법을 쓰면서 공격 에테르의 속성 변화만 시킬 수 있다면 나머진 응용이죠. 좋아요. 그럼 이걸 익혀요."

일라일라는 허공에 몇 가지 모양의 도형들을 늘어놓았다.

세현은 그것들이 모두 에테르의 속성을 변형시키는 회로란 사실을 알았다.

"우린 이걸 마법진이라고 불러요. 그중에서도 이것은 에테르를 사용하기 위한 마법진이죠. 여기 있는 것들은 모두가 에테르의 속성을 결정하는 마법진이에요. 에테르가 이 마법진들을 통과하면 일정한 성질을 지니게 되는 거죠. 아마 그쪽 세상에서도 아는 사람들은 알고 있을 거예요."

"네? 그게 무슨?"

재한이 무슨 말이냔 표정으로 일라일라를 쳐다봤다.

"이걸 모르면서 어떻게 에테르를 다른 에너지로 변환시켜 사용하겠어요? 에테르를 이용해서 에너지를 만들어 내고 있다면 그건 당연히 이런 방법을 쓰고 있는 거죠."

"그런데 어째서 그런 사실이 전혀 알려지지 않은 거죠?"

나비가 이해가 되지 않는다는 듯이 물었다.

"설마요. 에테르 주얼을 이용해서 뭔가를 하고 있다면 변환 장치가 있을 거예요. 그리고 그 장치에는 이런 식의 방법이 사용이 되고 있겠죠. 아는 사람들은 알고 있을 거예요."

"하지만 그런 이야긴 어디에도 없었습니다만."

재한도 들어보지 못한 말인 듯이 말했다.

"그럼 숨겨놓았겠죠. 몇몇 아는 사람들만 독점하면서 말이에요. 그건 정말 안 좋은 건데 말이죠. 아, 전에 진강현이란 그 사람도 독점에 대해서 불만을 터뜨린 적이 있었죠."

"우리 형이요?"

"아, 그래요. 그런 적이 있었어요. 뭐, 나야 우리 세상하곤 상관없으니까 신경 안 썼지만요."

"저, 그런데 혹시 우리 형이 어디 있는지 아십니까? 실종되고 벌써 5년도 넘었는데요."

세현이 혹시나 하는 마음에 일라일라에게 형의 행방을 물었다.

"그래요? 음, 그러고 보니 나도 친구 얼굴을 본 것이 제법 되었네요. 진강현 그 사람이 그 친구와 함께 다녔으니까 한동안 소식을 모르고 있었군요."

"그래요?"

세현은 일라일라의 대답에 상당히 실망했다.

"자, 다른 소리는 하지 말고, 이거 익혀요. 다 익히고 나면 마지막 시험을 치르겠어요. 이번에도 선물이 있어요. 시험을 좋은 성적으로 통과하면 말이죠. 호호홋."

일라일라는 진강현이나 친구에 대한 이야기를 해줄 생각이 없는 듯 보였다.

세현도 일라일라가 의도적으로 그 주제에 관한 이야기를 피하려 한다는 느낌을 받았다.

하지만 세현으로선 어쩔 도리가 없었다.

처음 나타났을 때부터 일라일라는 일행들과는 격이 다른 존재였다.

일라일라에게 선처를 바랄 수는 있어도 억지로 뭔가를 요구할 수는 없다는 것을 세현은 확실히 알고 있었다.

세현은 어금니를 깨물고 일라일라가 만들어준 에테르 마법진을 살피기 시작했다.

세현은 '팥쥐'의 기억력이 엄청나다는 사실을 알게 되었다.

'팥쥐'는 일라일라가 만들어놓은 에테르 속성 변화 마법진을 금방 기억했고, 그것을 이전에 사용하던 공격용 마법진에 교체해 넣는데 성공했다.

'팥쥐' 덕분에 세현은 일라일라의 과제를 하루도 걸리지 않아서 완료할 수 있었고, 일라일라는 곧바로 일행들을 마지막 관문으로 데리고 갔다.

"음. 잘해 봐요. 단, 시험은 개인전이에요. 누구든 혼자서 시험을 치러서 성공하면 그걸로 끝이지요. 걱정하지는 마세요. 죽지는 않을 거예요. 정말 위험하면 내가 구해 줄게요. 호호홋."

일라일라는 회색의 안개막이 있는 입구 앞에서 일행들에게 그렇게 말했다.

"셋이 함께 싸우는 것이 아니란 말이죠? 그럼 내가 먼저 가겠어요. 죽지도 않는다는데 내가 익힌 것을 시험해 봐야죠."

제일 먼저 나선 것은 나비였다.

그녀는 이곳에서 단 한 가지의 수법에만 집중했다.

검에 두르는 에테르의 성질을 바꿔서 몬스터의 에테르 스킨을 무시하고 본체에 타격을 입히는 수법이었다.

그러다가 조금 더 발전해서 원거리 에테르 공격을 검으로 쳐 내거나 혹은 흘리는 것으로 응용하는 수준까지 올랐다.

이곳에서 등장했던 모든 몬스터는 원거리 에테르 공격을 하는 몬스터고, 에테르 스킨이 벗겨진 본체의 방어력은 무척 약했다.

그러니 일라일라가 원하는 방식이 아닌 일반적인 전투라면 나 비도 충분히 승산이 있다고 생각했다.

그리고 그게 아니라도 죽지는 않는다고 했으니 자신의 수준을 시험해 보고 싶은 생각도 있었다.

"갔다 올게."

나비는 그렇게 말을 하고는 회색 안개 속으로 뛰어 들어갔다.

그리고 얼마간 시간이 흐른 후, 일라일라는 나비가 실패했다 면서 재한을 들여보냈다.

재한은 바짝 긴장한 표정으로 회색 안개 속으로 들어갔다.

*　　　　*　　　　*

"호호, 이젠 우리 둘만 남았네요. 세현."

"네. 그렇군요."

"거기 그 아이는 이름이 뭐죠?"

일라일라가 세현의 왼쪽 손목을 가리켰다.

"역시 알고 있었습니까?"

"호호호. 그야 당연하죠. 그 정도로 존재감을 지니고 있는데 모를 수가 있나요? 뭐 보통 사람들은 모를 수 있지만 이곳은 나, 일라일라의 영역이에요. 여기선 어떤 것도 내 눈을 피하지 못해요."

"네?"

"뭘 그렇게 놀라요? 내가 그곳처럼 하급 공간을 매일같이 신경쓰고 있을 수는 없잖아요. 그래서 그냥 거기서 이곳으로 이동하는 통로를 연결해 뒀지요. 정해진 대로 그 바위를 몇 바퀴 돌면 이곳으로 옮겨 오는 거예요."

"음, 그렇게 된 거군요?"

"지금 나비란 여자하고, 재한이란 남자는 거기에 도착해 있을 거예요. 뭐 적당히 몬스터들 상대하다가 마지막 문을 지났으니까요."

"네?"

"호호호. 어차피 실력이 어느 정도 늘었는지 알아보려는 거였잖아요. 목표 달성은 하고 갔어요. 거기다가 선물도 하나씩 줬고요."

"그렇군요. 그럼 저도 그렇게 가면 되나요?"

"어머나, 그건 아니죠. 이곳은 세현, 당신을 위해서 만들어진 곳이에요. 진강현의 부탁을 받은 제 친구가 저에게 또 부탁을 해서 만든 곳이죠. 진강현의 동생인 세현, 당신에게 에테르 마법의 기초를 가르치는 것이 목표였고, 그런대로 성공했어요."

"성공이라고요?"

세현은 별로 그런 것 같지는 않다는 생각에 되물었다.

"에테르를 가공해서 어떤 현상을 일으킬 수 있으면 그게 에테르 마법이에요. 그리고 그 가장 보편적인 방법이 바로 마법진이고요. 에테르를 이용해서 마법진을 만들 수 있으면 그게 곧 에테르 마법의 시작이고 끝이에요. 세현, 당신은 그것을 할 수 있게 된 거죠."

"하지만 그건 '팥쥐'가 있기 때문에……."

"그 아이 역시 세현, 당신의 힘이죠. 아무튼 일단 에테르 마법의 기초는 익혔고, 또 제법 괜찮은 수준인 것 같으니까 적당한 몬스터와 한번 붙어 봐요. 호호홋."

"저, 그런데 제 형……."

"음, 그 이야긴 내게 하지 말아요. 물론 나도 내 친구 소식이 궁금하니 알아보긴 할 테지만, 그렇다고 내가 세현, 당신을 찾아서 소식을 전할 방법은 없어요."

"네? 하지만 제가 다시 여길 찾아오면……."

"미안하지만 이곳과 연결된 통로는 닫힐 거예요. 안 그래도 요즘 이상한 놈들이 공간 사이를 넘나들고 있어서 신경 쓰이거든요."

"공간 사이를 넘나든다면?"

"알잖아요. 그쪽에서 건너온 말썽쟁이들. 에테르 기반 생명체들의 우리를 무너뜨려서 혼란을 만들어 낸 놈들이죠. 그래봐야, 우리들과는 별로 상관없죠. 책임은 그쪽 세상에서 져야 할 테니까요."

"우리를 무너뜨렸다니요? 자세히 설명을 좀……."

"그냥 그렇게만 알아요. 나중에 실력을 키워서 울타리를 다시 세우고 정리할 수 있게 되면 가만히 있어도 하나씩 알게 될 거예요. 아무튼 어딜 가나 그런 것 같아요. 꼭 한 번씩 호되게 당해봐야 정신을 차리더란 말이죠. 그건 인류라고 하는 모든 종이 다 그런 것 같아요."

일라일라는 그렇게 말을 하면서 한숨을 쉬었다.

"그게 문제가 되는 건가요?"

세현이 물었다.

"하아, 상식적으로 생각을 해봐요. 맹수를 가두고 있던 울타리가 무너졌어요. 그로 인해 그 맹수가 당신들 세상으로 풀려난 거죠. 더 문제는 맹수들의 먹이인 에테르까지 함께 당신 세상에 흘러들어갔다는 거예요. 오래지 않아서 마더가 생길 거예요."

"마더요?"

"더 알고 싶으면 당신이 노력해서 알아내요. 어서 들어가요."

일라일라가 세현에게 회색 안개를 가리켰다.

세현은 일라일라의 기세에 더는 얻을 것이 없겠다는 생각이 들었다.

"고마워요. 어쨌건 신경을 써 줘서."

"나한테 고마워할 건 없어요. 친구의 부탁을 들어준 것뿐이니까요. 참, 그 아이, 잘 보살펴요. 알았죠?"

일라일라는 세현의 왼쪽 손목을 바라보았고, 세현은 고개를 끄덕여 보이곤 안개 속으로 걸어 들어갔다.

[음! 합합!]

펑! 펑! 퍼벙! 피식!

안개 속으로 들어가자마자 '팥쥐'의 방어가 시작되었다.

어디선가 날아온 공격을 '팥쥐'가 방어한 것이다.

"뭐야? 어느 쪽이야?"

[음음. 다 있어. 포위? 응, 우린 포위된 거야. 얍얍!]

펑! 펑!

다시 세현에게서 멀지 않은 곳에서 에테르 공격이 터져 나갔다.

"아무것도 안 보이는데 어떻게 하라는 거야? 젠장!"

세현은 두 개의 에테르 서클을 맹렬하게 돌리며 에테르를 끌어 올렸다.

그렇게 해서야 겨우 주변에 있는 몬스터들의 기척을 감지해낼 수 있었다.

"공격용 에테르 회로 부탁해!"

세현이 '팥쥐'에게 말했다.

[음음! 걱정하지 마. 나는 굉장해!]

'팥쥐'의 대답과 함께 세현의 앞쪽에 마법진이 만들어졌다.

'팥쥐'가 지니고 있는 특유의 기운으로 마법진의 회로를 그려 놓은 것이었다.

세현이 그 마법진에 자신의 에테르를 불어넣기 시작했다.

기척을 감지하기 위해서 끌어 올린 에테르의 일부를 마법진에 넣어서 공격을 시작한 것이다.

[얍얍! 음음. 나는 굉장해!]

펑, 펑! 펑! 퍼벙! 퍼버벙!

'팥쥐'는 힘을 내고 있었다.

세현 주변에 온통 에테르 공격이 막히면서 터져 나가는 굉음이 가득차기 시작했다.

후웅 후웅 후웅 후웅!

세현의 에테르를 받은 마법진에서도 화염으로 변한 에테르 덩어리가 날아가기 시작했다.

퍼벙, 퍼벙, 퍼벙!

세현처럼 공격을 막아줄 보조자가 없기 때문에 몬스터는 세현의 공격을 그대로 몸으로 받았다.

하지만 세현에게 '팥쥐'가 있다면 몬스터들에게 에테르 실드가 있었다.

특히 마법을 사용하는 일라일라 형태의 몬스터들은 그 에테르 실드가 유독 강했다.

"윽, 이게 아니군."

세현은 급히 마법진으로 들어가는 에테르를 중지하고 앙켑스를 발동시켰다.

이젠 제법 거리를 두고도 몬스터의 몸에 에테르를 밀어 넣을 수 있게 된 세현이었다.

그렇게 앙켑스에 당한 몬스터는 이어진 세현의 마법 공격을 오래 버티지 못했다.

그렇게 세현은 자신을 포위하고 있는 몬스터들을 차례로 처리해 나갔다.

[음음음! 나는 괴엥장해에!]

하지만 상황이 낙관적인 것만은 아니었다.

'팥쥐'의 능력도 한계가 있었다.

어느 순간부터 '팥쥐'가 힘들어하는 기색이 역력했다.

세현은 그 순간부터 몸을 움직이기 시작했다.

검을 들고 방패를 앞세운 세현이 앙켑스를 사용할 때 이외에는 에테르 사용을 최소한으로 하면서 공격 방법을 바꾸었다.

세현이 이리저리 몸을 움직이기 시작하면서 '팥쥐'가 방어해야할 공격도 많이 줄어들었다.

'한자리에 서서 공격을 모두 받는 미련한 짓을 왜 하고 있었나 몰라. 일단 앙켑스를 사용하고, 그것이 먹힐 동안 시간을 끈 다음에 단칼에 목을 날리는 것이 제일 효율적이야.'

세현은 그렇게 조금씩 몬스터들을 효율적으로 상대하기 시작했다.

[음음. 좋아! 나는 다시 굉장해졌어.]

'팥쥐'도 그런 세현 덕분에 조금씩 여유를 찾았다.

그렇게 세현의 마지막 시험은 끝을 향해 다가갔다.

선물이야. 마지막 녀석은 꽤 힘들었지? 코어 몬스터야. 그 중에서도 조금 강한 놈이지. 뭐 그래도 육체 능력은 낮은 편이라 어렵지 않게 처리할 수 있었을 거라고 믿는다. 에테르 마법을 제대로 배웠다면 말이지. 아, 그거 비싼 거니까 팔아서 생활비를 쓰거나 아니면 뒀다가 어디 쓸데 있으면 쓰던가 해라. 사랑하는 형이.

"형! 이건 아니지!"

세현은 마지막 몬스터를 처리하자 나온 형의 쪽지를 읽고는 버럭 소리를 지르고 말았다.

형은 일라일라가 어떤 식으로 일을 진행할지 전혀 모르는 상태로 쪽지를 적은 것이 분명했다.

마지막 시험에서 코어 몬스터는 나오지도 않았다.

그저 시험이 끝나고 안개가 사라진 곳에 놓여 있던 상자에 에테르 코어 하나와 쪽지가 들어 있었을 뿐이다.

세현은 세상이 변하면서 형의 안배가 어긋나고 있는 것이 아닌가 하는 불안한 생각을 지울 수가 없었다.

'근데 나비와 재한도 뭔가 받았다고 하지 않았나? 뭘 받았지?'

아무래도 화력이 부족한 것 같은데?

세 사람이 현실로 돌아온 것은 몬스터 웨이브가 일어날 것으로 예상되는 시기에서 닷새 정도가 남은 때였다.

매스컴에서는 여전히 몬스터 소탕에 대한 이야기를 시끄럽게 떠들고 있었다.

지금까지 다섯 번의 몬스터 웨이브가 있었고, 이를 토대로 몇 가지 새로운 가설들이 나왔다.

먼저 몬스터 토벌을 하면 할수록, 즉 현실에 남은 몬스터의 수가 적으면 적을수록 웨이브로 나타나는 몬스터 웨이브의 에테르의 총량이 적어진다는 것이다.

처음에는 전 세계적으로 일정 범위 안에서 등장하는 몬스터의 에테르 총량이 같았다.

하지만 몬스터 소탕이 이루어지면서 웨이브 사이에 몬스터가 정리된 지역과 그렇지 않은 지역에서의 몬스터 등장 비율이 달라졌다.

남아 있는 몬스터가 많은 지역에 더 많은 몬스터가 등장하는 것이다.

당연히 악순환이 계속되면서 세계 곳곳의 인구 희박 지역은 몬스터들의 땅으로 변하고 있었다.

몬스터가 많은 곳은 소탕이 제대로 이루어지지 않은 곳인데, 거기에 더 많은 몬스터가 등장하니 당연히 몬스터 밀도가 높아지게 된다.

―따라서 지금 외면하고 있는 일부 산간 지역의 몬스터 토벌을 서둘러야 할 필요가 있습니다. 이게 이루어지지 않을 경우, 점차 더 많은 몬스터가 자리를 잡게 될 것이고 결국 손쓸 수 없는 상황이 될 가능성이 높습니다.

―하지만 일각에선 의도적으로 몬스터 랜드를 만들고 있다는 이야기도 있습니다. 기업은 물론이고, 정부도 어느 정도 안정적인 몬스터 수확을 기획하고 있다는 소리가 있었지요.

—그건 이야기가 와전된 것입니다. 정부에서 일부 도서지역, 즉 섬으로 몬스터 발생을 유도하고 있기는 합니다만, 내륙지역에 그런 땅을 만든다는 계획은 없는 것으로 알고 있습니다.

—이번 6차 몬스터 웨이브에선 이전과 달리 고등급 몬스터의 등장 가능성이 제기되고 있는데 그에 대해선 어떻게 생각하십니까?

—일단 가설이긴 합니다만, 세계의 몇몇 지역은 온전히 몬스터들의 땅이 된 곳이 있습니다. 그리고 그런 곳에는 유독 등급이 높은 몬스터가 등장하는 확률이 높았지요. 때문에 이번 웨이브에서 남색 등급의 몬스터가 등장할 가능성이 높게 점쳐지고 있습니다.

—그런 경우 그 몬스터를 처리하는 것이 가능하긴 하겠습니까? 지금 남색 등급의 천공기사는 거의 남아있지 않은 상황으로 알고 있는데요?

—사실을 있는 그대로 말하자면 남색 등급의 천공기사라도 같은 등급의 몬스터를 사냥할 수는 없습니다. 이전까지 남색 등급의 이면공간에 들어간 대부분의 천공기사들은 사냥이 아니라 채집이나 교류에 더 신경을 썼습니다.

—채집이나 교류라니요?

—말 그대로 남색 등급의 이면공간에서 채집 활동을 했다는 겁니다. 그리고 그곳에 있는 이종족, 즉 이면공간의 주민들과 교류하며 환심을 사려고 노력했지요.

―하지만 그곳에서 사냥한 몬스터 부산물들이 적지 않게 현실에 소개가 된 것으로 알고 있습니다만, 그건 어떻게 된 것입니까?

―교류의 성과지요. 사냥을 해도 그곳 주민들과 함께 하는 경우가 많았습니다. 그러면서 결과물을 나누어 받았지요. 사실상 남색 등급의 몬스터는 강기 수준이 아니면 흠집도 내기 어렵습니다. 그런데 남색 등급 천공기사 중에서 마스터의 경지에 오른 이들이 그리 많지 않았지요.

―그래도 세계 순위로 50위권 안에 들어가는 천공기사들은 모두가 마스터급이 아니었습니까?

―남색 등급 몬스터는 그런 마스터급이 서른 명 정도는 있어야 사냥이 가능합니다. 특별한 경우가 아니라면 말이죠. 레이드라고 할까요? 그런데 한 길드나 국가에 그런 마스터가 많아야 열 명이 안 되는 상황에서 어떻게 남색 등급의 몬스터를 사냥했겠습니까?

―그, 그렇습니까?

―사실 천공기 주얼만 남색을 가졌다고 그게 곧 그 천공기사의 실력을 증명하는 것은 아니지요. 너도나도 돈으로 처바른 천공기를 내세우지만 그러다가 몬스터를 만나면 그 대가를 톡톡히 치르게 될 겁니다. 실력을 키우십시오. 실력을.

"말은 잘 하는데, 저 사람 몬스터 웨이브가 일어나면 언제나 중급 몬스터 쪽으로 가던 사람 아냐?"

"맞아. 저 인간, 파란색 등급 몬스터 이상은 절대 상대 안 하는 인간이야."

"그래? 그런데 나비, 너는 저 사람이 싫은 모양이다?"

"보고도 몰라? 실력을 키우라니? 그런 소리를 할 거면 저나 실력을 키우지. 전에 파란색 등급 몬스터 나왔을 때, 저 사람, 슬쩍 빠지는 거 내가 봤거든. 재수 없어."

나비가 이제는 화면에서 사라져버린 그가 마치 눈앞에 있는 듯이 짜증을 냈다.

세현은 재한과 나비의 대화를 듣고 있다가 불쑥 한마디를 던졌다.

"실력이 안 되면 물러나야지. 스스로의 능력을 알고 안전을 챙기는 것이 그렇게 욕을 먹을 일인가?"

"야, 넌 보고도 몰라? 저렇게 나와서 잘난 척은 다 하면서 결국 위험한 곳에선 몸을 빼는 거잖아."

"난 별로 저 사람이 잘못한 것 같지는 않은데? 오늘 저기 나와서 한 말들도 이치에 맞는 말들만 했고 말이야."

"그래도 재수 없는 건 어쩔 수 없어. 지가 뭐 잘났다고 저렇게 떠들어? 호랑이가 없어지니까 여우가 왕 노릇을 하는 거지."

"그 호랑이가 천공 길드냐?"

"말이 그렇다고 말이! 재한이, 넌 왜 또 시비야!!"

6차 몬스터 웨이브가 가까워지면서 전 세계가 바짝 긴장하기 시작했다.

하지만 의외로 6차 몬스터 웨이브는 예상 시점을 20일이나 지난 다음에야 일어났다.

몬스터 웨이브가 예정된 시기에 일어나지 않자 사람들은 드디어 몬스터 웨이브가 끝난 것이 아니냐며 일찍 샴페인을 터트리기도 했다.

하지만 웨이브는 20일 늦게 시작되었고, 그것은 시간이 늦어진 만큼 강력했다.

이전보다 몬스터들의 총 에테르량이 늘어났다.

그만큼 많은 몬스터들 혹은 강한 몬스터가 이면공간에서 튀어 나왔다는 이야기였다.

세현과 재한 나비는 이번에도 셋이 팀을 이루고 몬스터 퇴치에 나섰다.

마음 같아선 천공기사들의 수가 적은 지방 쪽으로 내려가서 활동을 하고 싶었지만, 언제나 선택은 사람의 수가 조금이라도 많은 곳이었다.

모두 구할 수 없다면 조금이라도 피해를 줄이자는 것이 세현 일행의 결정이었다.

그 때문에 이번에도 세현 일행은 서울에서 몬스터 퇴치를 시작했고 의외로 빠르게 몬스터를 정리할 수 있었다. 빨간색, 주황색, 노란색 등급의 몬스터들은 세현 일행에겐 이제 위협이 되지 않았다.

나비의 검은 노란색 몬스터라도 에테르 스킨을 무시하고 상처를 입힐 정도였다.

거기다가 재한의 흡수 스킬이 더해지면 더욱 빠른 속도로 몬스터를 처리할 수 있었다.

주황색이나 붉은색 등급의 몬스터는 그야말로 썰고 다닐 수 있는 것이 이들이었다.

세현의 앙켑스 역시 몬스터들의 에테르 실드를 없앨 수 있었기 때문에 몬스터를 상대하는 것이 무척 쉬웠다.

하지만 에테르 실드가 없는 몬스터라고 단칼에 썰리거나 하는 경우는 드물었다.

특히 덩치가 큰 노란색 등급의 몬스터의 경우에는 그 가죽의 강도만으로 검기를 어느 정도 버틸 수 있었다.

결국 세현 일행은 자신들의 화력이 부족하다는 생각을 할 수밖에 없었다.

몬스터의 에테르 스킨을 걷어 낸 상태로도 그 몬스터를 잡기 위해서 시간이 제법 걸리는 것이 문제였다.

다른 사람들은 몬스터의 에테르 스킨을 걷어 내기 위해서 상당한 시간을 투자하지만 일단 에테르 스킨이 없다면 여러 사람이 몰아치는 공격이 훨씬 더 강력했다.

"딜러가 필요하다."

재한이 세현과 나비를 불러 놓고 말했다.

"이게 게임이냐? 딜러는 무슨."

세현이 재한에게 핀잔을 주었다.

"뭐가? 솔직히 나는 디버퍼. 너는 디버퍼 겸 힐러 겸 탱커. 나비는 전형적인 딜러 아니냐. 이건 균형이 안 맞는 거지. 그러니까 여기에 딜러 두세 명을 더 붙이고 탱커 하나를 더 붙이면 사냥 속도가 몇 배는 빨라질 걸? 나하고 세현이가 몬스터 에테르 실드만 제거하고 뒤는 다른 사람들에게 맡기는 거지."

"그래. 인정. 나 혼자서 두 사람이 에테르 실드 없앤 몬스터를 모두 잡을 수는 없어. 재한이나 세현이 칼질을 한다고 해도 부족한 건 사실이고. 뭐, 세현이야 검이나 마법이나 공격력이 강하긴 하지만, 그래도 우리끼린 앙켑스나 재현의 흡수 스킬을 제대로 활용하지 못하는 것이 맞는 것 같아."

나비는 자존심이 상하지만 인정할 것은 인정했다.

세현과 재한이 공격에 신경 쓰지 않고 몬스터의 에테르 스킨을 걸어 내는 것에만 신경 쓸 수 있으면 사냥은 몇 배는 빨라질 것이다.

물론 두 사람이 에테르 스킨을 걸어 낸 몬스터를 빠르게 정리할 수 있는 화력이 뒷받침 된다는 조건이 충족되어야 하지만.

"그러니까 공격을 맡길 사람을 몇 구해 보자."

*　　　　*　　　　*

"왜 하필 저 아저씨야? 난 저 아저씨 싫다고!"

나비가 한종국을 보며 빽하고 소리를 질렀다.

며칠 전 화면으로 보면서 질색을 했던 얼굴이 눈앞에 있었다.

"좋군, 굉장한 능력이야. 몬스터를 잡는 시간이 거의 절반 이상, 아니, 삼분의 일 정도로 줄어들었군. 여기에 두어 명만 더 붙으면 그것도 줄일 수 있겠어."

그는 경기도 쪽에서 몬스터가 다시 등장해서 천공기사들이 연합으로 사냥을 하는 중에 함께 임시 파티를 이루고 사냥을 마친 상황이었다.

"그래서 한종국 씨, 어떻게 할 겁니까? 웨이브 기간 동안 함께 하시는 것은?"

세현이 한종국에게 물었다.

"분배는?"

"N분의 1입니다."

"머릿수로 나눈다? 그럼 그쪽이 손해 아닌가?"

한종국이 조금 미안한 표정으로 물었다.

아무래도 가진 기술의 차이를 인정하지 않을 수 없으니 나오는 말이었다.

몬스터의 에테르 스킨을 지우거나 혹은 흡수해서 약화시키는 능력이라니, 일반 천공기사들을 상상도 하지 못할 능력이었다.

거기다가 나비란 여자는 에테르 스킨이 남아 있는 몬스터에게 상처를 입힐 수 있는 능력을 가지고 있었다.

"아저씨, 우리가 돈에 미쳐서 이 짓 하고 있는 거 아니거든? 웨이브 기간 지나고 사냥을 해도 충분히 먹고 살 정도는 벌거든."

"먹고 살 정도는 무슨. 재벌 되겠다. 이러다간."

나비의 말에 재한이 실실 웃으면서 고개를 저었다.

"요즘 몬스터 사체 가격이 조금씩 하락하고 있는데? 아, 하긴 이 정도로 사냥을 할 수 있으면 물량으로 승부를 해도 좋겠군."

한종국은 두 사람의 대화를 그렇게 이해했다.

하지만 그는 자신의 예상이 크게 빗나간 것을 세현 일행과 함께 사냥을 하면서 알게 되었다.

"대충 정리가 된 것 같으니까 이제부터 앙켑스로 마무리하자."

노란색 등급의 몬스터 무리를 처리하다가 어느 정도 숫자를 줄이자 세현이 사냥 패턴의 변화를 제안했다.

"그래. 알았다."

"오케이! 알았어!"

한종국까지 넷이 된 일행은 이전보다 훨씬 빠르게 몬스터를 정리해 나갔다.

한종국은 커다란 양손검을 사용하는 전사였는데 파괴력이 굉장히 강한 공격을 했다.

덕분에 에테르 스킨이 사라진 몬스터를 상대하는데 무척 큰 도움이 되고 있었다.

"우하하핫. 돈 벌 시간인가? 좋아! 좋아!"

한종국은 앙켑스로 마무리를 한다는 소리에 신이 나서 소리를 질렀다.

이젠 그도 세현이 앙켑스를 사용한 몬스터들이 높은 확률로 에테르 주얼을 생성한다는 것을 알고 있었다.

몬스터가 대거 등장하면서 몬스터 부산물의 가격이 많이 떨어졌다.

하지만 에테르 주얼의 경우에는 여전히 높은 가격대를 형성하고 있었다.

현실에 나타난 몬스터에게서 에테르 주얼을 얻을 확률이 이면 공간에서보다 훨씬 떨어지기 때문이었다.

　세현 일행의 주 수입원이 바로 그 에테르 주얼이었다. 세현의 앙켑스는 몬스터의 에테르 스킨의 발현을 방해하는 것이지, 그 에테르를 없애는 것이 아니었다.

　그래서 그런지 에테르를 고스란히 지니고 죽은 몬스터들은 높은 확률로 에테르 주얼을 내놓았다.

　"으하하하. 죽어라! 죽어! 주얼을 내놔!"

　한종국은 세현 일행과 함께 하면서 이전보다 훨씬 수입이 늘어난 것을 무척 기뻐하고 있었다.

　특히 앙켑스를 사용해서 몬스터를 정리할 때면 평소보다 훨씬 힘을 내는 것처럼 보였다.

　"아무튼 단순하다고 해야 할지, 솔직하다고 해야 할지. 알다가도 모를 사람이야."

　나비는 그런 한종국의 모습에 고개를 저었다.

　재수 없다고 생각한 적도 있었지만 지금 생각하면 한종국은 지극히 현실적인 계산에 의해서 움직이는 사람이었다.

　남에게 피해를 주지 않지만 스스로 손해를 보려고도 하지 않는 사람, 그러면서 이익이 된다면 꼭 한 발 걸치고 싶어 하는 사람이 바로 그였다.

　"그나저나 지리산이나 설악산 같은 곳들은 어떻게 하려는 걸까? 휴전선과 민통선 안쪽도 난리가 난 것 같던데."

　세현이 몬스터들에게 앙켑스를 씌워주고는 재현 곁으로 다가

와 걱정을 늘어놓았다.

"태극 쪽에서 이번 웨이브 끝나면 한 쪽은 정리를 하겠다고 하는 것 같던데? 아마 지리산 쪽을 먼저 정리하겠지. 그 다음은 설악산 남쪽부터 북쪽으로 밀고 갈 거고."

"강원도는 워낙 정리가 안 된 곳이 많아서… 힘들겠군."

세현이 한숨을 쉬었다.

Chapter 3

헌터와 특이 몬스터

6차 몬스터 웨이브는 이전과 사뭇 다른 양상으로 진행이 되고 있었다.

이번 몬스터들은 등장 편차가 심했다.

그전 까지는 몬스터의 등장에 지역별 편차가 별로 없었다.

같은 범위에는 거의 비슷한 수치의 에테르 총량의 몬스터가 등장했다.

그런데 이번에는 이전 웨이브에서 살아남은 몬스터가 많은 지역에 더 많은 몬스터가 나타나는 현상이 뚜렷하게 나타났다.

그 덕분에 인류의 직접적인 피해는 상당히 줄어들었다.

사람이 많은 곳에 몬스터들이 적게 나타났으니 이전보다 피해가 적은 것은 당연했다.

하지만 몬스터의 피해도 그만큼 줄어서 몬스터 역시 세력이 부쩍 늘어났다.

점차 지구상에 몬스터와 인간들의 대립 구도가 형성되기 시작한 것이다.

"완전히 손해지. 이번에 피해가 적었다고 좋아하는 멍청한 놈들을 보며 멱살을 잡고 싶어진다고."

한종국이 마음에 들지 않는다는 듯이 투덜거렸다.

"없던 것들이 나타나서 지구를 좀먹고 있는데, 피해가 줄었다고 좋아하는 건, 내가 봐도 아닌 것 같아. 오랜만에 아저씨랑 내 생각이 같네?"

"아저씨라고 좀 하지 마라. 응?"

"서른 넘었으면 아저씨지. 뭘 바라는 거야?"

나비와 한종국은 또 다시 말다툼을 한다.

그게 이젠 일상이라 재한도 신경 쓰지 않고 세현을 쳐다봤다.

"그나저나 세현, 어떻게 생각해? 몬스터들 중에서 특이한 것들이 생겼다던데."

"코어 몬스터 같은 거라고 생각한다. 이면공간에서도 특이한 몬스터들이 있었으니까."

"하지만 코어 몬스터는 이면공간에만 나오는 거 아니었어?"

재한이 코어 몬스터란 소리에 눈을 커다랗게 떴다.

"그게 아니면 그와 유사한 놈이겠지. 어쨌거나 그것들이 있는 곳에선 몬스터들이 훨씬 유기적인 움직임을 보인다고 했지?"

"그래. 지금 그것 때문에 피해가 커지는 모양이야. 이전과 달리 몬스터들이 협력을 하기도 한다더라."

"우리나라도 걱정이네. 몇 군데 그런 놈이 있는 것 같다고?"

"뭐, 전부터 위험 지역이었던 곳은 확실하게 나타난 것 같고, 그게 아니어도 몬스터들이 제법 있던 곳에는 특이 몬스터들이 나타난 것 같은 징후가 보인다더라. 북한산하고 도봉산 쪽으로도 있는 것 같다던데?"

"아, 그래서 말인데, 우리 그거 잡으러 한번 안 가볼텨?"

한종국이 나비의 쫑알거림을 무시하고 세현과 재한의 이야기를 가만히 듣고 있다가 기회다 싶은 표정으로 불쑥 몬스터 사냥을 제안했다.

"웬일이야? 아저씨, 위험한 건 절대 안 하는 스타일 아니었어?"

나비가 조금 의외라는 눈빛으로 한종국을 바라봤다.

"너는 어지간하면 그 가면 좀 벗지? 아직까지 가면을 쓰고 버티는 이유가 뭐냐?"

"남이사! 아저씨가 뭔 상관이야?"

"크하하하. 계나비, 설마 이름이 계나비일 거라곤 상상도 못했어. 크하하하하."

"이익, 이 아저씨가 죽을라고!!"

콰직!

"히익, 너, 너, 누굴 죽이려고 이런 걸 던져!"

한종국이 손잡이만 남기고 소파에 박힌 소검을 보며 하얗게 질린 얼굴로 소리를 질렀다.

그런 그의 두 다리는 번쩍 들려 있었고, 소검의 손잡이는 들어 올린 엉덩이 바로 아래에 있었다.

"어떻게 생각해?"

재한이 또 다시 둘을 외면하고 세현에게 물었다.

"북한산이나 도봉산은 몬스터를 거의 정리하지 않았나? 아, 경기도 방향 외곽은 정리를 못했지? 그래서 그쪽 몬스터들이 있는 곳에 특이 몬스터가 나왔다는 건가?"

"그런 모양이야."

"그럼 몬스터들 등급이 그렇게 높진 않을 거 아냐? 잘해야 초록색?"

"아직까지 보고된 걸로는 그 정도인 것 같아."

"그럼 특이 몬스터 역시 그 수준이겠군. 그 정도면 어떻게든 상대해 볼 수 있다는 거겠지?"

"그게 아니면 종국 아저씨가 사냥을 가자고 할 리가 있어? 원래 보신 쪽으로는 탁월한 사람이잖아."

재한이 한종국을 보며 말했고, 한종국은 가랑이 사이에 박힌 소검을 피해서 옆자리로 옮겨 앉았다가 슬쩍 재한과 세현 쪽을 바라봤다.

"왜요? 제가 틀린 말 했어요?"

"아니, 그게 맞아. 알아봤는데 그쪽 정도면 우리가 안전하게 정리할 수 있을 것 같았거든."

한종국은 재한의 타박에도 히죽 웃으며 대답했다.

그는 자신이 안전을 챙기고, 위험을 피하는 것을 부끄럽게 여기지 않는 사람이었다.

그래서 나비조차도 그런 면에 대해선 종국의 성향이 그렇다고 받아들이고 바꾸길 포기하고 있었다.

"좋아요. 그럼 한번 해보죠. 이번 기회에 그 특이 몬스터란 놈도 한번 잡아 보고."

세현이 그렇게 특이 몬스터 사냥 결정을 내렸다.

"이번 사냥에서 별문제가 없으면 다음에는 초록색 등급의 이면공간으로 들어간다고?"

재한이 백운대에서 내려가는 등산로를 걸으며 세현에게 물었다.

"저번에 일라일라가 선물한 초록색 등급 천공기 주얼로 재한이, 너도 초록색 등급까지는 들어갈 수 있게 되었잖아."

"그야 그렇지."

"그럼 이번에 초록색 등급 몬스터들까지 상대를 해보고, 더 나가서 초록색 등급의 특이 몬스터까지 잡을 수 있다면 초록색 등급의 이면공간에 진입하는 것도 괜찮지 않겠어?"

"뭐, 그야 그렇겠지. 거기다가 나비는 초록색 이면공간에 대한 경험도 좀 있고, 종국 아저씨도 경험이 제법 되는 것 같으니까."

"그래봐야 사냥은 별로 하지 못했다면서?"

"등급이 높아질수록 소수로 상대하기는 어렵다고들 하잖아. 뭐 우리와는 거리가 먼 이야기긴 하지만."

세현과 재한은 앞장서서 등산로를 내려가며 이야기를 나주고 있었다.

이들은 북한산의 정상에서 북쪽 사면으로 이어지는 등산로를 내려가며 몬스터를 사냥할 계획이었다.

북한산의 남쪽 사면, 즉 서울 방향은 이미 정리가 되어 있었다.

서울 시민의 안전을 위해서 몬스터 퇴치에 신경을 썼기 때문이다.

하지만 반대쪽 사면은 상대적으로 토벌의 사각지대가 되어버렸다.

백운대에서 창릉천을 지나서 노고산까지가 모두 몬스터들의 영역이 되어 있었다.

덕분에 몬스터들이 제법 많이 남았고, 결국 특이 몬스터가 있다는 제보까지 들어왔다.

몇 명의 몬스터 헌터들이 겁 없이 들어갔다가 꽤나 피해를 입고 물러났다고 했다.

일행들은 등산이 목적이 아니었기 때문에 부유자동차로 백운대 뒤편까지 이동을 했고, 거기서부터 도보로 숨은벽 능선을 따라 창릉천이 있는 방향으로 이동 중이었다.

"그런데 그 헌터들 말이야. 점점 늘어나고 있다며?"

재한이 잠깐 멈춘 대화를 다시 이어가기 시작했다.

"그야 돈이 되는 일이니까 너도 나도 뛰어드는 거지. 그 빌어먹을 실험 이후로 점점 지구상에 에테르 농도가 증가하면서 에테르를 사용할 수 있는 사람들의 수도 늘어나고 있고."

"하긴 에테르를 사용할 수 있게 된 사람들이 몬스터 헌터가 되면서 조금이라도 몬스터 퇴치에 도움이 되고 있으니 그건 다행이지."

헌터는 천공기가 없으면서 현실에서 에테르를 각성해서 사용하게 된 이들 중에서 몬스터 사냥에 나선 사람들을 말하는 것이었다.

그들도 에테르를 사용할 수 있게 됨으로서 몬스터 사냥에 힘을 쓸 수 있게 되었고, 결국 몬스터 퇴치에서 한 축을 담당하게 되었다.

등장하고 겨우 1년 남짓한 시간 동안에 벌써부터 노란색 등급의 몬스터를 상대하는 헌터 파티가 나왔다는 소리까지 있었다.

노란색 등급은 검기를 사용하지 못하면 잡기가 무척 어려운데, 그래도 어떻게든 꾸역꾸역 사냥을 하고 있는 모양이었다.

"조만간 엑스퍼트가 쏟아질지도 모르지."

뒤에서 가만히 따라오던 한종국이 불쑥 던지듯 말했다.

"아저씨, 그게 말이 된다고 생각해? 엑스퍼트가 무슨 강아지 이름이야? 그게 그렇게 쉽게 되게?"

이번에도 나비가 참지 않고 나서서 쏘아 붙였다.

"아니, 이건 농담이 아니야. 너희도 경험이 있겠지만 엑스퍼트가 되는 것이 그렇게 어려운 것이 아니야. 재능만 있다면 딱 1년이면 가능할 수 있지. 좋은 스승에 뛰어난 호흡법이 결합되면 말이야."

"그래서 헌터들 중에서 그런 사람들이 있다고?"

"국가에서 밀어주는데 안 될 것이 뭐가 있겠어?"

"응? 국가에서?"

나비가 처음 듣는 말에 깜짝 놀라 되물었고, 재한과 세현의 시선도 한종국에게 닿았다.

"끙, 알고 있겠지만, 내가 이리저리 발이 좀 넓잖아. 방송에도 몇 번 나가고 해서 말이야."

"그야 알지. 잘난 척은 엄청 했지 방송에서."

나비가 쏘아 붙이듯 말했지만 종국에겐 이미 면역이 된 반응이었다.

"뭐 그래서 알게 된 건데, 초기에 헌터들이 발견이 되기 시작하면서 곧바로 국가 차원에서 에테르에 민감한 젊은 사람들을 모아서 교육에 들어갔다고 하더라고."

"응? 에테르에 민감한지 아닌지 그걸 어떻게 알고요?"

세현이 물었다.

"어떻게는 뭐가? 우리나라 성인 중에서 천공기 적성 검사 안 받은 사람이 누가 있어?"

"네? 그럼 그 정보를?"

"그렇지. 천공기에 적합 판정은 못 받았어도, 그 때, 얻었던 개인 자료를 분석해서 에테르에 민감한 사람들을 따로 뽑은 거지."

"으와, 제법 발 빠르게 움직였군요?"

재한이 놀랐다는 듯이 말했다.

"정부도 많이 바뀌었으니까. 이번에 정권이 바뀌면서 대대적으로 물갈이하고 있는 중이지. 어쩌면 천공 길드가 그런 선택을 했던 것도 지금의 정부와 불편한 관계가 되었던 이유도 있었을 걸?

그리고 그건 아마도 세현의 형과도 연관이 있을 거고 말이야."

"우리 형이요?"

세현이 뜻밖의 말에 깜짝 놀라며 되물었다.

"진강현 천공기사님 말이야. 실종된 후에 무슨 이윤지 사회 전체가 그 분을 묻어 버리려는 분위기였거든. 뭔가 이유가 있었겠지. 그런데 그걸 주도한 것이 천공하고 지난 정권의 정부였단 말이지."

"정부에서 뭔가 밝혀내려고 했다는 건가요? 아니면 천공에게 덮어씌우려 했거나."

세현은 한종국의 말을 듣고 정권이 바뀌었다는 말을 들으면서도 여전히 정부에 대한 믿음을 보이지 않았다.

"그거야 나도 정확힌 모르지. 그냥 짐작일 뿐이니까. 하지만 헌터들을 대대적으로 육성하고 있다는 건 확실해. 벌써부터 그들이 활동을 하고 있기도 하고."

"설마, 그게 태극 길드의 헌터들입니까?"

세현이 뭔가 짐작이 간다는 듯이 물었다.

태극 길드는 세현과도 작은 인연이 있는 국가 소속 천공기사들의 모임이었다.

그런데 요즈음 그 태극 길드에 헌터들이 합류하면서 세력을 키우고 있었고, 그들이 국가 차원의 몬스터 토벌에 앞장서고 있는 중이었다.

"그렇지. 뭐. 솔직히 천공기만 없다 뿐이지 헌터들의 실력이 하급 천공기사를 뛰어넘은 경우는 제법 많이 있으니까 말이야."

"하긴, 천공기를 가지고 있는 이들 중에는 온실 속의 화초가 많지. 돈 있고 빽 있는 집안 새끼들 중에서 적합자가 나오면 어떻게든 천공기를 끼워 줬으니까. 쳇!"

나비는 언제나 그런 쪽의 이야기에선 날카롭게 굴었다.

그런 나비의 반응에 다른 세 사람은 아무 말도 하지 않았다.

이해가 되는 상황이기 때문이었다.

계나비.

그녀는 천공기의 적합 판정을 받은 후에 가면기사가 된 경우였다.

그런데 그녀가 얻은 천공기는 그녀의 것이 아니라 국내 모 기업에서 암중으로 획득한 것이었다.

그 기업에선 적합자이면서 에테르에 대한 재능이 뛰어난 계나비와 계약을 맺길 원했고, 계나비는 성공에 목말라 있었다.

결국 계약서에 도장을 찍은 후 기업은 그들의 이익을 위해서 계나비를 이리저리 부렸고, 나비는 거기에 따를 수밖에 없었다.

원래대로라면 나비는 지금도 그 기업의 계약에 묶여 있는 상태였다.

셰현과 만났을 때 썼던 나비 가면은 그런 그녀가 신분을 감추고 자유를 누리기 위해서 새로 만든 신분이었던 셈이다.

그나마 지금 나비가 자유롭게 세현 일행과 함께 할 수 있는 이유는 그 기업이 천공 길드의 대규모 실험에 적극적으로 참가했던 증거가 드러나면서 거의 공중분해가 된 까닭이었다.

물론 지금도 계약서가 남아 있지만 계약 주체인 기업이 법정 관리에 들어간 상태라서, 나비는 기업에 갚아야 할 천공기 대금만 연체하지 않으면 따로 제약을 받지 않게 된 상황이었다.

그런 나비의 상황을 알고 있으니 소위 '있는 것들'에 대한 나비의 까칠한 반응은 이해하고 넘어가는 일행들이었다.

"자, 잡담은 그만해야 할 것 같은데? 저기 몬스터들이 보인다."

한종국이 듬성듬성 돋아난 바위 때문에 나무가 자라지 못해서 확보된 시야에서 몬스터를 발견하고 일행에게 긴장감을 심어주었다.

로드 몬스터 레이드, 전초전

[음음, 나는 굉장해!]

퍼벙! 퍼벙!

'팥쥐'가 원거리에서 날아온 에테르 공격을 방어 하며 세현에게 어필을 한다.

'그래, 넌 대단해. 고마워.'

세현도 몬스터들과 싸우는 중에 '팥쥐'를 칭찬하며 기세를 올려주기를 게을리 하지 않았다.

그만큼 '팥쥐'가 큰 도움이 되고 있었다.

크아앙! 키에엣! 커엉!

"죽어!"

"조심해라! 앞으로 나가지 마!"

"아저씨나 조심해!"

츠릿! 콰곽! 콰드득!

나비와 한종국, 두 사람이 좌우를 오가며 몬스터들을 공격하고 있었다.

그런 중에 가운데에 있는 재한은 몬스터들의 에테르 실드를 흡수하면서 연발 석궁을 장전되는 대로 쏟아부었다.

후황! 후황! 후황! 후황!

세현도 재한의 곁에서 부지런히 마법진을 통한 연속 공격을 쏟아 냈다.

그런 중에도 잠깐씩 공격을 멈추고 범위 내에 들어온 몬스터에게 앙켑스를 시전하는 것도 잊지 않았다.

"뭐가 이렇게 많아. 이건 무슨 전설 속의 인해전술이야?"

나비가 투덜거리며 몇 걸음 앞으로 나가서 쌍검을 화려하게 휘둘렀다.

나비의 검에 몬스터 몇 마리의 목과 팔다리, 날개, 촉수가 잘려나간다.

"조심하라니까!"

한종국이 그런 나비의 목덜미를 잡아서 뒤로 끌어당긴다.

콰과광!

그 자리에 대형 몬스터의 육중한 방망이가 떨어져 박힌다.

"이거 봐, 내가 알아서 피할 수 있어. 하악! 하악! 그리고 내 갑옷은 무척 튼튼하거든?!"

종국에게 쏘아붙이는 말투는 여전히 날카롭지만 나비의 호흡은 거칠어져 있었다.

"안다. 알아. 뭐 어디서 갑옷 하나 얻어 입고는 그걸 믿고 설치는데 그러다가 한 방에 혹 간다. 너, 조심해라."

종국도 나비가 범상치 않은 갑옷을 입고 있다는 사실은 알고 있지만 그래도 나름 신경을 써준 건데 돌아오는 반응이 시원찮으니 힘이 빠진 목소리다.

나비의 갑옷은 일라일라의 선물이었다.

검을 들고 근접 공격을 고집하는 나비를 위한 일라일라의 맞춤 선물인 셈이다.

후웅! 후웅! 후웅!

콰광! 콰광! 콰광!

세현의 마법진에서 쏟아진 불덩어리들이 다시 몬스터들에게 쏟아진다.

크콰콰콰콰! 커어엉! 키엑! 카르르르!

앙켑스에 에테르 스킨이 무너진 몬스터들이 몸에 붙은 불기운을 이기지 못해서 바닥을 구르며 괴로운 소리를 낸다.

슈슈슈슛! 퍼버버버벅!

재한의 석궁 볼트가 그렇게 쓰러진 몬스터들의 급소를 노리고 날아간다.

연발 석궁을 쓰면서도 재한의 석궁 볼트들은 어김없이 몬스터 패턴의 중앙에 틀어박힌다.

크라라랑! 크앙!

"어엇! 젠장!"

콰과광! 터덩! 츠릿! 촤악!

세현이 마법진에 에테르를 주입하던 것을 팽개치고 방패를 앞세우고 몸을 날린다.

세현의 방패는 떨어지는 몬스터의 몽둥이를 쳐내고, 몬스터의 허리를 좌우로 베어 낸다.

하지만 아직까지 에테르 스킨이 남아 있는 몬스터는 별다른 상처를 입지 않고 포효를 터트린다.

쿠아아앙! 쿠롸롸! 쿠라쿨락!

"뭐라는 거야? 이 덩치는?"

다른 대부분의 몬스터가 노란색 등급 이하인데 지금 이 덩치 큰 몬스터는 초록색 등급의 몬스터다.

이리저리 계곡과 능선을 오고가며 몬스터들과 싸움을 벌이느라 주변은 온통 폐허 꼴을 면치 못하고 있다.

쓰러진 나무와 깨어진 바위, 뒤엎어진 흙.

그리고 그 속에 묻히거나 혹은 그 위를 덮고 있는 수많은 몬스터의 사체.

"이제 몇 마리 안 남았어!"

한종국이 소리를 지른다.

"그거 진담은 아니지? 아직도 바글바글하다고!"

하지만 나비는 한종국의 말을 믿지 않는다.

사실 조금만 둘러봐도 아직 몬스터의 수는 많았다.

"그래봐야 잡것들이야. 거기 그놈하고 몇 마리만 처리하면 나머진 껌이라고!"

하지만 한종국의 입장에선 빨간색이나 주황색 등급은 눈에 들어오지도 않았다.

그러니 노란색 등급과 초록색 등급만 잡으면 이 사냥은 무사히 끝날 것이라 생각했다.

폭폭폭! 쿠아아앙!

"드, 들어갔다. 볼트가 박혀! 에테르 스킨이 무너졌어."

그때, 재한이 고함을 질렀다.

그가 쏜 석궁 화살이 초록색 등급의 몬스터의 몸에 박혀 있었다.

그것도 명치에 위치한 몬스터 패턴의 한가운데.

쿠아아앙! 쿠앙!

상처입은 몬스터는 손에 들고 있던 커다란 나무 몽둥이를 들어 올려서 곧바로 재한을 내리찍는다.

하지만 재한은 날렵한 동작으로 몽둥이를 피했다.

콰광!

"차앗!"

몽둥이를 내려친 몬스터의 팔에 세현의 검이 떨어져 내린다.

콰드득!

세현의 검을 통해서 찌르기도 베기도 아닌 치기가 이루어졌고, 몬스터의 팔이 기괴한 소리와 함께 부러졌다.

쿠어엉! 쿠엉!

이족 보행의 사키메구형 몬스터가 커다란 포효를 지른다.

목 위로만 털이 없이 온몸이 털로 덮여 있는 몬스터를 털 원숭이란 의미에서 사키나 메구로 부르고 합쳐서 사키메구라 한다.

그리고 지금 세현이 공격한 몬스터도 그 형태에 속하는 몬스터였다. 다만 그 크기가 일반적인 사키메구의 두 배는 된다는 것이 함정이라면 함정이다.

등급이 높아지면서 모든 능력이 상승한 몬스터다.

"그냥 죽어! 으랏차!"

포효를 터트리리는 대형 사키메구의 구부정한 등 뒤에서 한종국의 모습이 나타나더니 커다란 양손검으로 정면 내려치기를 한다.

그 검의 궤적이 곧바로 사키메구의 머리로 이어진다.

쩌저적!

"이익, 안 잘렸어?"

"비켜, 아저씨야!"

촤좌좌좌촥 차좌촥!

몬스터의 머리를 반쯤 파고든 검의 손잡이를 잡고 몬스터의 등에 매달린 한종국에게 고함을 지르며 나비가 달려와 몬스터의 목에 쌍검을 휘둘러 댄다.

수십 번의 칼질이 순식간에 일어나며 몬스터의 목뼈가 드러난다.

쿠루룩 쿠룩 쿠룩!

몬스터의 기도에 구멍이 나며 피와 공기가 함께 흘러나온다.

"우라차차차!"

한종국이 다시 몬스터의 등을 박차고 자신의 양손검을 뽑아

내더니 몬스터의 어깨를 밟고 서서는 도끼질을 하듯이 검으로 몬스터의 목을 자른다.

나비의 칼질에 대부분의 힘줄이 잘린 몬스터는 한종국의 검을 견딜 수는 없었다.

쿠궁!

결국 몬스터의 커다란 머리가 땅바닥에 떨어진다.

후웅, 후웅 후웅, 후웅!

그 사이에 세현은 '팥쥐'의 도움으로 다시 만들어낸 마법진으로 불덩이를 만들어서 몬스터들에게 날려 보내고 있었다.

초록색 등급의 거대 사키메구는 처리했지만 아직도 남은 몬스터가 많았다.

재한과 종국 나비도 제일 위험한 초록색 몬스터를 잡았다는 기쁨을 누리기 전에 남은 몬스터를 정리하는 것이 우선이란 사실을 잊지 않고 몸을 날렸다.

그리고 얼마 후, 네 사람은 모든 몬스터를 정리하고 한자리에 모였다.

"후우, 후우. 이게 뭔 지랄이야. 어떻게 몬스터들이 이렇게 몰릴 수가 있지? 거기다가 갖가지 종류의 몬스터들이 마치 병종이 다른 군대처럼 움직였다고."

재한이 한숨을 쉬면서 넋두리를 늘어 놓았다.

"후아, 힘드네. 하지만 아직 끝이 아니지. 놈이 남아 있어."

세현이 심호흡을 한 번 하고는 주변을 둘러보며 말했다.

"대충 이만하고 내려가고 싶은데?"

한종국이 세현의 말에 슬쩍 빠져나가려는 낌새를 보였다.

"어디 한번 혼자 가봐. 그럼 다시는 우리랑 아는 척하지 않는 거야. 알지?"

나비가 곧바로 나서서 한종국을 윽박질렀다.

"아니, 함께 가자는 거지. 누가 혼자 간다고 했나? 내가 그래도 의리는 있는 사람이라고."

한종국이 나비의 말에 손사래를 쳤다.

"아저씨가 그렇게 말을 하는 거 보니까 특이 몬스터 사냥에도 가능성이 있다고 생각하는 모양이네?"

하지만 재한은 한종국의 태도를 전혀 다르게 받아들였다. 가능성이 없는 위험한 일인데 끝까지 의리를 지키겠다고 남을 사람이 아님을 감안한 제한의 추측이었다.

"에, 뭐, 그놈이 우리가 죽인 이 몬스터들과 함께 나타났으면 볼 것도 없이 도망을 갔어야지. 하지만 이 많은 몬스터들이 다 죽을 때까지 나오지 않았다는 건, 그놈에게 무슨 제약이 있다는 소리겠지."

한종국은 재한의 말에 자신의 분석을 늘어놓았다.

"물론 그놈이 있는 곳에도 뭔가 친위대 같은 것이 있을 수도 있겠지만 여기 몰려 온 몬스터들을 생각하면 남은 몬스터는 그리 많지 않을 거라고. 그러니까……."

"그놈을 잡을 가능성이 높다고 생각한 거구나, 아저씨."

나비가 한종국의 말을 중간에서 가로챘다.

"흐음. 그런 거지. 허허허."

"아주 웃기는 놈이네. 어떻게 이런 곳에 자리를 잡았지?"

재한이 살짝 몸을 떨며 중얼거렸다.

세현 일행은 특이몬스터를 찾아서 노고산 전체를 뒤지고 다녔다.

그리고 결국 노고산의 남서쪽 사면에 있는 사격장에서 몬스터를 찾을 수 있었다.

주변 군부대에서 사격 훈련을 할 때 사용했던 것으로 보이는 사격장은 몬스터가 등장한 후로는 방치된 상태로 있었는데, 그곳에 특이 몬스터가 둥지를 튼 것이다.

"제법 넓게 트여 있는 곳이라 마음에 들었던 모양이지. 그나저나 재한이, 너는 유독 반응이 이상하다?"

세현이 재한의 긴장감이 평소와 다른 것 같은 느낌에 그렇게 물었다.

"PRI를 모르면 묻지 마라."

재한이 살짝 떨리는 목소리로 대답했다.

"그게 뭔데?"

나비가 묻는다.

"Preliminary Rifle Instruction, 사격술예비훈련이다. 군대에선 PT와 함께 떠올리는 것도 싫은 흉악한 훈련이지. 이런 사격장에 오면 당연히 저런 반응이 나온다. 군대에서 제대하고 오래되지 않으면 더 그렇지. 하지만 재한이, 너는……."

"제가 뭐요?

재한이 한종국이 말을 끝맺지 않자 무슨 의미냔 표정으로 물었다.

"군대를 정상적으로 갔다 오진 않았을 것 같다만? 천공기사는 아마도 4주 훈련으로 끝이지?"

"그, 그래도 PRI는 충분히 겪었습니다. 알만큼 안다는 말입니다."

재한이 종국의 말에 억울하다는 표정으로 말했다.

사실상 천공기사들이 짧게 군사 훈련을 마치는 것으로 군 입대를 면제 받기는 하지만 그 때문에 일반적으로 입대한 훈련병보다 몇 배는 고된 훈련을 받는다는 사실은 잘 알려져 있지 않았다.

천공기사들 대부분이 에테르를 각성하고 있기 때문에 육체적 능력이 남다르다는 이유로 상상하기 어려운 훈련을 받는다.

재한 역시 그런 경험을 가지고 있었고, 특히나 사격에 흥미가 많았던 재한은 사격장에서 잔뜩 기대감에 넘쳐 흥분한 모습을 보였다가 본보기로 호되게 당했다.

그 때 경험한 사격술예비훈련의 기억이 지금 재한을 괴롭히는 것이다.

"끌, 그야 뭐 군대 갔다 온 놈들이 모두 그렇게 말을 하지. 어느 한 놈 군 생활을 놓고 할 말이 없는 놈이 없더라."

종국은 그렇게 말하며 세현을 바라봤다.

종국도 세현의 군 경력은 들은 적이 없었던 것이다.

"전, 어려서 고아가 되어서 군 면제 대상이었습니다. 거기다가 정부 감시 대상이어서… 애초에 군대에 갈 생각도 없었고 말입니다."

세현은 그런 종국의 눈빛에 달갑지 않다는 표정으로 말했다.

세현은 정부나 국가에 대해서 그다지 호의적인 생각이 없는 사람이었다.

"자자, 군대에 안 가거나 못 가거나 우린 충분히 국가에 도움이 되는 일을 하고 있는 겁니다. 저 특이 몬스터를 잡는 것만으로도 군 생활 착실하게 하고 나온 정도의 공적은 될 겁니다. 그러니 사냥합시다, 사냥."

재한이 세현과 종국의 중간에 서서 팔을 잡아끌며 사대 쪽으로 움직이기 시작했다.

"쳇, 남자들의 군대 이야기라니… 듣고 싶지 않다고."

나비가 그렇게 중얼거리며 뒤를 쫓았다.

네 사람은 나란히 사로(射路) 하나씩을 차지하고 서서 정면을 바라봤다.

국군 규격 사격장은 250미터까지 과녁이 있었다.

그래서 앞뒤의 여유를 다 따지면 사격장은 길이가 300미터가 넘고 좌우가 100미터가 넘는 넓은 면적이었다.

지금 그 사격장 중앙에 커다란 몬스터 한 마리가 세현 일행을 노려보며 웅크리고 있었다.

크르르릉! 크르릉!

낮게 위협하는 소리를 내며 그것이 몸을 일으켰다.

"하필 수인족일건 뭐냐고."

종국이 투덜거리는 소리가 들렸다.

녹색 등급의 수인족(獸人族) 몬스터 로드

3미터, 은빛의 털을 가진 이족 보행의 몬스터.

"웨어울프?"

"늑대 같지는 않은데? 주둥이가 조금 더 짧잖아. 고양이 같기도 한데?"

"쯧, 저렇게 생긴 동물은 지구상에 없어. 뭔 헛소리야? 그냥 여러 짐승을 합쳐놓은 것 같구만. 그나저나 저 손톱인지 발톱인지는 끔찍하네."

한종국이 세현과 재한의 말을 듣더니 혀를 찼다.

크아아아앙!

화르르르르륵!

그런데 몬스터의 포효와 함께 그 몬스터의 주변에 수많은 불덩어리들이 생겨나기 시작했다.

"뭐야, 저렇게 생긴 놈이 원거리 공격을 한단 말이야?"

[음음. 믿어. 굉장한 내가 있어!]

세한의 놀란 목소리에 '팥쥐'가 존재감을 드러냈다.

원거리 공격이라면 이젠 당연하다는 듯이 나타나는 '팥쥐'였다.

'마법진도 부탁해. 녀석이 원거리 공격을 하겠다면 나도 상대를 해줘야지. 이번에도 화염이다.'

세현이 멀리 떨어진 몬스터에게 원거리 앙켑스를 시전하면서 말했다.

[음음! 그래. 알았어. 난 할 수 있어!]

'팥쥐'의 외침과 함께 세현의 앞쪽으로 마법진이 흐릿하게 떠오른다.

'팥쥐'가 사용하는 기운은 에테르와는 성질이 달랐다. 그 기운은 에테르를 흩어놓을 수도, 에테르를 가두어 두거나 담아 두는 것도 가능했다.

'팥쥐'가 원거리 공격을 상쇄하는 것은 그 기운으로 에테르를 흩어놓는 것이고, 마법진은 에테르를 일정한 틀에 담는 형태였다.

하지만 세현은 '팥쥐'가 준비한 마법진에 에테르를 주입할 수가 없었다.

"크읏, 앙켑스가 밀려!"

세현이 동료들에게 고함을 질렀다.

"응? 무슨 소리야?"

재한이 놀라서 물었다.

"앙켑스로 뿌린 에테르가 놈에게 스며들지를 못하고 겉돌고 있어. 놈의 주변에 에테르를 방어하는 뭔가가 있어."

"에테르 스킨이 아니라?"

"그런 종류인지도 모르지만 이건 앙켑스를 막아내고 있어. 처음 보는 형태야."

세현이 인상을 찌푸리며 말했다.

"어디 그럼 이건?"

이번에는 재한이 흡수 스킬을 사용해 봤다.

"크으, 이건 정말 힘든데? 일라일라의 던전에서 처음으로 흡수 스킬을 사용했을 때보다 더 힘든 것 같아. 저놈 에테르 스킨을 흡수하는 것은 무척 힘들어."

"그럼 어쩔 수 없지. 전통적인 공략 방법을 써야지. 무식하게 두드려서 에테르 스킨을 벗겨 내는 거!"

한종국이 상황이 돌아가는 것을 지켜보고 있다가 양손검을 들고 몬스터를 향해 다가가기 시작했다.

"흥, 그전에 내 검이 에테르 스킨을 갈기갈기 찢어놓을 걸?"

나비가 한종국과 거리를 두고 그와는 반대인 몬스터의 오른쪽으로 접근하기 시작했다.

후웅, 후웅, 후웅, 후웅! 홍홍홍홍!

하지만 한종국과 나비의 접근이 쉽지 않았다.

몬스터의 주변에 떠 있던 불덩어리들이 한종국과 나비를 향해서 빠르게 날아들기 시작한 것이다.

'막을 수 있어?'

세현이 '팥쥐'에게 물었다.

[음? 가까이 오면!!!]

하지만 돌아온 '팥쥐'의 대답은 예상대로였다.

'팥쥐'는 세현을 중심으로 반경 30미터 정도 안에서만 기운을 사용할 수 있었다.

당연히 그보다 앞서 나가서 몬스터를 상대하는 한종국과 나비를 방어해 주기는 어려웠다.

"으랏차!"

쾅! 콰광!

"하압!"

스르륵! 콰광!

하지만 한종국과 나비도 충분한 실력을 가지고 있는 천공기사였다.

한종국은 검으로 공격을 파쇄하며 전진을 계속했고, 나비는 날아오는 불덩이를 검으로 슬쩍 밀어 경로만 바꾸어 놓고 있었다.

"할 만하냐?"

세현이 재한에게 물었다.

"힘들어. 엄청나게!"

"그래도 되긴 된다는 소리지?"

"저 둘이 놈의 신경을 건드리니까 조금 나아지는 것 같기도 하고."

"역시, 나도 앙켑스 에테르가 조금씩 먹힌다 싶었는데 역시 그런 이유였어. 저놈을 감싸고 있는 에테르 스킨은 저놈의 의지에 따라서 외부 에테르를 방어하고 있는 거였어."

"내 생각도 그렇긴 한데, 어쩌지?"

"넌 흡수를 계속해. 내가 공격을 해서 혼을 빼놓지."

"하지만 그렇게 되면 에테르 주얼이 나올 확률이 줄지 않나?"

재한이 아까운 듯이 말했다.

앙켑스를 사용할 때와 그렇지 않을 때의 에테르 주얼 생성 확률이 크게 차이가 나기 때문에 하는 말이었다.

"지금 그게 문제냐? 저거 초록색 등급의 특이 몬스터다. 이면 공간으로 치면 초록색 코어 몬스터라고 봐야 하는 놈이라고. 욕심 부리지 말자."

"그, 그래."

재한도 세현의 말이 옳다고 생각했는지 에테르 스킨 흡수에 신경을 집중하기 시작했다.

세현도 앙켑스를 제대로 먹일 수만 있다면 그게 좋겠다는 생각을 하고 있었다.

하지만 몬스터의 신경을 분산시키는 공격을 하기엔 재한보다 자신이 나았다.

재한이 석궁을 쏘거나 검을 들고 달려든다고 해도, 세현, 자신의 마법 공격만은 못할 것이다.

특히나 연속 공격이란 점에서 세현의 마법 공격은 큰 장점이 있었다.

후황, 후황, 후황!

세현이 '팥쥐'가 만들어준 마법진을 통해서 불덩이를 날리기 시작했다.

그때 종국과 나비는 이미 놈의 근처까지 다가가서 공격을 시작하고 있었다.

"나도 조금씩 다가갈 테니까 너는 알아서 해라."

세현은 재한에게 그렇게 말을 하고는 마법진에 에테르를 부어 넣으며 조금씩 몬스터에게 다가가기 시작했다.

크아아앙! 크르릉!

콰광! 카르릉! 카드득!

종국의 강력한 공격과 나비의 빠르고 날카로운 공격이 몬스터에게 쏟아졌다.

몬스터는 주변에 띄워놓은 불덩이로 종국과 나비를 공격하기도 하고 날카로운 손톱을 휘두르며 직접 공격하기도 했다.

하지만 세현의 불덩이 공격이 시작되자 상황이 달라졌다. 세현의 공격은 몬스터의 근처까지 날아가면 몬스터가 만들어낸 불덩이와 부딪혀 허공으로 흩어졌다.

'저거 너하고 비슷한 방법을 쓰는데?'

세현이 '팥쥐'에게 말했다.

[음? 아니야! 음음. 저건 굉장하지 않아.]

하지만 '팥쥐'는 세현의 생각에 동의하지 않았다.

크아아앙! 크롸롸롸롸!

세현이 점점 앞으로 나가며 몬스터에게 다가가자 몬스터가 위기를 느꼈는지 크게 포효를 터트렸다.

그리고 그와 동시에 몬스터의 몸 위로 어지러운 마법진들이 나타나더니 그것이 몬스터의 몸에 모여서 갑옷으로 변하기 시작했다.

"뭐야? 변신 괴물이냐?"

한종국이 깜짝 놀라서 소리를 질렀다.

우우우우웅!

그리고 동시에 몬스터는 발톱이 줄어들면서 한종국의 것보다 훨씬 더 큰 검을 소환해 냈다.

"이런 건 들어본 적도 없다고!"

나비가 몬스터가 휘두른 검을 피하면서 소리를 질렀다.

몬스터의 검은 거의 사람 하나 정도의 크기였다.

길이도 그렇지만 넓이도 넓었다.

쾅쾅쾅 쾅쾅 쾅쾅!

"뭐야? 저건?"

세현은 이어진 몬스터의 행동에 깜짝 놀랐다.

몬스터는 세현의 공격을 방어하지 않고 그대로 몸에 맞았다.

하지만 세현의 불덩이는 몬스터에게 전혀 영향을 주지 못했다.

불덩이에 맞을 때마다 몬스터의 갑옷 표면에 기묘한 마법진이 생겨나며 세현의 공격을 막아내고 있었다.

대신에 몬스터가 만든 불덩어리가 곧바로 세현에게로 날아왔다.

[음음! 믿어! 나는 굉장해!]

물론 세현에겐 갑옷이 없는 대신에 '팥쥐'가 있었다.

세현에게 날아드는 불덩어리들은 모두가 '팥쥐'의 기운에 의해 흩어졌다.

세현은 자신의 화염 공격이 별다른 효과가 없다는 것을 깨닫자 곧바로 앙켑스를 시전했다.

세현의 에테르가 수인 몬스터에게 흘러가 내부로 스며들기 시작했다.

"어? 어떻게 된 거야?"

세현은 이전보다 훨씬 쉽게 몬스터의 내부로 스며드는 자신의 에테르에 깜짝 놀랐다. 그러면서 몬스터가 갑옷과 검을 만들어내면서 앙켑스 같은 공격에는 취약하게 된 것이 아닌가 짐작했다.

"하핫, 넌 이제 끝난 거야!"

세현이 중얼거리며 몬스터의 내부로 들어간 에테르를 변화시키기 시작했다.

앙켑스의 첫 단계가 속성 없는 에테르를 대상의 내부로 침투시키는 것이라면 두 번째는 에테르의 성질을 세현이 원하는 형태로 바꾸는 것이다.

이번의 경우엔 당연히 수인 몬스터가 지니고 있는 에테르 스킨을 허물 수 있는 성질이었다.

몬스터들의 에테르 스킨은 각자의 개성이 있는 것처럼 제각각 다른 특성을 지녔고, 세현은 그간의 경험을 통해서 각각의 에테르 스킨에 적합한 반대 속성을 알고 있었다.

'제법 복잡한 성질을 지니고 있긴 하지만 그래봐야 이미 너는 내 손안에 있는 거다.'

세현은 빠르게 앙켑스 에테르의 속성을 바꾸었다.

쿠어어엉! 크롸롸롸!

그 순간 수인 몬스터는 자신의 몸에서 일어나고 있는 변화를 알아차렸고, 동시에 그 원인이 세현에게 있음을 알아차렸다.

"어엇? 마, 막… 아니, 세현, 피해라!!"

한종국이 몬스터의 변화를 감지하고 급하게 소리를 질렀다.

하지만 그때는 이미 수인 몬스터가 세현에게 몸을 날린 후였다.

쿠롸롸롸롸! 쿠과!

쉬이잉! 터더덩!

"아무리 내가 마법을 쓴다고 해도 나를 물로 보면 곤란하지. 우리 형이 내가 약골이 되는 꼴은 못 본다고 했다니까?"

하지만 세현은 방패를 이용해서 수인 몬스터의 공격을 막아냈다.

날아오는 궤적을 슬쩍 비틀어서 세현이 선 땅 옆을 치게 만들고 몸을 빼서 원을 그리며 모걸음으로 이동했다.

크아잉! 쿠앙!

공격이 빗나간 몬스터가 다시 땅바닥에 처박힌 검을 뽑아 들고 세현을 공격하기 위해 움직였다.

하지만 그 때는 이미 한종국과 나비가 몬스터의 좌우로 들이닥치는 상황이었다.

"누굴 핫바지로 알아! 죽어라, 놈!!"

"썰어주겠어!!"

잠깐 놈을 놓쳐서 세현에게까지 가게 만들었다는 사실에 자존심이 상한 두 사람의 공격은 거칠었다.

쿠어엉!

콰광! 깡! 까드득!

한종국은 수인 몬스터의 검을 온전히 정면으로 받아치진 못했다.

그러기엔 체급 차이에 따른 힘의 격차가 심했다.

하지만 적당히 흘리면서 상대했기에 수인 몬스터의 거검(巨劍)을 상대로 밀리지 않았다.

그런 한종국을 방패삼아서 나비는 틈이 보이는 대로 수인 몬스터에게 달려들어 쌍검을 휘둘렀다.

공격은 특별한 경우가 아니면 절대 마주치지 않고 회피하면서 공격을 하다가, 때론 한종국의 뒤로 빠져서 몬스터의 공격을 한종국에게 미뤘다.

"킁!"

한종국은 그런 나비의 행태에 콧김을 뿜었지만 크게 따지진 않았다.

서로 다른 전투 방법을 사용하니 그런 식의 협조가 불가피한 것을 아는 까닭이다.

"꺄하하하하! 넌 죽었어!"

그때, 나비가 환호성을 올렸다.

에테르 스킨을 가르는 능력이 있는 나비의 검이 수인 몬스터의 몸에 상처를 남긴 것이다.

그 말은 수인 몬스터의 에테르 스킨이 그만큼 얇아졌다는 의미였다.

세현의 시선이 멀찍이 떨어져서 손을 내밀고 온몸에서 땀을 흘리고 있는 재한에게로 돌아갔다.

그동안 꾸준히 수인 몬스터의 에테르 스킨을 흡수하더니 결국 어느 정도 효과를 만들어 낸 것이다.

물론 세현도 자신이 수인 몬스터에게 사용한 앙켑스가 어느 정도 효과가 있었으리라 생각했다.

비록 수인 몬스터가 지닌 에테르 스킨의 총량이 너무 커서 세현의 앙켑스 에테르가 그 모두를 무마할 수는 없었지만 일부분을 삭감시킨 것은 분명했다.

"으라차차찻! 끝이 보이는구나! 그 갑옷이나 내놔라!"

"호호홋, 호호홋!"

한종국과 나비의 공세가 한층 강해졌다.

쿠아아앙! 쿠앙!

수인 몬스터가 몸에 상처기 생기기 시작하자 위기감을 느꼈는지 포효 소리에 다급함이 실렸다.

그리고 수인 몬스터가 소환해 입은 갑옷의 가슴 부분에서 새로운 마법진이 빛을 내기 시작했다.

그리고 동시에 세현 일행의 공격이 다시 막히기 시작했다.

"뭐야? 에테르 스킨을 회복한 거야?"

나비가 깜짝 놀라서 세현을 보며 물었다.

"아니야, 전혀 다른 거야. 에테르를 이용해서 일종의 방어막을 만들었어. 저런 식으로도 에테르를 사용할 수 있는 거구나!"

세현은 몬스터의 몸을 보호하고 있는 에테르 방어막을 명하게 바라봤다.

"하아, 저게 진정한 에테르 실드, 뭐 그런 거 아냐? 그전에 쓰던 건 에테르 스킨이라고 봐야 하고."

재한이 어느 틈에 세현 곁으로 다가와 지친 표정으로 말했다.

"저건 흡수가 안 되는 거지?"

"그걸 말이라고 하냐? 저건 달라. 흡수는 몬스터가 만드는 에테르 스킨에만 쓰는 거야. 그건 몬스터의 생체 에테르와 연관이 있는 거니까. 그래서 흡수가 되는 거지. 에테르 주얼이나 그런 곳에서 나오는 에테르는 흡수가 안 되는 거 알잖아."

재한이 당연한 것을 묻는다는 듯이 대답했다.

"그래도 상관없어. 저놈이 더 강해진 것이 아니야. 그냥 없던 에테르 스킨이 다시 생겼다는 정도로 생각하면 그만이야. 지금까지 했던 것처럼 다시 공격하면 잡을 수 있어!"

그때, 한종국이 큰소리로 일행들에게 말했다.

"그래, 누가 먼저 지쳐 쓰러지나 해보자는 거지, 앙?"

나비도 덩달아서 수인 몬스터를 향해 소리치며 달려들었다.

세현과 재한은 서로 얼굴을 마주보다가 다시 공격 준비를 했다.

세현은 마법진을, 재한은 석궁을.

Chapter 4

에테르 마법진의 무한한 가능성

[음음. 난 굉장해. 하지만 힘들어!]

'그래, 수고했다. 팥쥐.'

[음음. 수고했어!]

'팥쥐'는 그렇게 의지를 전달하고는 천공기 속으로 사라졌다.

세현은 그것이 '팥쥐'가 잠을 자거나 휴식을 취하는 모습임을 알고 있었다.

'많이 지치긴 한 모양이네.'

세현은 그런 생각을 하며 왼쪽 손목을 쓰다듬었다.

"하아, 정말 지친다. 뭐가 이렇게 끈질긴 거야?"

한종국이 쓰러진 수인 몬스터의 등에 걸터앉아 자신의 앞에 꽂은 검에 기대며 투덜거렸다.

그런 한종국의 몸에는 여기저기 혈흔이 비치고 있었다.

"그래도 잡긴 잡았네. 정말 조금 전에는 그냥 도망치자고 말하고 싶었다고. 진짜 체력전의 진수를 경험했다니까."

나비는 조금 떨어진 흙바닥에 그냥 주저앉아 있었다.

일라일라에게 받은 갑옷에도 적잖은 흠집이 나 있었다.

세현은 그래도 많이 다친 곳은 없어서 다행이라고 생각하며 재한 쪽으로 시선을 던졌다.

재한은 부서진 석궁의 부품을 주워 모으는 중이었다.

뜬금없이 수인 몬스터가 재한에게 달려드는 바람에 미처 준비를 하지 못한 재한이 수인 몬스터의 검을 석궁으로 받으면서 충격을 줄이고 몸을 피했다.

그 덕분에 석궁 하나가 박살이 났던 것이다.

"어이, 이거 봐라. 이거, 코어 아니냐?"

그 때, 한종국이 세 사람의 목이 홱 소리가 날 정도로 돌아갈 소리를 했다.

모두가 한종국의 근처로 뛰듯이 달려가 모였다.

한종국은 죽은 몬스터의 갑옷을 살피고 있었는데 그 갑옷의 명치 윗부분에 뭔가 둥근 보석 같은 것이 있었다.

원래는 겉으로 보이지 않는 것인데 앞을 가리고 있던 덮개를 한종국이 들어 올리자 드러난 것이었다.

"맞는 것 같은데? 이거 코어 맞지?"

재한이 세현을 보며 물었다.

"맞아. 그런데 초록색 등급은 아니야. 노란색 등급의 에테르 코어야."

"뭐? 아니, 이놈이 초록색 등급보다 훨씬 강한 놈이었는데 왜 코어는 노란색이야? 그게 말이 되는 거야?"

한종국이 세현의 말에 버럭 고함을 질렀다.

하지만 그것은 세현이나 다른 누구에게 하는 소리는 아니었다.

그저 기대에 미치지 못하는 코어 등급에 대한 분노일 뿐이었다.

"아저씨, 정신 차려! 진짜 코어는 여기 있잖아. 그건 갑옷에 붙어 있는 코어일 뿐이야."

한종국의 고함 소리에 나비가 한심하단 눈빛으로 수인 몬스터의 옆구리 부근에서 코어 하나를 들어 올렸다.

숨을 쉬듯, 혹은 심장이 맥동하듯 녹색의 광채를 발하고 있는 코어였다.

"우엇, 그게 거기 있었어? 어디 봐. 나도 좀 보자!"

한종국이 나비에게 와락 달려들었지만 나비는 순간적으로 등 뒤로 코어를 감췄다.

"이 아저씨가 지금! 딱 서! 어딜 덤벼?"

"누, 누가 덤볐다고 그러냐? 코어를 보자는 거지."

아슬아슬하게 몸을 멈췄지만 얼굴이 나비의 가슴에 닿을 듯이 가까워진 상태로 앞으로 쓰러지지 않으려고 애를 쓰며 한종국이 떠듬거렸다.

"코어가 나왔네? 초록색 에테르 코어. 거기다가 갑옷에 사용된 노란색 에테르 코어도 있어. 이거 횡재한 것 같은데?"

"일단 챙길 것은 챙기고 몬스터 사체 수거해 가라고 연락해."

"그래야지. 그럼 이놈이 입은 갑옷하고, 저 검, 그리고 코어만 챙기면 되는 건가?"

"아니, 이놈은 사체까지 챙기자. 특이 몬스터라니까 따로 좀 살펴봐야지. 그 뒤에 경매를 하건 어쩌건 하고."

"그래, 그게 좋겠다. 자자, 그만하고 철수 준비합시다."

재한이 품속에서 스마트폰을 꺼내서 전화번호를 누르며 한종국과 나비에게 소리쳤다.

                    *   *   *

"이거 멋진데?"

"갑옷 하나에서 이렇게 많은 마법진이 나올 거라곤 생각도 못했는데 말이야."

"그러게. 그나저나 이거 우리가 만들 수 있을까?"

"만들 수 있다면 좋겠지. 꽤나 돈벌이가 되지 않겠어?"

"그렇지? 확실히 그렇기는 한데."

재한과 세현은 거실 바닥에 수인 몬스터가 입고 있던 갑옷을 펼쳐놓고 이야기를 나누고 있었다.

그 갑옷은 에테르 코어의 에너지를 이용해서 방어력을 높인 것이었다.

실제로 세현 일행이 수인 몬스터와 싸울 때 가장 힘들었던 것이 갑옷의 에테르 실드였다.

에테르 코어에서 에테르를 뽑아서 실드를 계속 유지했기 때문에 장기전을 벌여야 했던 것이다.

결국 잡기는 했지만, 자칫했으면 사냥을 포기하고 물러나는 결정을 해야 됐을 정도로 힘겨운 싸움이었다.

세현은 그런 갑옷을 직접 만들어 입을 수 있다면 좋겠다는 생각을 했고, 갑옷에 그려진 마법진을 살피며 그 가능성을 점치고 있었다.

"이렇게 하면 되는 건가? 어디."

세현은 갑옷에서 또 다른 마법진을 확인하고 그것을 허공에 만들어 냈다.

물론 그 마법진을 만드는 것은 세현이 아니라 '팥쥐'였다.

[음음. 어때? 맞아? 응? 맞지?]

'팥쥐'는 세현이 의도한 대로 갑옷의 표면에 드러난 마법진을 허공에 만들어 냈다.

'그래, 잘 했어. 이제 실험을 해볼까?'

세현이 허공에 만들어진 마법진에 자신의 에테르를 주입했다.

우우웅! 스르르르륵.

하지만 에테르를 받은 마법진은 곧바로 형체를 잃고 사그라졌다.

[음음. 실패야. 음!]

'그래. 마법진이 이게 전부가 아니거나 혹은 다른 것이 섞였거나 그런 모양이다.'

"이건 아닌 모양이네. 마법진이 이리저리 복잡하게 엉켜 있어서 하나씩 찾아내는 것이 쉽지 않아."

세현이 살짝 고개를 저었다.

"당연하지, 이건 세현이, 니가 혼자 할 수 있는 일이 아니라고. 어디 용역을 맡기는 것이 최선이지."

재한이 그런 세현을 보며 말했다.

"하지만 이런 자료를 아무에게나 보일 수는 없는 거잖아."

"당연히 계약서 작성하고, 비밀 서약하게 해야지. 사실 에테르에 활용에 대한 지식들은 무척 귀하게 대접을 받는다고. 당연히 이 갑옷의 마법진도 그렇겠지."

"어쨌거나 이 갑옷을 비슷하게만 만들어 낼 수 있다면 확실히 도움이 될 텐데 말이지."

"나비가 입고 있는 일라일라의 갑옷보다 훨씬 좋은 갑옷이 되겠지. 당연히 사냥을 할 때도 도움이 되겠지. 문제는 에테르 코어를 써야 한다는 거지만."

"그건 에테르 주얼로 어떻게 대체할 방법이 있는지 알아봐야지. 그것만 되면 돈 버는 건 일도 아니다."

"그래, 알았다. 내가 이쪽으로 연구 경험이 있는 사람들을 좀 알아보마."

재한도 눈앞에 있는 갑옷이 지닌 가치를 어느 정도는 짐작하고 있었기에 적극적으로 나섰다.

"확실히 사람들이 많이 모이니까 뭔가 되긴 하네. 그래서?"

"그래서는 뭐가? 갑옷에서 얻은 마법진들을 하나하나 분해하고 조립해서 쓸모가 있는 마법진을 다시 만들어 내는 거지. 그리고 새로 만든 갑옷에는 기존의 마법진을 그대로 카피해서 새겨 넣었고."

"그런데 아까 절반의 성공이란 말은 무슨 말이야?"

"쓸 만한 마법진을 몇 개 찾은 것은 좋은데, 갑옷은 실패야. 뭔가 부족한 것이 있는지 작동을 하지 않아."

"그래? 그건 아쉽네."

"그래도 연구원들은 신이 났어. 마법진의 베이스가 되는 기초적인 형태 몇을 새롭게 발견했다고 좋아하더라고."

"베이스?"

"뭐, 마법진을 문장으로 치면, 새로운 자음과 모음 몇 개를 발견했다고 해야 하나? 그런 거지. 아무튼 그래서 그걸 특허 신청을 했다고 하더라고."

"특허?"

"나도 몰랐는데 연구원들 말로는 그게 있다더라고. 에테르 이용에 대한 특허가 있는 모양이야. 그것도 아주 강력하게 규제를 하는 모양이야."

"그걸 우린 왜 모르고 있었던 건데?"

"쓰는 사람들이 아니면 알 필요가 없었던 거지. 에테르를 이용해서 뭔가 하는 이들끼리만 알고 있으면 된다는 거지."

재한도 예전에 듣기는 했어도 자세히 몰랐었는데, 이번에 연구를 진행시키면서 알게 된 사실이었다.

"그래도 다행이야."

"뭐가?"

"그 배신자들 덕분에 지금 에테르 사업 쪽에 구멍이 많이 나 있잖아. 그래서 우리에게도 기회가 생긴 거지."

"트라딧?"

"그래. 알게 모르게 그들과 연관이 있던 에테르 기업들이 많이 위축이 되어 있으니까 말이야. 그중에는 에테르 장비 업체도 제법 있잖아. 그러니까 우리가 뭘 만든다고 해도 나서서 힘을 쓰기 어렵지."

"저들도 눈치를 봐야 하는 상황이라서?"

"그렇지. 1년 정도 지나면서 조금씩 기지개를 켜기 시작했지만 배반의 크리스마스 이전보다는 우리에게 유리하지."

"그래……."

세현은 재한의 말을 들으며 에테르 마법진에 대해 생각에 잠겼다.

그러면서 아직도 알려지지 않은 것들이 얼마나 있을까하는 생각이 들었다.

에테르 마법진이란 것이 있다는 것을 알게 된 것도 오래 되지 않았다.

에테르 주얼에서 전기나 열, 생명력이나 활력 등을 만들어 내는 것이 기본적으로 에테르 마법진이 없이는 안 되는 일이란 것도 그때 처음 알았다.

그런 비밀들을 지금까지 고위 등급의 천공기사와 에테르 기업들만 독점하고 있었던 것이다.

하지만 이번에 세현이 갑옷을 얻은 것처럼 이전보다는 훨씬 많은 사람들이 에테르 마법진을 접하기 시작했다.

"하지만 문제가 있지."

세현이 표정을 굳히며 말했다.

"엉? 무슨 소리야?"

"저걸 들어봐."

세현이 한쪽 벽면에서 볼륨을 줄인 상태로 보이던 화면을 가리켰다.

동시에 세현의 손짓에 따라서 볼륨이 커졌다.

─…하고 있습니다. 때문에 세계 각국의 과학자들은 조만간 에테르와 전자기력의 충돌이 일어날 가능성이 높다고 예측하고 있습니다. 특히 몬스터들의 밀도가 높은 지역에는 그 현상이 더욱 빠르게…….

세현이 다시 볼륨을 내렸다.

"그러니까 뭐야? 지구상에 에테르가 증가하는 것이 문제가 된다는 거야?"

"이전부터 그럴 거라고 했던 문제잖아. 에테르를 이용하는 쪽이 점점 발전을 하고 있기는 하지만, 우리 사회의 기반인 전기를 이용한 쪽에선 문제가 생기는 거지."

"그럴 수도 있겠네."

"그래서 말인데, 에테르를 정화할 수 있다면 어떨까? 그 뭐냐 이산화탄소를 줄이면 일정 보조금을 받는 것처럼 에테르를 정화하면 그에 따른 보상금을 받는 거지."

"하하하. 그거 재밌다. 그런데 그게 가능하긴 해? 에테르를 어떻게 정화하려고?"

재한이 세현의 말을 듣더니 크게 웃었다.

"포레스타 종족이 에테르를 정화할 수 있다고 했거든?"

"그래, 그 말은 들었지만 그들을 어디서 찾아? 그리고 그들은 이면공간의 주민이잖아. 현실로 데리고 올 수가 없다고."

"그때 카몬이 이면공간 주민들 중에서 에테르를 정화할 수 있는 이들이 있다고 했어. 그런 방법을 이면공간에서 찾아보는 것은 어떨까 하는 거지. 우리, 이면공간에서 따로 할 일이 없으니까."

"아, 그건 좋은 생각이네. 그냥 사냥이나 다니고 그럴 때는 아니지. 세상이 바뀌고 있으니까 말이야."

재한이 세현의 말에 반색을 했다.

재한은 세현이 이면공간에서 형을 찾으려 한다는 것을 알고 있었다.

그리고 정부와 천공 길드에게 형의 실종 후에 있었던 일의 진실을 밝히고 그 대가를 받으려 한다는 것도.

하지만 함께 다니는 자신과 나비, 한종국 등에게도 구체적인 목표가 있으면 더 좋을 것이다.

더구나 잘만 되면 한 몫 크게 벌 방법이 될 것도 같았다.

"우리 왔어!"

그 때, 나비와 한종국이 현관문을 열고 들어왔다.

그리고 거실 여기저기에 띄워져 있는 에테르 마법진의 영상들을 보고 인상을 와락 찌푸렸다.

"뭐야? 이건? 좀 정리를 하고 있을 순 없어? 이게 뭐야? 곳곳에 영상을 띄워놓고!"

나비가 여기저기 흩어진 화면들을 손으로 끌어 모아서 차곡차곡 정리를 시작했다.

"어어. 야야, 조심해. 그거 다 돈이야, 돈!"

재한이 깜짝 놀라서 나비에게 소리를 질렀다.

"그러니까 돈을 왜 이렇게 사방에 흩뿌려놓느냐고! 응? 남자들은 하여간 정리란 걸 몰라!"

나비의 시선이 매섭게 뒤로 돌아갔다.

커다란 덩치의 한종국이 움찔하며 어깨를 좁힌다.

언제부턴가 나비에게 꽉 잡혀버린 한종국이다.

트라딧, 그 배신의 이름을 만나다

"여기가 맞아?"

한종국이 세현과 함께 서둘러 자리를 벗어나며 물었다.

"저도 처음이라서 확신할 수는 없죠."

스화화화확, 스화화화확!

세현이 대답을 하는 사이에 조금 전까지 세현과 한종국이 있었던 자리에 재한과 나비가 모습을 드러냈다.

"으음, 여기야?"

"알려지지 않았다는 그 초록색 등급 이면공간? 천공 길드 놈들만 드나들었다는 그곳?"

재한과 나비가 주변을 둘러보며 말했다.

그들이 있는 곳은 돌로 만들어진 건물의 내부였다.

한쪽으로 크고 두꺼워 보이는 나무문이 있고, 석실 전체는 천장에 있는 조명으로 밝혀지고 있었다.

세현 등은 그 조명이 에테르를 이용한 것임을 알 수 있었다.

"그런데 어떻게 그런 곳이 매물로 나온 거지?"

재한이 이해가 안 된다는 표정으로 말했다.

재한이 말한 매물은 이곳 초록색 이면공간으로 들어오기 위해서 지나온 상가 건물을 말하는 것이었다.

진강현의 다이어리에 기록되어 있는 이야기들 중에서 천공 길드가 소유하고 있는 초록색 등급의 이면공간에 대한 것이 있었다.

그것도 극도로 좁은 진입 범위를 가지고 있는 이면공간이었다.

두 사람이 어깨를 나란히 하고 설 수 있을 정도의 위치에서만 들어갈 수 있는 극악한 핀 포인트 이면공간.

그래서 천공 길드의 구성원 중에서도 그곳에 대해서 아는 사람은 몇 명 없다고 하는 곳이었다.

사실상 손에 꼽을 정도의 사람들만 아는 곳이어서 이번에 천공 길드원 대부분이 트라딧이 되어 이면공간으로 사라지자 공중에 붕 떠버린 이면공간이었다.

세현은 형의 다이어리에서 그런 곳이 있다는 것을 알고는 곧바로 이면공간으로 들어갈 수 있는 위치를 확인했다.

결과는 천공 길드 소유의 상가 건물로 나왔고, 담보대출이 되어 있었던 것이 경매 매물로 나왔지만 유찰되어서 법원에서 관리를 하고 있는 것으로 나왔다.

그 사실을 알자마자 세현은 곧바로 그것을 네 사람의 명의로 구입했고, 구입이 완료되자마자 이면공간으로 들어온 것이다.

*　　　　*　　　　*

그르르륵!

휘이이이잉!

세현이 석실의 문을 열자마자 곧바로 거센 바람이 불어왔다.

"추운데? 기온이 차!"

"고산지대라고 했잖아. 지구로 치면 2천 미터 정도 되는 고지대라고."

"상상하는 것하고 경험하는 것은 역시 달라. 주변에 뭐 없지?"

"그래. 없는 것 같아."

네 사람은 문 밖으로 나서서 주변을 살폈다.

산꼭대기에 돌로 지은 건물이 오롯하게 서 있는데 둘러보면 주변이 훤히 보였다.

저 멀리 이면공간의 끝부분, 벽이 흐릿하게 보였다.

"정중앙은 아닌 것 같고, 양쪽으로 내려갈 수 있는 길이 있는데, 어느 쪽으로 갈까?"

세현이 물었다.

산정(山頂)에서 양 갈래로 능선을 따라서 길이 나 있었다.

"형님이 뭐 더 이야기한 건 없어?"

한종국이 세현에게 물었다.

"없어요. 이곳의 등급이 초록색 등급이라는 거, 그리고 천공에서도 몇몇 사람들만 이용하던 곳이란 거, 아, 그리고 여기서 채광을 했다는 이야기가 있었어요. 노천 광산이라고."

"광석을? 그건 의외네? 원래 부피 때문에 채광은 잘 안 하잖아."

한종국이 놀란 표정을 지었다.

"그건 아니죠. 이면공간에서만 나오는 특별한 광석들은 높은 가격에 거래가 되기 때문에 거대 길드에서 독점을 하는 경우가 많죠. 지금은 몇몇 길드들이 꽉 잡고 놓지 않는 이면공간이 그런 곳이잖아요."

"재한이 말이 맞아. 아저씨, 특별한 재료들은 그 가치가 무척 높아. 에테르 주얼보다 더 비싼 것도 있잖아."

"커엄, 그건 그렇지. 몬스터 중에서도 특별한 것들은 비싸게 거래가 되지."

"전에는 그 이유를 몰랐는데 이젠 알잖아. 에테르 마법진, 그거 그리는데 들어가는 재료들이 비싼 거지. 더구나 재료에 따라서 마법진의 효율이 달라지니까 고급 마법진에는 그만큼 좋은 재료를 써야 하고 말이야."

"그러니까 여기서 채광을 했다면 바로 그런 걸 캤을 거란 말이지?"

한종국도 이해가 된다는 듯이 고개를 끄덕였다.

"그 이상은 형의 다이어리에도 나와 있지 않으니까 우리끼리 알아 봐야 합니다. 솔직히 형은 내가 여길 들어오게 될 거라는 생각은 하지 않은 것 같으니까요."

"하긴, 천공 길드에서 관리하는 곳인데 여길 세현이 들어오게 될 거라곤 생각하지 못했겠지."

재한이 세현의 말에 맞장구를 쳤다.

세현이 형의 다이어리를 모두에게 보여주진 않았지만 그 진강현이 천공 길드에 대해서 호의적이지 않은 태도를 동생인 세현에게 보이고 있다는 것은 분명했다.

그래서 재한 등은 진강현이 천공 길드 전체와 마찰을 일으키고 있었던 것이 아닌가 하는 생각을 하고 있었다.

"뭐 우리가 여기 들어온 건, 경쟁 없이 편안하게 사냥을 하자는 거였으니까, 그거면 되는 거 아닌가? 그런데 어디로 가지?"

한종국이 대검을 어깨에 비스듬히 올리며 양쪽 길을 번갈아 보았다.

"뭐, 그런 걸 따지고 그래? 일단 아무 대나 가자. 어차피 아는 길도 아닌데."

나비가 따질 필요가 뭐가 있느냔 듯이 오른쪽으로 난 길을 따라 걷기 시작했다.

석실에서 나와서 오른쪽 길인 셈이었다.

'어쩐, 조용하다?'

세현이 걸음을 옮기며 '팥쥐'에게 말을 걸었다.

이번이 초록색 등급 이면공간에는 처음으로 들어온 것이다.

당연히 지금 '팥쥐'는 새로운 변화를 접하고 있을 터였다.

[음음. 배가 고파아.]

'팥쥐'는 역시나 에테르 주얼에 대한 허기를 호소했다.

'알잖아. 지금 나한테 에테르 주얼이 없다는 거.'

[음음. 그럼 그거 줘. 그거.]

'뭘 달라고?'

[음음! 코어! 그거 줘. 음!!!]

'야! 야, 아무리 그래도 그건 아니지. 코어를 달라니? 잠깐, 설마 너, 코어도 먹을 수 있단 거냐?'

세현이 '팥쥐'의 말에 깜짝 놀라며 물었다.

[음! 가능해! 난 굉장해질 거야. 코어, 음. 그거!]

세현은 '팥쥐'가 전하는 강렬한 욕구를 느꼈다.

'넌 어쩐, 새로운 등급의 이면공간에만 들어오면 애가 완전히 바뀌는 것 같다. 전에는 코어 달라는 말은 안 했잖아.'

[음! 그때는 몰랐고, 지금은 알아. 난 굉장해. 코어도 먹을 수 있어. 그러면 난 세현이 에테르 안 줘도 되는 거야. 음음!]

'무슨 소린진 알겠는데, 너도 아는 것처럼 전에 얻은 에테르 코

어는 나 혼자만의 것이 아니야. 우리 파티의 공동 소유지. 그래서 줄 수가 없어.'

[음음. 있어. 일라일라. 거기서 얻은 거!]

'그건 노란색인데? 너 초록색 달라는 거 아냐?'

세현은 '꽅쥐'가 말하는 에테르 코어가 일라일라의 던전에서 마지막 관문을 통과하면서 얻었던 것을 말하는 것임을 알았다.

[음! 이번엔 순서대로! 음음. 그래야 해!]

'그럼 빨간색 등급부터 찾아야지. 노란색이 아니라. 빨간색 다음에는 주황색이고!'

[음! 그래. 맞아. 음음.]

'꽅쥐'는 지금 당장 방법이 없다는 것을 깨달았는지 시무룩한 기운을 전하기 시작했다.

'전에도 빨간색 등급은 건너뛰고 주황색 에테르 주얼부터 먹어서 위험했잖아. 그러니까 이젠 조심하자. 대신에 이번에 여기서 초록색 에테르 주얼 얻으면 그거 먼저 먹기로 하자.'

[음. 그래. 하지만 그럼 배가 빨리 고파져. 나는 굉장해지는데 에테르는 많이 부족해. 그럼 배고파.]

'무슨 말인지 알았다. 초록색 에테르 주얼을 먹고 능력이 확장되면 그만큼 필요한 에테르도 많아진다는 거지?'

[음음! 맞아. 음!]

'그럼 좀 생각을 해보자. 일단 빨간색 에테르 코어를 구하는 것부터 생각을 하자. 그건 매물이 좀 있으니까 구하려고 하면 구할 수 있을 거다.'

[음! 세현은 착해. 음음.]

'팥쥐'는 세현의 말에 제법 마음에 들었는지 만족스러운 기운을 세현에게 전해 주었다.

"몬스터다!"

그 때, 앞서 가던 나비가 일행들에게 경고를 했다.

순간 일행들은 몸을 낮추고 능선 아래쪽, 나비가 가리키는 방향을 바라봤다.

"수인, 그중에서도 쥐배미다."

한종국이 몬스터의 종류를 알아차렸다.

쥐배미는 진강현이 몬스터에게 붙인 이름이었다.

얼굴이나 팔다리에 뱀처럼 비늘이 있는데 전체적인 생김새는 쥐에 가까운 놈들이어서 진강현이 처음 발견하고 쥐뱀이라고 했는데 이후에 쥐배미라는 발음으로 바뀌었다.

"초록색 놈들인데 수가 많네? 여섯 마리야."

나비가 슬쩍 걱정스러운 표정으로 말했다.

"그 정도는 괜찮지 않아? 어찌 상대할 수 있을 것 같은데?"

재한이 문제없을 거란 표정으로 말했다.

"쥐배미들, 굉장히 빠르다. 거기다가 무기를 다루는 솜씨가 제법 뛰어나지. 다른 몬스터에 비해서 실력이 좋아."

한종국이 쥐배미에 대해서 설명을 덧붙였다.

"일단 앙켑스와 에테르 스킨 흡수로 한 마리씩 타겟을 정하고, 나머지 네 마리는 방어에 힘쓰면서 잡아 보던지, 아니면 숫자가 좀 적은 무리를 찾아보던지… 했으면 좋겠는데 우릴 발견한 모양이네?"

세현이 말을 하다가 불쑥 몸을 일으켜 세웠다.

쥐배미 여섯 마리가 끝이 뱀의 혀처럼 생긴 창을 앞세우고 달려오고 있었다.

"그랴, 붙어 보자! 으라차차!"

한종국이 망설임 없이 앞으로 달려나갔다.

그 뒤를 나비가 바짝 따라붙었다.

세현은 앙켑스를 시전해서 제일 앞에서 달려오는 쥐배미에게 에테르를 씌웠다.

"첫 번째는 내가 맡았어. 앙켑스야!"

"그럼 두 번째는 내가 맡지!"

재한이 세현의 곁에서 한 손을 뻗어 에테르 스킨 흡수 스킬을 사용했다.

"우라차앗!"

카가강! 카강!

"하앗!"

카르르르르르르랑! 카라랑!

한종국과 나비가 쥐배미들과 격돌했다.

쥐배미들의 크기가 2미터 남짓이어서 체격 차이가 크게 나지 않는 것이 그나마 다행으로 보였다.

휘이익! 츠릿! 휘리릿!

"크윽, 이것들이!"

하지만 쥐배미 여섯 마리의 공격은 단순하지 않았다.

여섯 마리가 모두 창이라는 장병기를 들고 있어서 두세 마리가 한꺼번에 공격을 하는 것이 가능했다.

"아무래도 내가 가야겠다. 원거리 공격을 하는 것보다 한 손 거드는 쪽이 좋겠어."

세현이 재한에게 그렇게 말을 하고는 검을 뽑아들고 달려 나갔다.

두 명이 여섯 마리를 상대하긴 벅차단 느낌이 들었기 때문이었다.

파캉! 카강! 카강!

"이놈부터! 앙켑스에 걸린 놈이야. 앙켑스 에테르가 퍼지고 있으니까 조금만 괴롭히면 금방 에테르 스킨이 날아갈 거야!"

세현이 한 마리의 쥐배미를 연속으로 공격하며 말했고, 나비가 세현이 맡은 쥐배미에게 곧바로 따라붙었다.

"죽어엇!"

카라라라랑 카라라락!

나비의 현란한 검술이 쥐배미에게 쏟아졌다.

쌍검이 쉬지 않고 휘몰아치자 쥐배미의 방어도 한계가 생겼다.

하지만 쥐배미에겐 에테르 스킨이 있었다.

나비의 검이 몸통을 두드려도 에테르 스킨은 얕게 베이기만 하고 쥐배미에게 타격을 주진 못했다.

에테르의 충돌로 격렬한 소리만 울렸다.

콰광! 캉! 카득!

하지만 이미 세현의 앙켑스 에테르가 몸 안으로 스며든 상황,

쥐배미의 에테르 스킨은 빠르게 사라지고 있었다.

"조금만 더!"

촤촤촤촤! 터더덩! 카가강!

"꺄하하하, 죽어! 죽어!"

어느 순간 쥐배미의 몸에 상처가 생기기 시작했다.

세현의 검과 방패는 쥐배미의 에테르 스킨에 튕겨져 나오지만 나비의 검은 쥐배미의 에테르 스킨을 파고든 것이다.

일라일라의 던전에서 나비가 익힌 수법이 이렇게 효과는 낸다. 더구나 몸에 상처가 생기면서 몬스터의 에테르 스킨의 소모가 훨씬 심해지고 빨리 허물어진다.

키키킷 키키킷 찌이익!

쥐배미가 위험을 느끼고 뒤로 물러나려 했다.

단체 행동을 하는 몬스터들 중에서 부상을 입은 개체가 뒤로 물러나서 회복을 하고 다시 싸우는 식의 전술을 쓰는 종들이 있는데, 쥐배미도 그런 종이었던 것이다.

"어딜! 우라차차!"

하지만 기회를 엿보고 있던 한종국이 부상을 입은 쥐배미의 퇴로를 차단했다.

휙휙휙휙! 퍼버버벅!

거기에 재한의 석궁 볼트가 날아와 부상당한 쥐배미에게 마지막 일격을 가했다.

키키킷 찌이이이익! 찌익!

"세현, 왼쪽 놈!"

한 마리의 쥐배미가 쓰러지자 곧바로 재한이 다음 타깃을 지정했다.

"타앗!"

탕! 츠릿! 퍼걱!

세현의 공격을 한 번은 막았지만 두 번은 막지 못한 쥐배미는 적잖은 타격을 입었다.

"빠른데? 벌써 에테르 스킨을 다 흡수했어?"

세한이 깜짝 놀란다.

그러면서 상처 입은 쥐배미의 마무리를 나비와 한종국에게 맡기고 다른 쥐배미에게 앙켑스를 시전한다.

재한은 이미 또 다른 쥐배미에게 흡수 스킬을 사용하는 중이다.

"조금만 더 힘내, 금방 끝낼 수 있어!"

한종국이 고함을 지르며 일행의 기운을 북돋웠다.

그렇게 쥐배미 여섯 마리와의 싸움이 끝을 향해 가고 있을 때, 나비가 고함을 질렀다.

"저기 봐! 사람들이다!"

"어? 정말이네?"

"누구야? 이곳에도 이면공간 주민이 있었어?"

"젠장! 저것들 천공이야. 마크가 있어!"

한종국이 계곡을 사이에 두고 반대쪽 능선에 나타난 사람들의 가슴에서 천공 길드의 마크를 확인하고 인상을 찌푸렸다.

＊　　　＊　　　＊

찌이익! 찌익! 털썩!

마지막 쥐배미가 쓰러졌다.

하지만 세현 일행은 긴장을 늦추지 못하고 반대쪽 능선을 바라보았다.

다섯 명의 천공 길드원이 그곳에서 세현 일행을 쳐다보고 있었다.

그들은 세현 일행이 사냥을 하는 동안 꼼짝도 하지 않고 있었다.

"이동을 해야 할 것 같아요. 반대쪽에서 올라오는 놈들이 있다면 곤란해요."

세현이 한종국을 보며 말했다.

"그렇지. 일단 에테르 주얼만 챙기고, 쥐배미 도축은 포기하지."

"주얼은 챙겼어. 아저씨. 앙켑스 덕분에 세 개나 나왔으니까 성적이 나쁘진 않아."

나비가 주먹보다 조금 작은 초록색 에테르 주얼 세 개를 가슴에 안고 말했다.

"그럼 움직이지."

재한이 석궁에 볼트를 장전하며 서둘러 능선 위쪽으로 향했다.

쥐배미를 상대하느라 아래로 내려와 있었기에 최대한 빨리 움직여서 시야를 확보해야 했다.

그렇게 세현 일행이 움직이기 시작하자, 반대쪽에 있던 천공길드원들이 계곡을 내려오기 시작했다.

"저놈들 우리 쪽으로 오는 거지?"

"그런 것 같은데? 어서 가자."

세현은 불안한 느낌에 서둘러서 능선 위로 몸을 날렸다.

커다란 배낭을 메고 있었지만 움직임은 무척 가벼웠다.

"역시, 우릴 포위하려고 했던 거야. 저기 놈들이 다가오고 있어."

"저쪽에도 있는데? 세 방향에서 오고 있어. 어쩌지?"

재한이 또 다른 무리를 발견하고 세현을 보며 물었다.

"천공기 주얼을 충전할 수는 있나?"

세현이 다른 세 사람을 보며 물었다.

이들이 이곳으로 이동해 오면서 초록색의 천공기 주얼의 에테르가 빈 상태였다.

다시 현실로 돌아가려면 주얼을 충전해야 했다.

"난 에테르 호흡을 하면서도 두 번은 충전을 해야 해."

재한이 고개를 흔들었다.

"나도 한 번에는 어려운데?"

나비도 마찬가지라는 듯이 고개를 흔들었다.

"한 번에 되긴 하지만, 지금은 쥐배미들 때문에 에테르 소비가 있었으니까 불가능하지."

한종국도 천공기 주얼의 충전은 불가능하다고 말했다.

"그럼 지금 당장 현실로 돌아가는 것은 불가능하니, 저들과 이야기를 해보거나 아니면, 싸워야 한다는 소리네요."

"우리 얼굴은 아직 안 들켰겠지?"

재한이 배낭에서 흑백의 가면을 꺼내며 말했다.

"그럼 나도 꺼내야 하나?"

세현도 피에로 가면을 꺼내 들었다.

"킁, 뭐야 나만 빼고."

한종국이 투덜거렸다.

"이걸 써 아저씨는."

그 때, 나비가 손수건을 꺼내서 한종국에게 내밀었다.

"내가 무슨 강도야? 복면을 하게?"

한종국은 투덜거리면서도 나비의 손에서 손수건을 받아들었다.

"후아! 후아!"

"이 변태!! 쓸데없는 장난은 하지 말란 말이야!!"

손수건을 복면처럼 두르고 심호흡을 하는 한종국의 옆구리에 나비의 주먹이 틀어박혔다.

"커어억!"

"그래서 어떻게 할 거야? 대화? 아니면 돌파?"

재한이 둘의 개그에는 신경도 쓰지 않고 세현에게 물었다.

평소엔 재한이 소소한 결정을 많이 하는 편이지만 정작 중요한 때에는 그 결정권이 세현에게 넘어오는 경우가 많았다.

"저들이 호의적인 접근을 했다면 저렇게 포위하며 다가오진 않겠지. 우리가 대화를 하겠다는 것은 위험을 자초하는 것뿐이야. 저쪽으로 가자."

세현이 한쪽 방향을 가리켰다.

세현이 가리키는 쪽은 처음 발견한 파티가 있는 쪽이 아니라 제일 늦게 발견한 이들이 있는 쪽이었다.

"저기로 해서 저쪽 능선을 타고 빠지는 거야."

"결국 한바탕하기는 해야 한다는 거네?"

재한이 세현을 보며 물었다.

"방법이 없어. 둘 사이로 빠지다가 덜미가 잡히면 한꺼번에 두 팀을 상대해야 하니까. 일단 앙켑스로 하나 처리하고 마법으로 연속 공격을 하면 어떻게든 정리를 할 수 있을 거야."

"앙켑스, 그것 사람들에게도 쓸 수 있는 거였냐?"

한종국이 물었다.

"좋게 쓰려면 한없이 좋게 쓸 수 있고, 나쁘게 쓰자면 또 나름 방법이 있지요. 자, 갑시다. 시간도 없는데."

세현이 그렇게 말을 하곤 앞장서서 달리기 시작했다.

"뭐? 뭐지?"

그는 갑자기 몸이 무거워지는 것을 느끼며 걸음을 멈췄다.

자신들의 영역에 외부에서 천공기사들이 나타났다는 연락을 받고 그들을 잡기 위해서 포위망을 만들고 놈들을 잡기 위해 가던 중이었다.

놈들도 그런 낌새를 알아차리고 급히 움직이고 있었다.

그것도 운이 없었던지 그의 팀이 있는 방향으로 곧장 달려오고 있었는데, 그는 그 모습에 공을 세울 수 있는 좋은 기회라고 기뻐하던 참이었다.

초록색 등급에 들어온 천공기사들의 수준이야 고만고만하다.

자신이 이끄는 팀원 넷의 실력이면 충분히 발을 묶을 수 있을 것이고, 조금만 버티면 다른 두 팀이 합류할 것이다.

그럼 열다섯 명이 네 명을 상대하는 꼴이 되는데 그런 상황에서 이쪽이 진다는 것은 상상하기 어렵다.

결국 초전에 놈들의 발만 잡으면 되는 일이고, 그게 최고의 공훈이 되는 셈이다.

그렇게 공을 세울 생각에 기분 좋게 놈들과 거리를 좁히는 상황에서 갑작스럽게 몸에 이상이 생겼다. 운동을 심하게 하고 난 후의 피로와 같은 것이 느껴진 것이다.

그는 그것이 세현의 앙켑스에 의해 일어난 현상임을 전혀 짐작하지 못했다.

"어? 이게 왜?"

그런데 또 다른 팀원이 비슷한 증상을 보였다.

그리고 그것이 이어졌다.

순식간에 다섯 명의 팀원 모두 호흡이 거칠어지면서 몸을 가누지 못할 정도의 근육통을 호소하기 시작했다.

"이거, 뭐가 이렇게 쉬워?"

그런 그들 앞에 세현 일행이 들이닥쳤다.

세현은 몬스터를 상대할 때처럼 에테르를 풀어서 천공 길드원의 몸에 주입했다.

그런데 이상한 현상이 벌어졌다.

사람들에게 직접 에테르를 주입할 때에는 저항을 받으면 힘들었다.

동료들에게 앙켑스를 시전할 때에도 그들이 에테르에 저항하면 곤란한 경우가 많았다.

그런데 이번에 천공 길드원들에게 원거리에서 앙켑스를 사용한 결과는 전혀 달랐다.

그들은 세현의 앙켑스 에테르가 자신들에게 파고드는 것을 전혀 알아차리지 못했던 것이다.

그리고 그렇게 파고든 앙켑스 에테르가 몸 안의 피로 물질로 급격하게 바뀌는 것도 막지 못했다.

"왜 우릴 포위했지?"

재한이 흑백의 가면 안에서 물었다.

"그냥, 우리 영역에 들어온 자들이 있으니까 잡아서 확인을 하기 위해서……."

"잡아서 확인? 그러다가 말 안 들으면 쓱싹하고?"

한종국이 대검을 몸에 들이대며 윽박지르듯 말했다.

"으윽, 아, 아닙니다. 절대."

"지랄, 니들은 이미 인류의 적이야. 너희가 한 짓을 모르진 않졌지? 어차피 너희를 여기서 죽여 봐야 우릴 탓할 사람은 없어!"

한종국의 대검이 슬쩍 목을 타고 흘렀다.

주르륵!

대검을 따라서 붉은 피가 흘러 내렸다.

"우, 우린 몰랐습니다. 그런 일이 벌어질 거라곤 상상도 못했습니다. 간부들도 그런 일이 일어날 거라곤 생각지도 못했다고 했습니다."

"마, 맞습니다. 우리도 지구에 그런 문제가 생길 거란 건 몰랐습니다."

한종국의 대검이 언제라도 목을 잘라낼 것으로 느꼈던지 천공 길드원들의 얼굴이 새하얗게 변했다.

"저것들도 잡을까?"

그 때, 세현이 멀리서 달려오는 열 명의 천공 길드원들을 보며 말했다.

한 번 앙켑스의 위력을 보고 나니 지금 달려오는 열 명의 천공 길드원들이 두렵게 느껴지지 않는 것이다.

"일단 잡아놓고 상황 파악을 해보자."

재한이 세현의 의견에 찬성을 표하자 나비와 한종국도 고개를 끄덕였다.

몬스터보다 인간을 훨씬 쉽게 상대할 수 있다는 것을 알았으니 겁날 이유가 없었다.

"그러니까 여길 지금 천공 길드에서 관리하고 있다고?"

"네, 그, 그렇습니다."

"이면공간에서 이면공간으로의 이동이 가능하다는 말이지? 그것도 특정한 이면공간으로 이동하는 것이?"

"처, 천공기를 이용하는 것이지만 이전과는 다른 방식입니다. 뭔가 특별한 처리를 하면 천공기를 이용해서 이면공간과 이면공간을 넘나드는 것이 가능하다고 했습니다."

"그래서 이게 그 지도다?"

세현이 천공 길드원에게 빼앗은 지도를 펼치며 물었다.

"그렇습니다."

"재미있네? 그러니까 지금 너희 본거지에서 여기 이곳까지 오려면 중간에 이면공간을 다섯 번이나 거쳐야 하는 거네?"

"그런 식입니다. 특정 이면공간은 다른 이면공간으로 연결이 되고, 그 이면공간에서 또 다른 이면공간으로 갈 수가 있습니다."

"그런 장소가 특별하게 있는 거고?"

"그렇습니다. 다른 이면공간으로 넘어갈 수 있는 장소가 따로 있습니다. 그냥 평범하게 보이는 곳인데, 개량된 천공기를 이용하면 그런 곳을 찾을 수 있습니다."

천공 길드원은 무척 협조적이었다.

세현은 그 이유를 한종국의 대검에 묻은 피라고 생각했다.

거칠게 반항하던 천공 길드원 몇이 한쪽에 핏물과 함께 누워 있었다.

세현이 앙켑스를 이용해서 생기를 북돋워주지 않았다면 벌써 숨이 넘어가도 몇 번은 넘어갔을 사람들이었다.

그렇게 몇 명이 당하고 나자, 천공 길드원들은 세현 일행이 묻는 말에 순순히 대답하고 있었다.

"여긴 무슨 이유로 천공 길드에서 관리를 하는 거지? 본진에선 제법 멀리 떨어진 곳이 아닌가?"

"그, 그렇습니다만, 여기서 생산되는 미스릴의 가치가 크기 때문에 여길 중요하게 여기는 겁니다."

"미스릴? 그거 판타지에서 나오는 그건가?"

한종국이 물었다.

"그, 그냥 이름을 그렇게 부르는 겁니다. 이종족들도 그렇게 부른다고 하니 그냥 우리도 따라서 부르는 건데, 그게 무척 귀한 거라고 합니다. 이면공간 중에서도 그게 나오는 곳은 많지 않다고요."

"너들 말대로라면 이면공간을 만들면서 필요한 광물은 물론이고 생물까지 모두 만들어 낼 수 있다고 하지 않았나? 그게 너희 실험이었을 텐데?"

세현이 물었다.

"그거 완전히 개소립니다. 이번 실험에서 알게 된 건데, 이면공간을 만들어 내는 것은 어떻게든 가능해도 거기에 속한 다른 것들을 만들어 내는 것은 쉬운 일이 아닙니다. 사실은 다른 곳에 있던 것을 옮겨 오는 경우가 대부분이라고 했습니다."

"옮겨 온다고?"

"그렇습니다. 그러니까 현실에서나 혹은 가장 높은 등급의 이면공간에서 떼어 와서 새로 만든 이면공간에 넣는 겁니다. 그리고 그곳에서 키우는 거지요."

"음? 키운다고?"

"동물이나 식물이나 적당한 환경을 만들고 풀어놓으면 알아서들 크지 않습니까. 그런 식으로……."

"그럼 에테르를 이용해서 뭔가를 만든다는 것이 모두 거짓말이란 거야?"

한종국이 화난 목소리로 물었다.

"아, 아닙니다. 에테르 생명체, 그러니까 몬스터나 몇 가지는 에테르로 만들어 내는 것이 가능하다고 했습니다."

"무슨 소린지 모르겠네. 몬스터를 왜 만들어? 아니지, 이면공간이란 곳은 도대체 뭐하는 곳이야?"

한종국은 정리가 되지 않는지 복면을 쓴 머리를 흔들었다.

"그래서 다른 놈들과는 어떻게 되었지? 한꺼번에 열세 곳에서 실험이 진행된 걸로 아는데?"

"서, 서로 연락이 되어서 뭉친 경우도 있고, 독자적으로 나선 곳도 있습니다."

"그래서 너흰?"

"미국과 연계가 있습니다. 일본이나 중국도 이야기가 오가고 있다고 알고 있습니다."

"개새끼들!"

재한이 버럭 소리를 질렀다.

"뭐? 왜 그래?"

세현이 갑작스러운 재한의 반응에 걱정스럽게 물었다.

"후우, 넌 모르지만 천공의 마스터 고 씨 집안에 일본이나 중국 사람이 몇 있어. 국제결혼 같은 거지. 뭐 오래전부터 그 집안이 상업을 하면서 알게 모르게 일본이나 중국과 혈연관계를 만든 거지. 고철한, 그 새끼도 그런 식으로 나온 거야."

"응? 그런 소리는 없었는데?"

"그래서 첩을 들이는 거야. 첩을 한국 여자로 들이고, 실제론 본부인을 중국이나 일본 쪽 여자로 하는 거지. 아니면 딸이 태어나면 그쪽으로 시집을 보내거나."

"그게 정말입니까?"

듣고 있던 천공 길드원 중에 하나가 깜짝 놀라서 물었다.

"믿거나 말거나!"

하지만 재한은 굳이 확인을 해주지 않았다.

자신이 그 집안, 첩의 자식이라고 말을 하고 싶지 않았던 탓이다.

"재미있네? 그럼 결국 천공이 진강현 이후로 외세에 완전히 먹혀버린 상황인 건가? 도대체 진강현, 그분은 어떻게 그런 놈을 길드 간부로 앉혀놓은 거야?"

한종국이 투덜거렸다.

"그게 진강현, 그분 탓은 아니지. 당시에 천공의 뼈대를 세운 것은 정부였으니까 말이야. 뭐 그 정권이 요즘 철퇴를 맞고 있긴 하지만."

재한이 세현의 눈치를 슬쩍 보면서 말했다.

"그래서 이곳에 몇 명이나 나와 있는 거지? 그리고 이쪽으로 다른 이면공간에서 이쪽으로 넘어오는 위치는?"

세현이 다시 천공 길드원들을 심문하기 시작했다.

그러면서 방심하지 않고 때때로 앙켑스를 이용해서 극도의 피로감을 천공 길드원에게 심어주는 세현이었다.

Chapter 5

태극 길드와 협상을 하다

세현과 재한, 한종국과 나비는 천공 길드의 미스릴 광산이 있는 이면공간을 차지했다.

방법은 그리 어렵지 않았다.

먼저 포로로 잡은 열다섯 명의 천공 길드원 외에 광산에 남아 있던 천공 길드원들을 제압했다.

그리고 그들을 통해서 알아낸 이면공간 통로를 막아버렸다.

통로를 막는 것은 어렵지 않았다. 이면공간에서 이면공간으로 넘어오는 위치를 파악하고 그곳에 이동을 저지하는 구조물을 세우는 것으로 끝이었다.

그렇게 구조물을 세워두면 한동안 반대쪽 이면공간에서 이동해 올 수가 없다고 했다.

다만 얼마간 시간이 지나면 다른 곳으로 이동 위치가 바뀐다는데 시간이 한 달 정도 걸린다고 했다.

그 때도 이쪽에 개량된 천공기가 있으면 그 위치를 먼저 찾아서 다시 구조물을 세우는 것도 가능하다니 한동안 천공 길드에서 원군을 보내는 것은 불가능하게 된 셈이었다.

그렇게 이면공간을 차지한 후에 곧바로 재한이 현실로 나갔다. 재한의 임무는 태극 길드와 접촉해서 이쪽의 상황을 알리는 것이었다.

그럼 태극 길드에서 어떻게든 반응이 있을 거라고 예상했다.

그리고 태극 길드의 반응은 즉각적으로 이루어졌다.

언젠가 세현이 마주했던 태극가면의 책임자가 직접 초록색 이면공간으로 들어왔다.

물론 그전에 태극 길드의 길드원 몇이 상황 확인을 위해서 들어와 안전을 확인한 후의 일이었다.

"반갑습니다, 진세현 씨."

그는 세현을 만나자마자 곧바로 그들이 세현의 정체를 알고 있음을 드러냈다.

"알고 있었습니까?"

"그 때, 만난 후로 신경을 좀 썼습니다. 그러다 보니 엉뚱하게도 진강현 씨의 동생이 나오더군요."

"그럼 이런저런 감시가 또 시작되었겠군요?"

세현이 가면 속에서 인상을 쓰며 말했다.

"하하하. 그건 아닙니다. 사실 상황이 너무 급하게 돌아가지 않았습니까. 그 배신자들 덕분에 세상이 온통 난리가 났지요. 그래서 진세현 씨에 대한 감시는 없었습니다. 그럴 여력이 없었다고 할까요?"

"뭐, 믿긴 어렵지만 그렇다고 하지요. 그래서 어떻게 할 겁니까? 일단 여기 천공 길드 소속의 천공기사가 서른 명이나 있습니다. 문제는 이들이 현실로 나갈 수가 없다는 거지요."

"들었습니다. 천공기를 개조했다고요? 그래서 이면공간과 이면공간을 건너다니는 형태로 쓴다고 들었습니다."

"맞습니다. 다 들으셨다니 더 설명할 것은 없을 것 같군요. 그럼 이제 보상을 의논해 볼까요? 어쨌거나 이번 일로 어느 정도 보상은 받을 수 있을 것 같은데 말입니다. 전에 보니 그런 쪽으론 확실하시더군요."

"흐음. 보상이라……."

태극 길드의 길드장은 세현의 말에 곤혹스러움을 금치 못했다.

이런 상황에서 어떤 보상을 해야 할지 쉽게 가늠이 되지 않은 것이다.

"정보 공개도 그렇지만, 서른 명의 배신자들을 잡아 넘긴 것에 대한 보상도 필요하겠고. 참, 여기 이면공간 지도도 있는데 말입니다."

세현이 품속에서 지도를 꺼내 일부만 보였다.

"크음, 그거야 뭐 포로들을 심문하다 보면 다시 그려낼 수 있을 겁니다."

"그 포로, 아직 넘긴다고 안 했습니다만?"

"그런 농담은 하지 말고, 원하는 것이 뭡니까?"

태극 길드 마스터는 여전히 얼굴에 쓰고 있는 가면을 벗지 않은 상태였고, 세현도 피에로 가면을 쓰고 있었다.

"우리들은 개별적으로 원하는 것을 얻기로 했습니다. 그래서 저는 붉은색과 주황색 에테르 코어를 원합니다."

세현은 미리 동료들과 보상에 대한 의논을 했고, 각자 필요한 것을 능력껏 얻어내는 쪽으로 합의를 했다.

그래서 세현은 '팥쥐'에게 줄 선물을 먼저 구해 보기로 마음을 먹었다.

"음. 코어라. 쉬우면서도 까다로운 요구로군요. 뭐 세운 공을 생각하면 주황색 코어까지도 가능은 할 것 같습니다. 좋습니다. 그렇게 하지요."

"당연히 이후로 저에 대한 감시는……."

"없을 겁니다."

세현의 말에 태극 길드장은 단호하게 대답했다.

"그래야지요. 저도 민감한 편이라서 자칫 과격한 일이 벌어질 수도 있으니 말입니다."

"하하하. 으음. 정말 궁금하군요. 어떻게 네 명이 서른 명의 천공 길드원을 생포할 수 있었는지 말입니다."

"그거야 그쪽에서 알아낼 일이지요. 당한 사람들이 있으니 그들에게 물어보면 알 수 있지 않겠습니까?"

세현은 자신의 앙켑스 스킬을 드러낼 생각이 없었다. 여러 형태로 변형이 가능한 앙켑스는 다른 사람들에게 세현이 지닌 스킬의 종류를 가늠하기 어렵게 만들 것이다.

세현은 그것이 자신에게 유리할 거라고 생각했다.

"미스릴을 받기로 했다고?"

세현은 재한이 태극 길드에 요구한 것 중에 미스릴에 대한 일정 지분이 끼어 있다는 말에 깜짝 놀랐다.

"알아봤더니 그거 굉장히 비싸. 에테르를 이용하는 거의 모든 마법진에 들어가는 최고급의 재료라고 하더라고. 우리도 마법진 연구를 하고 있으니까 미스릴이 필요할 거 아냐. 그래서 그거 달라고 했지. 종국이 아저씨도 미스릴을 달라고 했다던데?"

"뭐? 한종국 씨도?"

"그 아저씨, 보기보다 눈치가 빨라. 그래서 딱 보고 알아차린 거지. 미스릴이 굉장히 가치가 높다는 걸 말이야."

"그런가?"

세현은 코어 두 개를 받기로 한 것이 손해가 아닌가 하는 생각을 잠시 해봤지만 돈이라면 지금도 모자라지 않았다.

앙켑스 덕분에 에테르 주얼의 획득이 쉬워진 탓에 돈이 부족하진 않았다.

에테르 코어는 돈이 있다고 쉽게 구할 수 있는 것이 아니니, 태극 길드를 통해서 구할 수 있다면 그것도 나쁘지 않았다.

"나비는 뭘 요구했다는데?"

세현이 재한에게 혹시 아느냐고 물었다.

"무기를 달라고 했다더라."

"무기?"

"쌍검. 그거 등급 높은 곳에서 쓸 만한 걸로 구한다더니 태극에 그걸 달라고 한 모양이야."

"무기라… 그러고 보니 우리 중에서 나비의 장비가 제일 좋네? 갑옷에 검까지 새로 맞추면 말이야."

"그런 의미에서 우리도 장비 보완을 해야겠어. 이번에 느낀 건데, 초록색 등급 몬스터들 상대로는 무기와 방어구가 약해."

"에테르가 중요하긴 하지만 성능 좋은 무기들도 분명히 필요하긴 하지."

"방법은 현실에서 사거나 혹은 이면공간에서 거래를 하는 건데……."

"우린 이면공간에서 거래를 할 이종족을 모르잖아. 그쪽, 우리나라에선 개성상단 길드가 잡고 있지?"

세현이 현실에서도 유명한 길드를 거론했다.

"그거 기업 몇 개가 컨소시엄 형태로 만든 길드지. 나름 세력이 큰 편이고. 맞아, 스페셜 필드만 주로 공략하면서 주민들과 거래를 트는 쪽으로 성공한 길드."

"그쪽 아니면 에테르 군수 업체에서 생산된 것들을 찾아봐야 하는데, 에테르 군수 업체들은 요즘 된서리를 맞아서 말이지."

대부분의 에테르 군수 업체들이 트라딧과 연관이 있었다.

그래서 여러모로 힘겨운 시기를 보내는 중이었다.

"어렵게 가지 말고, 개성상단에 알아보자. 천공기 등급에 따라서 거래 품목에도 제한을 둔다고 하지만, 우리 정도면 그래도 쓸 만한 걸 찾을 수 있을 거다."

"그랬으면 좋겠는데 말이지."

세현과 재한은 그렇게 태극 길드에게 천공 길드의 미스랄 광산 필드를 넘겨주고 현실로 복귀를 했다.

아울러서 네 사람의 명의로 샀던 상가 건물은 제법 높은 웃돈을 받고 태극 길드에 넘겼다.

특별한 이면공간으로 들어가는 포인트가 있는 곳은 당연히 땅값이 오른다.

법원에선 그걸 모르고 경매에 붙인 거지만, 세현 일행이 되팔 때에는 다를 수밖에 없었다.

*　　　　*　　　　*

"따로 만나자고 한 이유가 뭡니까?"

세현은 30대 후반의 사내와 고급 한정식점에서 마주하고 있었다.

그 사내의 곁에는 20대 후반의 젊은 남자가 함께 있었다.

"형님 이야기를 하기 위해섭니다."

태극 길드의 마스터인 김민태가 세현을 똑바로 바라보며 말했다.

"형 이야기라면 어떤 겁니까? 형이 실종된 이유? 아니면 실종된 후에 정부와 천공 길드가 제게 했던 일들? 어느 쪽입니까?"

세현의 목소리가 날카롭게 예기(銳氣)를 품었다.

"으음, 일단 우리 입장을 분명하게 말씀드리겠습니다. 우리 태극 길드는 이전부터 존재했습니다. 그러니까 천공 길드가 만들어지고 얼마 지나지 않아서 진강현 천공기사님의 도움으로 천공기 몇 개를 얻어서 시작된 것이 태극 길드였습니다."

"그래요? 그건 몰랐던 사실이군요. 그래서요?"

세현은 여전히 차가운 목소리로 물었다.

"사실 진강현 천공기사님은 천공 길드와 우리 태극 길드 양쪽에 많은 도움을 주셨습니다. 아니, 이 세상의 모든 천공기사들이 그분의 도움을 받았다고 할 수 있지요."

"……"

세현은 아무 말 없이 태극 길드 마스터의 얼굴에 시선을 고정하고 있었다.

"그런데 천공 길드에 문제가 생겼습니다. 아니, 정확하게는 그 당시 정권을 잡고 있던 이들과 천공 길드의 몇몇이 손을 잡은 겁니다."

꿈틀, 세현의 얼굴이 살짝 흔들렸다.

중요한 이야기가 시작되는 것을 느낀 것이다.

"어느 정도 이면공간에 대해서 밝혀지고 또 진강현 천공기사가 없다고 해도 큰 문제는 없을 거라는 생각을 하게 되면서 우리나라가 이면공간에서 독보적인 위치를 가지는 것에 불만을 가진 이들이 나타났지요."

"그게 정부나 천공 길드와 무슨 상관입니까?"

세현은 우리나라란 말에 이어서 나온 불만이 우리나라 정부나 천공 길드와 무슨 연관이 있는가 물었다.

하지만 그렇게 물어보면서도 이미 답은 알고 있었다.

고재한이 말하지 않았던가.

천공 길드의 마스터, 고 씨 집안에도 중국과 일본의 피가 들어와 있었다고.

"믿기 어렵겠지만 우리도 중국과 일본 정부에 우리 사람을 심어 놓습니다. 정보뿐만이 아니라 사회 전반에 걸쳐서 그런 일을 하는 사람들이 있습니다."

"그게 무슨?"

"그러니까 믿기 어려울 거라고 하지 않았습니까. 인터넷을 통해서 블로그 활동을 하면서 한류를 조성하는 이들도 있고, 한국에 우호적인 여론을 만드는 이들도 있습니다. 또 그쪽 국적을 가지고 있으면서도 우리나라를 조국으로 생각하며 활동하는 이들도 있습니다."

"음, 그래서요?"

"그게 또 반대도 있겠지요? 한국에도 일본이나 중국의 스파이들이 있다는 뜻입니다."

"그 말은 그 때, 우리 형과 관계된 일들이 그렇게 일어난 거란 말입니까?"

"이번에 일어날 일, 그러니까 크라딧에 대한 일 말입니다."

태극 길드의 길드장이 굳은 표정으로 세현을 보며 말했다.

"네."

"그 단서를 구해 왔던 사람이 진강현 천공기사였습니다."

"네? 그게 무슨, 형이 배신의 크리스마스 실험의 단서를 구해 왔다고요?"

"그렇습니다. 하지만 그게 문제가 되었지요. 연구는 진강현 천공기사가 한 것이 아닙니다. 수많은 연구자들이 그것을 연구했습니다. 그리고 이면공간을 인공적으로 만들어 낼 수 있는 가능성을 알게 된 거지요."

"으음."

세현은 뜻밖에 말에 깜짝 놀랐다.

"그렇게 되자, 주변 여러 나라들이 마음이 급해졌습니다. 우리나라가 너무 앞서나가게 된다고 생각을 한 거지요."

"그러니까 우리나라에서 그 인공 이면공간을 만들게 될 것을 두려워했다는 겁니까?"

"맞습니다. 진강현 천공기사가 다른 천공기사보다 등급이 높은 이면공간을 드나드는 것도 문제지만, 인공 이면공간 생성은 정말 큰 문제였지요."

태극 길드 마스터는 그렇게 말을 하면서 속이 후련하다는 표정을 짓고 있었다.

"좋습니다. 그래서 어떻게 했다는 겁니까? 형이 남색 등급의 이면공간으로 들어간 후에 도대체 무슨 일이 있었던 겁니까?"

세현은 정확한 정황을 알고 싶었다.

"흠, 그건 아무도 모릅니다. 사실 진강현 천공기사는 당시에 남색 등급의 이면공간으로 도망을 간 겁니다."

"네? 뭐라고요? 도망이요?"

"누구도 억지로 그분을 남색 등급으로 밀어 넣을 수는 없었습니다. 당시에 남색 등급의 천공기 주얼은 오직 그분만 가지고 있었으니까요."

"그래요. 그런데 도망이란 건 뭡니까?"

"어느 날, 진강현 천공기사님이 인공 이면공간 생성과 관계된 많은 자료들을 훔쳐서 사라진 겁니다. 남색 등급의 이면공간으로."

"아니, 그게 무슨."

"물론 약간의 누명도 있습니다. 진강현 천공기사가 일을 저지른 후에 여러 세력들이 남은 자료들을 이리저리 빼돌렸습니다. 그리고 그걸 모두 진강현 천공기사의 짓으로 만든 거지요. 하지만 실제로 핵심이 되는 내용은 진강현 천공기사님이 훔친 것은 분명합니다."

"아니, 왜? 설마 형이 실험의 결과를 알았다는 겁니까? 지금처럼 될 거란 사실을요?"

세현은 혹시 하는 생각에 태극 길드 마스터에게 물었다.

하지만 그는 고개를 저었다.

"그건 알 수 없습니다. 왜 그분이 그런 일을 벌였는지는 밝혀지지 않았습니다. 물론 지금 상황을 본다면 이런 결과를 예상하고 그것을 막고자 했다고 할 수도 있지요. 확인은 할 수 없지만 말입니다."

"으음. 그래서 형이 그렇게 사라졌다고요?"

"네. 그렇습니다. 그리고 그 뒤에 진세현 씨에게 벌어진 일은 사실상 법적으로 정당하다고 할 수 있는 일이었습니다."

"뭐라고요? 형의 모든 것을 빼앗아 간 것이 정당하다고요?!"

우웅! 쿠르릉!

세현의 분노에 탁자와 방바닥이 들썩거렸다.

"진정하십시오. 이야기를 마저 듣고 화를 내도 내십시오."

우우웅!

태극 길드의 마스터는 그런 세현의 기세와 에테르 운용을 막으며 세현을 진정시켰다.

"후우, 후우, 좋습니다. 들어봅시다. 그게 어떻게 정당한 것이 었는지."

세현은 순간적인 흥분을 가라앉히며 태극 길드 마스터를 노려봤다.

'팥쥐' 세상으로 나오다

세현은 '팥쥐'에게 태극 길드 마스터에게 받은 코어를 흡수시키기 위해서 광산 필드의 한적한 곳을 찾았다.

광산 필드는 태극 길드에서 관리를 하기로 했지만 세현 파티의 출입은 자유롭게 허가를 해주었다.

덕분에 따로 사냥터를 찾는 수고를 할 필요도 없었고, 다른 천공기사들과 부대낄 일도 없어서 좋았다.

태극 길드 소속의 천공기사들도 수련을 위해서 사냥을 하기도 했지만 그들도 나름의 수련 필드를 가지고 있어서인지 광산 쪽으로는 많은 사냥 팀을 돌리지 않았다.

'그나저나 형도 참, 일을 그렇게 벌여놓으면 어쩌라고?'

세현은 태극 길드의 마스터에게 들은 이야기를 떠올려 봤다.

형이 벌인 일 때문에 당시에 정부나 천공 길드가 입은 피해가 굉장했다고 한다.

사실상 국가가 주도하는 커다란 프로젝트를 거하게 말아 먹은 것이 진강현이란 것은 부인할 수가 없는 일이었다.

물론 진강현에게 나름의 이유가 있었겠지만, 객관적으로 진강현이 크게 사고를 치고 이면공간으로 사라진 것만은 사실이었다.

그 때문에 정부와 천공 길드에서 손해 배상을 청구하고 진강현의 재산을 몰수한 것이 법적으로는 적법한 것이었다는 소리다.

세현은 태극 길드 마스터의 설명에 울분이 치솟았지만 어쩔 도리가 없었다.

일이야 어떻게 되었건 형이 정부와 천공 길드에 큰 피해를 입혔다는 사실은 부정할 수가 없는 일이었던 것이다.

정부나 천공 길드가 위험한 짓을 계획했건 어쨌건, 당시에 진강현이 저지른 짓은 배신이나 반역에 가까운 짓이었다니 할 말이 없었다.

물론 당시에 일을 주도하던 세력이 외세에 물든 불온 세력이었지만 또 그 당시에는 그들이 법이요, 권력이요, 선(善)이었던 때였다.

'아무튼 형 문제는 도무지 답이 없어. 그래도 그 당시의 정부 세력과 천공 길드 자체에 문제가 있었던 것은 사실이니까, 그들에게 빚을 받는 것도 포기하긴 이르지.'

세현은 태극 길드 마스터에게 당시의 상황을 들었지만 그렇다고 복수를 포기할 생각은 없었다.

더구나 지금은 그들이 약자의 입장에 있는 상황이었다.

'그건 그거고. 자, 이제 해볼까? 문제없는 거지?'

세현은 이면공간으로 들어온 목적을 떠올리고 '팥쥐'에게 말을 걸었다.

[음! 괜찮아. 나는 굉장해! 더 굉장해지는 거야!]

'팥쥐'가 전하는 의지에 기대감이 충만해 있는 것을 느낀 세현은 피식 웃었다.

타모얀의 대우가 전해 준 씨앗.

아직까지도 세현은 '팥쥐'의 정체를 제대로 알지 못했다.

하지만 지금까지 만났던 몇몇 이면공간의 주민들은 '팥쥐'의 존재를 알게 되면 무척 존중하는 느낌을 줬었다.

물론 '제대로 성장했을 때'라는 단서를 달기는 했지만 '팥쥐'가 무언가 굉장한 존재가 될 거란 언질을 주곤 했다.

'그래. 굉장해지는 거야. 그래서 나 좀 많이 도와주고.'

[음음. 그러는 거야. 세현은 좋아. 내가 도와!]

'그래 고맙다. 자, 그럼 이거부터 천천히, 조심해서 알지?'

세현이 붉은색 등급의 에테르 코어를 왼쪽 팔목으로 가져가며 '팥쥐'에게 주의를 줬다.

[음! 걱정 안 하는 거야 세현은. 나는 잘할 수 있어.]

'그래. 믿는다.'

세현은 왼쪽 손목의 천공기를 드러내고 그 위에 조심스럽게 붉은색 에테르 코어를 가져다 댔다.

초록색 등급까지 오가게 된 세현의 천공기는 그동안에 많이 바뀌어서 아주 복잡한 문양들을 팔꿈치까지 뻗고 있었다.

등급이 높아질수록 화려하게 변하는 천공기의 특징이 나타나는 것이다.

하지만 붉은색의 코어를 그곳에 대는 순간 그 문양들을 삼키면서 새로운 문양이 드러나기 시작했다.

이전의 문양들이 검은색의 문신처럼 보였다면 지금 드러나는 것은 초록색으로, 포레스타 마을을 가득 채웠던 그 빛깔과 무척 닮아 있었다.

그리고 그 문양의 범위는 훨씬 넓어서 소매로 가려진 어깨 아래까지 온통 차지하고 있었다.

세현은 슬쩍 옷자락을 들어 올려 가슴을 살폈다.

'팥쥐'의 문양은 가슴의 절반 정도를 덮을 정도로 뻗어 있었다.

우우우우웅 우우웅 우우웅!

붉은색의 에테르 코어는 다른 색깔의 에테르 주얼들이 그랬던 것처럼 천공기와 접촉하는 순간 가루처럼 흩어지더니 빨려 들어갔다.

이번에는 이전처럼 부스러기가 밖으로 남지도 않았다.

이전에는 작은 입으로 주먹밥을 꿀꺽하는 느낌이었다면 지금은 한 입에 작은 사탕을 머금은 느낌이었다.

세현은 다시 한 번, '팥쥐'가 많이 컸다는 생각을 했다.

이미 초록색 등급의 에테르 주얼까지 흡수를 한 상태였으니 이면공간의 등급이 세상에 알려진 것처럼 무지개의 일곱 단계라면 그중에 절반은 지난 셈이다.

다시 말하면 '팥쥐'의 성장이 네 번째 단계까지는 진행이 되었다고 세현은 생각하고 있었다.

스르르르르륵!

"음?"

세현이 잠시 딴 생각을 하는 동안 손목에서 시작한 문양은 한 층 생기가 흐르는 밝은 초록으로 바뀌었다.

하지만 그 범위는 팔뚝의 절반 정도였다.

'여기까지가 붉은색 에테르 코어로 커버가 가능한 범위라는 건가?'

[음음! 이제 거긴 에테르 필요 없어. 음, 그냥 언제나 쓸 수 있어. 음.]

'그렇구나. 그런데 괜찮아?'

[음? 뭐가?]

'곧바로 주황색 에테르 코어를 흡수해도 되겠냐고.'

[음음!! 괜찮아. 오늘 노란색까지. 난 할 수 있는 거야.]

'정말?'

[음! 그리고 나서 조금씩 정리. 그럼 되는 거야. 음음!]

'그럼 주황색 에테르 코어 준다?'

[음음음!!!]

세현은 '팥쥐'의 강력한 바람에 따라서 주황색 에테르 코어와 노란색 에테르 코어를 차례로 흡수시켰다.

그 후, 세현이 웃옷을 벗고 확인을 해보니, 세현의 상체 왼쪽 전체가 '팥쥐'의 연녹색 문양으로 덮여 있었다.

그리고 손목에서부터 조금씩 더 세밀한 문양들이 자라고 있었다.

굵은 덩굴 사이로 작고 가는 덩굴과 잎들이 자라는 것 같았다.

'뭔가 달라진 것이 있어?'

세현이 '팥쥐'에게 물었다.

[음. 앞으로 배가 덜 고플 거야. 하지만 굉장해진 힘을 쓰려면 평소에 보충을 해줘야 해! 음음!]

'이젠 내가 안 해줘도 되는 거야?'

[음! 하지만 해주면 좋아. 음.]

혹시나 앙켑스를 통해서 자신이 좋아하는 기운을 다시는 전해 주지 않을까 걱정하는 '팥쥐'의 마음이 전해져서 피식 웃게 되는 세현이었다.

'걱정하지 마. 여유가 되면 해줄 테니까.'

[음, 음음음!! 역시 세현 좋아! 음, 나 잠시 잘래. 금방 깨어날

거야. 음.]

'그래. 고생했다. 좀 쉬어.'

[음음.]

카강! 쾅! 콰득!

찌이익! 찌익!

세현은 혼자서 쥐배미를 잡고 있었다.

'팥쥐'가 깨어날 때까지 초록색 이면공간에서 머물기로 한 세현은 가만히 시간을 보내는 것이 답답해서 사냥을 나왔다.

그렇다고 무리해서 여러 마리의 몬스터를 상대할 생각은 없었기에 고르고 골라서 한 마리나, 두 마리로 돌아다니는 쥐배미를 찾아서 사냥을 하는 중이었다.

화락! 츠리릿! 찌이이이익!

세현의 첫 공격은 언제나 앙켑스로 시작했다.

몬스터들이 가지고 있는 에테르 스킨을 크게 깎을 수 있으니 당연한 선택이다.

세현의 앙켑스는 이제는 완성형에 가까웠다.

다만 앙켑스의 경우에는 얼마나 많은 에테르를 소모하느냐에 따라서 몬스터의 에테르 스킨을 깎아 내는 양이 달랐다.

또한 앙켑스에 사용한 에테르를 어떤 형태로 변화시키느냐에 따라서도 같은 양의 에테르에서 얻는 효과에 차이가 났다.

문제는 그런 것은 각성 능력으로 어떻게 할 수 있는 부분이 아니란 것이었다.

앙켑스는 완벽하게 펼쳐지지만 그 후에 에테르 활용은 상황과 몬스터에 따라서 매번 달라진다.

때문에 세현은 앙켑스의 완성은 불가능한 것이 아닌가 생각하고 있었다.

자신의 각성 능력은 어떤 기술이나 동작을 완벽하게 해냈을 때, 그것을 몸에 각인시키는 것이었다.

그런데 애초에 변수가 많은 앙켑스의 경우에는 완벽하게 한다는 것이 불가능해 보였던 것이다.

'그렇게 생각하면 내 각성능력도 완전한 것은 아니지. 더구나 아직도 각성 능력이 양날의 칼이란 사실도 변함없고.'

세현이 각성 능력을 양날의 칼이라 생각하는 이유는 혹시라도 전투 중에 각성 능력이 발동되는 상황을 생각해야 하기 때문이었다.

만약 그런 일이 생기면 세현의 에테르 서클은 크게 감소하거나 혹은 사용가능한 에테르가 완전히 사라져버리는 상황이 될 수도 있었다.

물론 강철의 에테르 서클 효과 덕분에 에테르 서클이 붕괴되는 것은 막을 수 있다.

하지만 사라진 에테르 서클은 단시간에 회복이 되는 것이 아니다. 전투 중이라고 하면 절체절명의 순간이 될 수밖에 없었다.

그래서 세현은 자신의 각성 능력을 양날의 검이라고 생각하고 있었다.

'앙켑스 이외에는 딱히 각성 스킬이 발동할 것이 없으니 그나

마 다행인가?'

그렇게 생각하면 앙켑스의 완성이 불가능할 것 같은 예상이 세현에게 나쁜 것만은 아니었다.

'자, 그럼 이젠 앙켑스의 중첩도 실험을 해봐야지.'

세현은 쥐배미를 사냥하면서 새로운 시도를 하는 중이었다.

앙켑스의 중첩.

이전부터 생각을 하고 있긴 했지만 몬스터의 에테르 스킨을 중화시켜서 멈추게 하는 이외의 다른 에테르 활용을 찾지 못하고 있었다.

그런데 요즈음 몬스터들의 등급이 올라가면서 에테르 스킨 이외에도 몬스터들이 사용하는 에테르가 더 있다는 것을 알게 되었다.

사실 몬스터들은 그 바탕 자체가 에테르였다.

에테르로 이루어진 생명체, 그래서 에테르 기반 생명체라고 하는 것이다.

세현은 지금까지 그런 사실을 모르고 있었다.

몬스터가 죽은 후에 에테르로 돌아간다는 것은 알고 있었지만, 그 자체로 에테르를 기반으로 하는 생명체란 상상은 하지 못했던 것이다.

그런데 이번에 천공 길드원들을 심문하는 과정에서 그 단어가 나왔다.

에테르 기반 생명체란 단어가.

세현은 그 말에서 단서를 얻어 앙켑스를 이용한 새로운 시도를 생각했다.

몬스터에게 에테르 스킨 이외에 또 다른 에테르가 분명히 있다면 그것 역시 앙켑스를 이용해서 중화시키는 것이 가능하지 않을까 하는 생각이었다.

그리고 그 후로 몬스터를 면밀히 살핀 결과, 몬스터의 내부에 지금까지 느끼지 못했던 다양한 에테르가 있다는 사실을 깨달았다.

그리고 그것들을 하나씩 앙켑스 에테르로 중화시키며 몬스터에게 어떤 변화가 생기는지 확인을 하는 것이다.

덕분에 세현의 실험 대상이 되는 몬스터는 아주 다양한 감각들을 경험하며 괴로워하게 되었다.

찌이이이익! 찌이익!

"이건 아닌가? 별로 표시가 안 나는데?"

쥐배미가 고통스러운 비명을 질렀지만 겉으로 보이는 변화가 없자, 세현이 고개를 저었다.

당하는 쥐배미는 몸 안의 기운들이 낯선 형태로 바뀌고 멈추면서 엄청난 두려움을 주었지만 세현은 몬스터의 언어를 알지 못하니 그걸 알 수가 없었다.

"그래도 괜찮은 에테르 몇 가지를 발견했으니 다행이지."

세현은 몬스터에게 사용할 몇 가지의 에테르 속성을 만들어 냈다.

몬스터들은 그 에테르 속성에 따라서 몸이 무거워지거나 혹은 반응 속도가 느려지거나 시력이나 청력 등의 감각이 떨어지는 효과를 보였다.

"몬스터에게 쓰는 에테르와 사람에게 쓰는 에테르가 확연히 다른 것은 좀 이상하지만 어쨌거나 앙켑스를 중첩할 수 있다는 것은 굉장한 일이지. 쯧, 고생했다."

휘익, 트릿! 툭!

세현은 한동안 고생을 하던 쥐배미의 목을 날렸다.

앙켑스를 통해서 에테르 스킨을 무력화 시키는 것은 이제 능숙해졌고, 쥐배미의 경우에 얼마나 많은 에테르를 이용해야 하는지도 파악이 끝났다.

그래서 쥐배미는 세현의 앙켑스에 걸리면 몇 분 지나지 않아서 에테르 스킨이 완전히 무너진다.

그 뒤엔 정점에 이른 검기로 목을 자르면 사냥은 끝이 난다.

다만 쥐배미가 창을 다루는 실력이 제법 뛰어나기 때문에 몇합 정도는 겨루어야 했는데, 세현은 도리어 그렇게 서로 무기를 부딪치며 싸우는 것을 좋아했다.

그런 과정에서 검과 방패를 다루는 실력이 조금이라도 늘어날 거라고 생각하기 때문이었다.

"괜찮네. 이 정도면 다음 단계로 올라가도 될까?"

세현이 쥐배미의 에테르 주얼을 챙겨 한쪽에 던져 둔 배낭에 넣으면서 중얼거렸다.

파란색 등급의 이면공간.

그곳에 들어갈 생각을 잠시 해보는 것이다.

하지만 곧바로 고개를 저었다.

파란색 등급의 몬스터는 검기(劍氣)정도로 상대하기엔 무리가 많았다.

몬스터의 에테르 스킨이야 어떻게든 깎아 낸다고 하더라도 몬스터 자체의 방어력이 검기를 가볍게 씹어주는 것들이 많았다.

제대로 된 검기에 상처를 입기는 하지만 그렇다고 치명상을 입히는 것은 어렵다.

물론 물량에 장사 없다고 파란색 등급의 몬스터를 속된 말로 '다구리'로 잡는 경우가 없진 않았다.

강기(剛氣)를 사용해서 잡아야 할 몬스터를 검기로 잡을 수는 있지만 그걸 두고 한편에선 코끼리를 바늘로 찍어 죽이는 거라고 한다.

그나마 찔러 죽인다고 하지 않는 것은 그만큼 애를 쓰기 때문에 그걸 인정해서 쓰는 표현이란다.

대바늘을 들고 콱콱 찍어서 코끼리를 죽이는 것이나 다름이 없다는 말이다.

"뭐 에테르 스킨을 벗겨 내는 시간을 줄일 수 있을 테니 그래도 좀 나을 수도 있겠지만, 이번에는 정말 형의 경고를 들어야 할 것 같단 말이지. 에테르 서클 하날 더 만들고, 강기를 뽑아 낼 수 있을 때까지는 몸조심해야지."

세현은 파란색 등급의 이면공간에 대한 욕심을 그렇게 접었다.

[음음! 나, 나! 나!!!]

그 때, 갑작스럽게 '끝쥐'가 깨어났다.

스화핫!

"어어? 뭐야?"

그리고 세현의 왼쪽 팔목에서 눈부신 빛이 터져 나와서 세현의 시력을 앗아갔다.

초록색 등급의 스페셜 필드 생성

"야, 뭘 그렇게 보는 거야?"

"음? 아니야."

"이상하네. 며칠 사이에 너, 그렇게 허공에 초점을 맞추는 경우가 자주 있어."

재한이 세현을 걱정스럽다는 듯이 보며 말했다.

세현은 그런 재한의 시선을 슬그머니 외면했다.

그러면서 오직 자신의 눈에만 보이는 '꼴쥐'의 모습에 신경을 쓰지 않으려고 노력하며 입을 열었다.

"걱정하지 마. 아무것도 아니야. 그나저나 하던 이야기나 마저하자. 그래서 종국 아저씨는 결국 이종족과 직접 거래를 하자는 겁니까?"

세현의 시선이 한종국에게 향했다.

거실 탁자의 긴 쪽 맞은 편에 앉았던 종국이 그 큰 덩치를 소파에 묻은 상태로 대답했다.

"개성상단 놈들이 워낙 까탈을 부려야 말이지. 그놈들, 우리가 초록색 등급 천공기사라고 무시하기도 하고, 또 어떻게 알았는지 우리 연구소에 대해서도 알고 있더라고."

장비 업그레이드를 위해서 발품을 팔던 종국이 결국 개성상단과의 거래에서 좋지 못한 결론이 난 것이다.

"그래서 우리가 자기들 밥그릇을 노린다고 생각해서 까칠하게 군다는 겁니까?"

세현이 서늘한 눈빛으로 물었다.

"뭐 그런 거지. 솔직히 너하고 재한이 운영하는 그 연구소 말이야. 저번에 특이 몬스터에게 얻은 갑옷으로 새로운 갑옷을 만드는 연구를 한다며? 그러니 개성상단 애들이 우리를 에테르 군수업체 정도로 보는 거지. 원래 그쪽은 서로 사이가 안 좋아."

"하! 우리처럼 영세한 쪽을 뭐 그렇게 신경을 쓴답니까?"

세현은 어이가 없다는 듯이 물었다.

"하하하. 그렇지. 영세하긴 하지. 그런데 거기에 진강현이란 이름이 끼어들면 상황이 달라지지."

"네? 형이요?"

"그렇지. 그쪽에서도 네가 누구 동생인지를 아는 거지. 거기다가 재한에 대해서도 아는 거고. 그런 둘이 뭉쳤으니 상황을 간단하게 보지 못하는 거지."

"그것 참, 형 때문에 먹고 살기도 힘들겠네."

세현이 농담처럼 투덜거렸다.

"거기다가 니들 실력이 일취월장 하고 있는 것도 문제지. 겨우 3년도 안 지났는데 벌써 초록색 등급의 이면공간은 휘젓고 다니잖아. 그러니 저쪽에서도 바짝 긴장을 하는 거지."

결국 성장 가능성이 높은 세현 일행이 나중에는 그들의 경쟁자가 될 것을 우려한다는 말이었다.

"음, 그런데 그쪽에서 우리가 이종족을 만나는 걸 가만히 두고 보겠습니까? 어떻게든 막으려고 하지 않겠습니까?"

세현이 한종국을 보며 물었다.

"걱정 하지 마. 흐흐흐, 이번에 아주 재미있는 일이 벌어진 거지. 그냥 전투필드였던 곳 중에서 하나가 스페셜 필드로 바뀌었는데 거기 들어온 이종족 마을이 장인들의 마을이라고 하더라고. 크크크. 덕분에 개성상단 애들도 몸이 혹하고 달아올랐어."

"선점은 안 하고요?"

"거길? 불가능할 거야. 그 이면공간으로 진입할 수 있는 구역이 워낙 넓거든."

"어딘데요? 등급은요?"

"초록색 등급, 장소는 화산 전투 필드."

"초록색 등급의 화산 전투 필드면 용인 쪽이군요. 거기가 제일 유명하죠."

"그렇지. 용인에서도 백암 쪽인데 거기 가서 아무 데서나 초록색 천공기 주얼을 작동하면 들어가는 곳이지. 클클, 그러니 개성상단 애들이 어떻게 할 수가 없는 거야. 워낙 진입 구역이 넓으니까."

"다행이군요. 그럼 그쪽에 가서 우리 장비를 좀 맞춰 보죠. 그런데 뭘 준비해야 합니까?"

세현이 한종국을 보며 물었다.

"그거야 나도 모르지. 이번에 들어가서 알아봐야 하지 않을 까? 음, 그래도 우리가 가진 것 중에서 미스릴이 쓸 만하니까 그 건 좀 들고 가보면 좋겠네."

한종국은 장인들이 모인 마을에서 미스릴이 제법 인기가 있을 거라고 생각하고 그렇게 제안했다.

"미스릴이라… 그럴 줄 알았으면 나도 지분을 좀 얻어 둘 걸 그랬나?"

세현이 아쉽다는 표정을 지었다.

"내가 가진 것이 제법 되니까 가지고 가보자. 종국 아저씨도 있으니까 뭐 어떻게든 되겠지."

재한이 그런 세현의 어깨를 두드리며 말했다.

어차피 함께하는 사이니 그 정도야 도와줄 수 있다는 표현이 었다.

[음, 좋아. 좋아.]

"넌 밖으로 나온 것이 언젠데 아직도 그래?"

[그래도 좋은 건 좋은 거야. 음음.]

"하여간 적응이 안 된다. 팥쥐야. 왜 하필 그 모습인데?"

세현은 벌써 몇 번을 들었지만 이번에도 또 하소연 하듯이 말 을 하고 말았다.

[팥쥐. 어울리는 모습이 이거. 딱 맞아. 음음.]

하지만 '팥쥐'는 자신이 선택한 모습이 이름에 가장 잘 어울리 는 거라고 자신 있게 대답을 한다.

그 대답을 세현은 몇 번이나 들었었다.

"도대체 내가 언제 너한테 햄스터 만화를 보여줬지? 그건 기억이 안 나는데 말이다."

세현이 한숨을 쉬면서 '팥쥐'에게 물었다.

머리에 분홍색 리본까지 달고 있는 햄스터, 그것도 만화에서나 나올 것 같이 짧은 팔과 다리에 통통한 몸을 한 '팥쥐'의 모습은 절대 현실적이지 않았다.

딱 보는 순간 떠오르는 것이 만화 캐릭터였으니 두 말할 필요가 없는 일이다.

세현은 '팥쥐'가 왼쪽 손목에서 모습을 드러냈을 때, 어처구니가 없었다.

스스로 적당한 모습이라고 생각해서 형상화한 거라는데, 도대체 그게 어떻게 적당한 모습이라는 건지 '팥쥐'의 정신세계를 이해할 수가 없었다.

[음, 봤음. 아저씨가 봤음. 세현, 쉬고 있을 때. 난 순간, 저게 나의 아이덴티티(Identity)라는 것을 알았음.]

"그건 또 어디서 배웠어? 아이덴티티?"

[나날이 굉장해지고 있는 거. 음음. 난 굉장하고 대단해.]

"그래. 그래. 말을 해봐야 뭐하겠냐. 그런다고 니가 바뀔 것도 아니고. 하지만 내가 분명히 말했지? 될 수 있으면 사람들 있을 때에는 나타나지 말라고."

[난 세현만 볼 수 있는 세현의 것. 음음. 그러니까 문제없음. 음!]

"그래도 내가 너에게 신경을 쓰다 보니까 자꾸 재한이나 나비가 이상하게 보잖아. 심지어는 종국 아저씨도 뭔가 이상하다는 표정인 거 못 봤냐?"

[하지만 답답함. 음.]

"천공기 안에서도 밖을 살피는 데는 문제없잖아?"

[밖이 편하고 쉬운 것. 음음. 밖에 나오면 더 굉장하고 대단해지는 것.]

"그러니까 그렇게 밖으로 나와 있을 때, 원거리 에테르 방어나 마법진 생성이 훨씬 쉬워진다는 그 말이지? 너, 굉장한 거는 원거리 방어, 대단한 거는 마법진을 만드는 거, 그거지?"

[음음. 답에 가까워. 많이 가까워.]

"휴우, 알았다. 내가 적응을 해야지. 대신에 될 수 있으면 다른 사람들이 있을 때에는 한곳에서 얌전하게 있어. 이리저리 돌아다니면 신경을 안 쓰려고 해도 눈길이 가는 것은 어쩔 수가 없으니까."

[음음. 좋은 자리가 있음. 마음에 드는 자리. 음음!]

'끝쥐'는 그렇게 말을 하고는 세현의 정수리에 자리를 잡았다.

하지만 다행스럽게도 세현은 '끝쥐'의 무게를 별로 느끼지 못했다.

깃털 몇 가닥이 머리에 내려앉은 정도여서 조금 시간이 지나면 신경도 쓰이지 않을 터였다.

화산 전투 필드.

천공기사들이 그곳을 그렇게 불렀던 이유는 말 그대로 지형이 화산지형이었기 때문이고, 몬스터가 많이 나왔기 때문이었다.

실제로 워낙 많은 몬스터들이 몰리기 때문에 천공기사들 사이에서 꽤나 유명한 전투 필드지만 정작 사냥을 가는 이들은 별로 없는 곳이기도 했다.

그런데 그곳에 새롭게 이종족 마을이 생겼다.

덕분에 전투 필드였던 곳이 스페셜 필드로 바뀌었다.

그런 소문이 퍼지면서 당연하게도 수많은 천공기사들이 그곳으로 몰려들었다.

"아무튼 장삿속으론 당할 수가 없는 사람들이야. 벌써부터 백암에 천공기사들을 위한 상점들을 열고 있다니 말이야."

"개성상단이 그쪽으론 언제나 빠른 편이지."

재한의 말에 종국이 맞장구를 쳤다.

"그래도 아직까지 그들이 장인 마을에서 우위에 있지는 않다니 다행이네요."

나비가 그래도 안심이란 목소리로 말했다.

그런 나비의 얼굴에는 이제 나비 가면이 없었다.

그동안 고집스럽게 나비 가면을 쓰고 다니던 그녀가 이번부터는 가면을 벗기로 한 것이다.

그 결정에 한종국의 입이 헤벌쭉 벌어져서 나비의 펀치를 맞기도 했었다.

"이상하게 장인 마을 사람들이 천공기사에게 배타적이란 소리가 있던데?"

세현이 재한에게 물었다.

"맞아. 이유는 몰라도 그다지 호의적이진 않은 모양이야."

"원인은 모르는 거야?"

"뭐 그렇지. 아무튼 마을 안으로 들어오는 것을 막지는 않는데, 말도 거의 받아주지 않는 모양이더라고. 거기다가 그 사람들 사냥하느라 무척 바쁘다던데?"

재한이 그동안 수집한 정보를 풀어놓았다.

"장인들이 웬 사냥? 재료 수집이라도 하나?"

세현이 물었다.

"그건 아닌 모양이야. 도축은 거의 하지 않고 에테르 주얼 정도만 챙긴다던데?"

"그런데 사냥에 열을 올려? 왜?"

"정말로? 왜 그런데?"

세현과 나비가 재한에게 다시 물었지만 재한도 고개를 저었다.

"그걸 어떻게 알겠어? 아무도 이유를 몰라."

"뭔가 찾는 것이 있나?"

종국이 그렇게 말했지만 정답은 알 수 없는 문제였다.

*　　　　　*　　　　　*

세현 일행은 몇 번의 전투를 거친 후에 장인들의 마을이란 곳에 도착을 했다.

"이야, 듣기는 했지만 정말 갖가지 이종족이 다 있네?"

나비가 제일 먼저 감탄사를 터트렸다.

그리고 그녀의 말대로 장인 마을에는 한 종족만 있는 것이 아니었다.

세현 일행이 지금까지 보거나 들었던 이면공간 주민들 이외에 전혀 듣지도 보지도 못했던 모습의 이종족들까지 마을 곳곳을 누비고 있었다.

"무슨 이종족 전시장 같은 느낌이네."

세현이 중얼거렸다.

"조심해. 저들 모두가 명장의 소리를 들을 실력 있는 장인들이라고 하니까 말이야. 이 마을의 건물 하나하나가 모두 개인 소유고, 그 건물이 곧 공방이야. 저 많은 건물마다 특별한 물건들을 만들어 낸다는 거지. 그거도 등급이 무척 높은 물건들을 말이야."

재한이 또다시 마을에 대한 설명을 장황하게 늘어났다.

"일단 우리가 필요로 하는 물건들을 만드는 장인을 알아봐야 하는 거 아냐?"

"대부분이 무기나 갑옷 종류를 구하기 위해서 오기 때문에 그런 장인들의 위치는 이미 파악이 된 상태지. 하지만 가 봐야 소용이 없다는 것이 문제야. 본 척도 않는다니까? 아니, 건물 안으로 들어가지도 못해. 괜히 문 두드렸다가 욕만 먹지. 방해한다고. 창작의 순간을 방해 받으면 굉장히 화를 내니까."

"그럼 언제 말을 걸어야 한다는 거야? 앙?"

한종국이 어쩌란 거냐는 표정으로 재한을 봤다.

"밖으로 나왔을 때, 그 때 어떻게든 기회를 봐야 하는데, 저기 보이지? 저 사람들이 모두 누군가 밖으로 나오길 기다리는 사람들이야."

재한이 골목 입구마다 무리를 지어서 서 있는 천공기사들을 가리켰다.

적게는 서너 명, 많게는 십여 명이 몰려 있었다.

그런 중에 한쪽에서 천공기사들이 우르르 달려가기 시작했는데 그쪽에 방금 공방의 문을 열고 나온 덩치 큰 이종족이 있었다.

세현은 그가 타모얀 종족일 거라고 생각했다.

소는 아니었지만 전체적인 분위기가 타모얀 종족을 닮아 있었다.

큰 덩치에, 털이 많은 몸, 잘 만들어진 롱코트는 타모얀의 대우를 떠올리게 하기에 충분했다.

다만 얼굴이 소가 아니라 호랑이나 사자에 가까운 것이 달랐다.

"꺼져라!"

쾅과광!

"커억!"

"우에엑!"

"제, 젠장!"

"와! 성격 화끈하네. 사람들을 한꺼번에 날려버렸어."

나비가 호들갑을 떨었다.

말 그대로 그 이종족은 우르르 몰려들어 뭐라고 말을 거는 천공기사들을 한 방에 밀어 버리고 마을 밖으로 걸음을 옮기고 있었다.

"따라가 볼까?"

세현이 말했다.

일행의 시선이 세현에게 몰렸다.

"뭐, 어차피 여기서 할 일이 없다면 나가서 저 사람이나 도우면 좋잖아. 말이라도 걸어 볼 수 있을 테고."

"무척 귀찮아할 것 같은데?"

재한이 망설이며 말했다.

"다른 방법이라도 있어? 그냥 미스릴을 들이밀면서 장비와 교환하자고 할래?"

세현이 그런 재한을 보며 말했다.

그리고 세현 일행은 마을 밖으로 나선 타모얀 장인을 쫓아 움직였다.

Chapter 6

비밀의 부스러기를 줍다

크아앙! 카르르륵! 캬아악!

퍼버벅! 픽! 푸쉭!

"음? 이건?"

한창 몬스터를 잡고 있던 타이호는 방금 쓰러뜨린 몬스터를 다시 한 번 쳐다봤다.

"확실하군."

타이호의 시선이 뒤쪽으로 향했다.

거기에 몇 명의 지구 인간이 있었다.

그들끼린 천공기사라고 부른다고 타이호도 들어서 알고 있었다.

이번에 이면공간에 문제가 생겨서 안정화가 필요하다는 이유로 이쪽에 마을을 만들게 된 타이호였다.

그래서 몬스터들이 이렇게까지 번창하도록 제대로 관리를 하지 않은 지구 인간들이 못마땅했다.

적당히 몬스터들을 일정 수준으로 유지하기만 했어도 타이호를 비롯한 장인들이 마을을 이곳으로 옮기는 수고를 할 필요도 없었다.

거기다가 창작에 몰두할 시간을 줄여서 몬스터를 사냥할 일은 더더욱 없었을 것이다.

그 모두가 저 멍청한 지구 인간들 때문이었다. 그러니 장인 마을의 구성원 중에서 누가 지구 인간들에게 호의적일 수 있을까.

그래서 이번에도 사냥에 나오면서도 뒤따르는 지구 인간들에겐 신경도 쓰지 않았다. 마침 순서가 되어서 함께 사냥에 나선 열다섯 명의 동료도 그 지구인간들에게 신경을 쓰지 않기는 마찬가지였다.

그나마 그 지구인간들은 이전의 다른 놈들처럼 그들에게 막무가내로 다가와서 말을 걸거나 하지는 않았다.

그저 사냥을 나서는 마을 사람들의 뒤를 따라오다가 사냥이 시작되자 함께 힘을 모아서 몬스터 사냥을 할 뿐이었다.

그런데 사냥을 하다 보니 뭔가 이상했다.

"이봐, 자이글, 몬스터들이……."

"빨리 죽어. 이것들의 생체 에테르가 제 역할을 못하고 있어."

이면공간의 주민들은 에테르 스킨이란 말 대신에 생체 에테르란 말을 쓰고 있었다.

"역시 그렇지? 그게 저 인간들 때문이겠지?"

"맞아. 확실히 그래. 어느 순간부터 몬스터들의 생체 에테르가 약해지거나 없어지는 거야."

"흐음. 덕분에 목표 달성이 훨씬 빨라지겠군?"

타이호가 기분 좋은 표정을 지으며 말했다.

"그렇겠지. 평소의 반도 안 걸릴 것 같은데?"

이곳으로 이주한 장인의 마을 주민들은 때마다 일정한 숫자의 몬스터를 처리해야 한다.

그것이 이곳으로 마을을 옮겨 온 이유였다.

그렇게 어느 정도 몬스터를 정리해서 안정을 찾으면 그 후로는 사냥을 줄이고 창작에 더 많은 시간을 투자할 수 있게 될 것이다.

자이글은 손가락이 셋뿐이고 매우 마른 체형을 지니고 있었지만 에테르나 마력을 다루는 능력이 뛰어나서 좋은 아티팩트를 잘 만드는 이였다.

그런 능력을 이용해서 다른 장인들과 합동 작업도 자주 해서 타이호와도 친분이 두터웠다.

"음, 쓸 만하지? 다음에도 부탁을 할까?"

타이호가 자이글에게 물었다.

"거래를 해야 된다는 말이군."

자이글도 타이호의 뜻을 알아들었다.

그냥 상대를 이용하기만 하는 것은 그들의 성정에 맞지 않았다.

도움을 받았고, 또 앞으로 받고 싶다면 거래를 통해서 정당한 대가를 줘야 한다고 생각했다.

그들이 원하는 것은 빠르게 몬스터를 처리하는 것이다.

보통 하루 정도가 걸릴 사냥을 그 절반에 끝낼 수 있다면 그만큼의 시간을 작품을 만드는데 쓸 수 있다.

그들에겐 그것이 무척 중요한 일이었다.

"일단 사냥을 끝내고 보자고. 그 때까지 저들의 능력을 확인하고, 앞으로도 저들의 도움이 필요하다면 거래를 하는 것으로 하지."

타이호의 말에 자이글은 물론이고 함께 사냥을 하던 이들 모두가 동의의 뜻을 보였다.

타이호 일행의 사냥은 예상보다 훨씬 일찍 끝났다.

예상했던 시간의 삼분의 일 정도에 목표로 했던 몬스터 사냥을 끝마친 것이다.

"잠깐 이야기를 할 수 있나?"

타이호가 세현 일행을 불렀다.

"하실 말씀이 있습니까?"

세현이 대표로 나서서 대화의 물꼬를 텄다.

세현은 타이호에게 존대를 했는데 그것은 이전에 만났던 대우를 떠올려 나름 상대를 존중해 준 것이었다.

"우선, 우리 사냥을 도와줘서 고맙다는 말을 하고 싶었다. 덕분에 사냥을 일찍 끝낼 수 있었지. 거기다가 이것들……."

타이호가 초록색의 에테르 주얼이 들어 있는 주머니의 주둥이를 연 상태로 내밀어 보였다.

"그게 어떻다는 겁니까?"

"아주 특별한 능력을 사용하더군. 몬스터의 에테르를 그대로 유지한 상태로 사냥이 가능하게 만들었어. 지구 인간들이 에테르 스킨이라고 하는 그것을 유지하고 말이야."

"그렇지 않은 경우도 있습니다."

"그렇지. 우리는 그것을 생체 에테르라고 부르는데, 어쨌건 그것을 저 인간은 흡수를 하더군. 그리고 자네는 생체 에테르를 무력화시키고. 맞나?"

타이호가 재한과 세현을 가리키며 말했다.

"맞습니다. 그것이 저와 저 친구가 익힌 스킬입니다."

세현은 타이호의 물음에 별로 숨길 것이 없었다.

스킬이야 쓰는 것을 보면 누구나 알아차릴 수 있는 것이었다.

굳이 그것을 숨길 이유가 없었다.

"그래, 아까도 이야기했지만 덕분에 우리가 사냥을 일찍 끝낼 수 있었다."

"질문을 드려도 될지 모르겠지만, 꼭 일정한 숫자를 사냥해야 하는 할당량이 있는 것처럼 들리는데 그런 겁니까?"

세현이 타이호의 말을 듣다가 생긴 의문점을 물었다.

"눈치가 빠르군. 그렇지. 우리들이 이곳으로 오게 된 이유가 그것 때문이니 말이야."

"그것이라면 몬스터 사냥을 말하는 겁니까?"

"정확하게는 몬스터 사냥이 아니라, 몬스터의 수를 일정 수준 이하로 유지하는 것을 말하지. 여긴 너무 많은 몬스터가 창궐하고 있어. 원래 지구 인간들이 적당히 수를 줄여야 하는데, 그걸 하지 않은 거지."

"네? 우리들이 이곳의 몬스터를 적당하게 유지해야 했다고요? 어째서 그렇지요?"

세현은 타이호의 말을 이해할 수가 없어 되묻지 않을 수 없었다.

"음? 모르나?"

"무슨 말씀인지 모르겠습니다."

"그것 참, 이봐, 이면공간을 드나들게 되면 그곳에 대한 관리 책임도 생기는 거야. 그러니까 지구에서 드나드는 이면공간에 대한 관리 책임은 지구인들에게 있다는 거지. 물론 초기에는 이런저런 배려를 해주기는 하지만, 그 후에는 오로지 지구 인간들이 책임을 져야 한다는 말이지."

"그러니까 지구에서 이동 가능한 이면공간은 지구인들이 관리를 해야 하는데, 이곳에 대한 관리가 되지 않아서 장인 마을이 이곳으로 이사를 왔다는 겁니까?"

"호오? 이해력이 좋군. 바로 그거지. 사실 그럴 필요가 있나 싶은데, 아직까지는 지구 인간들이 온전히 준비가 되지 않았다는 평가가 나왔지. 그래서 몇몇 이면공간의 문제를 해결해 주기로 한 거지."

"네? 하지만 지금 지구에는 몬스터들이 나타나서 난리입니다.

현실의 몬스터를 해결하는 것도 벅찬데 이면공간의 몬스터까지 감당하기는 무리가 있습니다."

"하하하. 그건 또 무슨 바보 같은 소린지 모르겠군. 이면공간의 몬스터를 줄이면 그쪽으로 나타나는 몬스터의 수도 줄어들게 되는 거야. 몬스터의 근원은 이면공간이라고. 그리고 이렇게 몬스터가 걷잡을 수 없을 정도로 늘어나면 이면공간이 벽을 허물고 현실로 몬스터를 내보낼 수 있게 되는 거지. 물론 그렇게 하려면 다른 조건도 필요하긴 하지만, 일단 몬스터가 많아지면 현실에도 위험이 생겨. 그러니까 이면공간을 관리하는 것은 무척 중요한 일이야."

세현은 타이호의 말에서 이면공간에 대한 비밀을 조금은 알 수 있을 것 같았다.

"그럼 지금 지구에 몬스터들이 나타나는 것이 그동안 이면공간을 제대로 관리하지 못해서 일어난 일이란 겁니까?"

세현은 혹시 배반의 크리스마스 실험이 지구의 변화를 불러온 것이 아닐지도 모른다는 생각에 타이호에게 확인하듯 물었다.

"응? 그게 전부는 아니지. 관리를 못하면 언젠가는 터질 일이었지만 이번 경우는 아니지. 그 이상한 놈들이 멍청하다 못해서 바보 같은 짓을 했기 때문이지. 그래서 이면공간의 벽이 약해지고, 결국 관리가 되지 않은 곳들의 벽이 터진 거지."

"그럼 그들에게 책임을 물어야 하는 거 아닙니까? 그들이 이면공간으로 들어갔으니 하려고만 하면 그들을 모두 처벌하는 것도 가능하지 않습니까?"

"왜?"

"네?"

"왜 처벌을 해야 하냐고. 스스로 벌인 일은 스스로 해결을 해야지. 그들은 지구의 인간이지. 그러니 그들을 벌하려면 지구 인간들이 해야지. 어째서 다른 이들이 뒤치다꺼리를 해야 한다고 생각하는 거지?"

"하지만 그들 때문에 이면공간의 관리에 구멍이 생기지 않았습니까. 그들이 질서를 어지럽혔으면 당연히 그에 대한 처벌이 필요하지 않습니까?"

세현은 그것이 당연하다고 생각했다.

크라딧으로 불리는 배반자들, 그들이 이면공간의 질서를 어지럽혔으니 당연히 처벌을 해야 한다는 것이 세현의 생각이었다.

"뭐 상관없지. 그래봐야 지구의 이면공간에나 해당하는 거잖아. 물론 지구 인간들이 이면공간을 출입하게 된 것이 얼마 되지 않았으니까 적당한 배려는 필요해. 그래서 우리처럼 이면공간의 안정화를 위해서 움직이는 사람들이 있기도 하지. 하지만 솔직히 해보고 안 되면 그만둘 수도 있어. 지구 하나 정도야 뭐, 그냥 포기한다고 해도 별문제는 없으니까."

"그, 그게 무슨?"

"지구가 너희에게나 중요하지. 우리에겐 별로 중요하지 않다고 할까? 도대체 얼마나 많은 행성과 이면공간이 있는지 가늠도 할 수 없고, 그 안에 살아가는 생명체의 종류와 수도 헤아릴 수가 없는데 고작 지구 하나를 일일이 신경 쓸 이유가 어디 있겠어?

그냥 적당히 해보다가 아니다 싶으면 포기하는 거지."

"포기라면 어떻게 되는 겁니까?"

"달라지는 건 없지. 지금과 같은 거야. 알아서 살 방도를 구해 봐야지. 솔직히 신경을 쓴다고 해도 딱히 해줄 것도 없고 말이 야."

"어째서 우리들에게만 그렇게 야박합니까?"

듣고 있던 재한이 참지 못하고 타이호에게 물었다.

"엉, 그건 또 무슨 말이야?"

"이면공간의 주민들은 그렇게 아끼지 않습니까. 이면공간의 절대 법칙이 주민들을 철저하게 보호하는 것만 봐도 알 수 있는 일 아닙니까? 그런데 어째서 우리들은 마치 방치하는 것처럼 합니까?"

"웃기는 놈들이네. 그럼 목에 고삐를 맬까? 그래서 질질 끌고 다녀? 너희는 스스로 자유를 팔 생각이냐?"

재한의 말을 들은 타이호의 표정이 딱딱하게 굳었다.

그리고 말을 듣는 세현 일행들 역시 표정이 얼어붙었다. 타이호의 말에는 의미심장한 뭔가가 있었다.

"아아, 이야기를 듣다 보니 스케일이 너무 커. 지구 따위는 하찮게 여길 정도로 큰 세상이라는 거잖아. 뭐야? 그게?"

나비가 어이가 없다는 표정으로 말했다.

"뭐, 너희는 너희가 감당해야 할 문제만 신경을 쓰면 되는 거지. 그리고 지금은 우리와 이야기를 하는 것이 중요하고 말이야."

"그렇겠군요. 그래서 하실 말씀이 뭡니까?"

세현은 갑자기 화제를 돌리는 타이호의 태도에서 더는 이야기를 해봐야 얻을 것이 없겠다는 판단이 섰다.

"우린 몬스터를 사냥하는데 많은 시간을 보내는 것이 싫어. 그 시간에 작품을 만들고 싶지."

"맞아. 그렇지."

타이호의 말에 그의 일행들이 고개를 끄덕이거나 짧게 동의를 표했다.

"그런데 오늘 사냥은 무척 일찍 끝이 났단 말이지. 평소보다 훨씬 일찍 말이야."

"그래서요?"

"그래서 우리는 너희와 거래를 하려는 거야. 앞으로 계속해서 우리의 사냥을 돕는다면, 우리도 너희가 원하는 것을 들어주겠다는 뭐 그런 거지."

"그렇군요. 정말 마음에 드는 제안입니다."

세현은 타이호의 거래를 두고 밀고 당기기를 하지 않았다.

서로가 원하는 것을 얻을 수 있는 거래에서 욕심을 부릴 이유가 없었던 것이다.

"그러니까 우리가 사냥을 할 때, 너희가 오늘처럼 도와주면 되는 거지."

"좋습니다. 하지만 그보다 더 나은 방법도 있지 않겠습니까?"

세현은 타이호의 제안을 받아들였지만 그것으로 만족하지 않았다.

"더 좋은 방법?"

"네."

세현이 타이호를 보며 싱긋 웃었다.

장인 마을의 대화 창구를 자처하다

"흥미가 생기는군. 그래 그 더 좋은 방법을 한 번 들어 볼까?"

타이호는 물론이고 그의 일행들 모두가 세현의 이야기에 주목했다.

"여러분들은 사냥을 최대한 빨리 끝내고 작품을 만들고 싶다고 하셨습니다. 그렇죠?"

"그야, 몇 번을 이야기 했지."

"그렇다면 아예 여러분 대신에 사냥을 해주는 사람이 있으면 어떻겠습니까?"

"응? 우리 대신 사냥을?"

타이호가 눈빛을 빛냈다.

"물론 우리 천공기사들의 능력이 여러분에 비할 바는 아닙니다. 하지만 모자란 능력은 숫자로 메울 수가 있지요. 여러분 한 분, 한 분을 대신해서 천공기사 팀들이 나서면 충분히 여러분을 대신할 수 있습니다."

"음, 그건 그렇겠지."

"물론 공짜는 아니겠지요. 대신에 여러분은 그 팀과 일정한 계약을 하는 겁니다. 여러분의 작품 중에서 얼마를 대가로 준다거나 하는 방식으로요."

"음, 우리가 만든 것을 대가로 준다?"

"물론 그것들의 가치가 크다고 하면 또 다른 대가를 이쪽 천공 기사들에게 요구할 수도 있겠지요. 어쨌거나 여러분들이 쓸데없 이 몬스터 사냥에 시간을 빼앗기지 않으면서 작품 활동을 할 수 있는 방법 아니겠습니까?"

"그건 확실히 그렇지. 솔직히 제대로 된 거 하나 만들자면 중 간에 끊고 나와선 안 되는 경우가 많다고. 그렇게 흐름이 끊어지 면 좋은 놈이 안 나오지."

"그야 그렇지. 그래서 이곳에 와서는 한동안 소품(小品)만 만 들어야겠다고 생각하고 있었지."

"그러니까 말이야. 저 인간이 말한 대로 하면 나쁘지 않을 것 같은데? 어차피 정해진 몬스터만 해결을 하면 되는 거니까."

"그렇지. 어때? 괜찮은 것 같은데?"

장인 마을의 이종족들은 머리를 맞대고 한동안 의논을 했다.

그리고 타이호가 다시 대표로 세현을 보며 말했다.

"좋다. 네가 말한 방식이 우리에게 꼭 맞는 것 같다. 하지만 우 리가 지구 인간 팀을 구하는 것은 성가신 일이다. 그러니 우리가 너희에게 신청을 하면 너희가 지구 인간, 그러니까 천공기사 팀 을 우리에게 연결해 주는 방법을 쓰자. 어떠냐?"

"저희에게 중간 브로커 역할을 하라는 거군요?"

"푸후후, 그런 거지. 그 사이에 이익을 남기는 것은 너희가 알 아서 할 일이고."

"하하하. 좋습니다. 그렇게 하지요. 걱정하지 마십시오. 양쪽 모두에게 이익이 될 수 있도록 거래를 주선하겠습니다. 하하."

세현은 자신의 의도가 제대로 먹혀 들어간 것 같아서 기분이 좋았다.

그리고 슬쩍 타이호에게 고개를 숙였다.

그가 세현 일행을 배려했음을 충분히 알 수 있었기 때문이다.

중개인이 필요하긴 했겠지만 그게 꼭 세현 일행일 필요는 없었다.

그런데 그것을 세현 일행에게 맡긴 것은 조금 전까지 함께 사냥을 했던 인연과 괜찮은 아이디어를 제공한 대가란 것을 충분히 알 수 있었다.

*   *   *

"그게 무슨 소리야? 장인 마을이 어떻게 되었다고?"

개성상단 길드를 이끄는 옥축환이 버럭 고함을 질렀다.

"장인 마을의 주민들이 모두 나서서 우리, 그러니까 천공기사들의 출입을 금지했습니다. 대신에 그 고재한과 진세현이란 놈들을 대리인으로 내세웠습니다."

"대리인이라니?"

"마을 주민과 천공기사를 연결해 주는 역할입니다. 마을 주민이 만들어 낸 물건들을 대가로 몬스터 사냥의 증거를 요구하고 있습니다."

"그러니까 일정 숫자의 몬스터를 처리하고 증거를 가지고 가면 물건을 받을 수 있다는 건가?"

"그렇습니다."

"도대체 일이 어떻게 돌아가고 있는 거야? 누가 아는 사람 없어?"

옥축환은 개성상단 길드의 마스터였지만 그가 모든 결정권을 가지고 있는 것은 아니었다.

지금 그가 보고를 받는 자리는 여섯 명의 간부들이 둘러앉은 원탁이었고, 그 여섯이 합의를 해야 길드의 일이 결정이 되었다.

평소에는 각자의 영역에서 독립적으로 움직였기 때문에 굳이 합의가 필요 없지만, 지금처럼 중요한 문제에선 합의가 필요했다.

길드 자체가 여섯 개의 기업이 연합해서 만들어진 것이라 어쩔 수 없는 방식이었다.

옥축환이 고함을 질렀지만 누구도 제대로 상황을 파악한 사람이 없었다.

일이 벌어진 것이 얼마 되지 않아서 긴급하게 회의가 열린 까닭이었다.

"그래서 어쩌고 있지?"

옥축환이 보고자에게 다시 물었다.

그는 장인 마을이 있는 필드를 총괄하는 역할을 하던 중간 간부였다.

"그게 철저하게 저희 길드를 배제하고 거래를 하고 있어서 저희는 그저 손가락만 빠는 상황입니다."

"뭐? 이것들이 감히!"

"아니, 도대체 그게 무슨 말도 안 되는! 그들이 도대체 무슨 이유로?!"

"그야 얼마 전에 우리가 그들을 잠재적인 경쟁자로 보고 불이익을 주기로 했으니 그들 역시 그렇게 나오는 것이겠지요."

"아니, 그렇다고, 그 한 줌도 안 되는 것들이 우리 길드에 정면으로 반발을 한다는 말입니까?"

"그렇다고 어쩝니까? 우린 상인입니다. 지금은 저들 때문에 손해가 크다는 것을 생각해야 합니다. 그리고 그 손해를 만회할 수 있다면 웃으면서 손을 내밀어야지요. 물론 사과의 선물을 손바닥에 올리고 말입니다."

"그게 무슨 말도 안 되는 소립니까? 우리에게 덤비는 놈들에게 숙이고 들어가잔 말입니까?"

"그곳이 이면공간이라는 것을 생각하세요. 우리가 지금까지 기득권을 지녔던 이유가 이면공간의 주민들을 우리 편으로 만들 수 있었기 때문이었습니다. 하지만 지금 장인 마을은 고재한 패거리가 우리 위치에 있다는 소립니다. 그걸 어떻게 할 겁니까? 이면공간에선 그들 주민들의 결정이 곧 법입니다. 그걸 모릅니까?"

여섯 명의 간부들은 그야말로 난상 토론을 벌였다.

생각나는 대로 마구 떠들어 대는 것 같지만 그 발언들 하나하나가 상황을 낱낱이 해체하고 적당한 답을 얻기 위한 과정들이었다.

그렇게 떠드는 중에 쓸데없는 말들은 정리가 되고, 꼭 필요한 것들이 남는 것이다.

"우리가 언제 이종족을 건드렸던가? 그들이 사냥을 해서 거래를 한다면 그 사냥을 우리가 하면 될 일이 아닌가."

"그야 그렇지. 원래 원자재가 막히면 상품 생산이 어렵지. 그런 의미에서 몬스터가 지금은 장인 마을의 상품을 생산하는 자재가 되는 셈이니, 그걸 막자는 거군."

"동원할 수 있는 인원을 최대한 동원해서 일을 처리하면 되는 거지. 어떤가?"

"그렇게 되면 그 고재한 패거리와 계약을 맺은 천공기사 놈들이 장인 마을에서 물건을 받기 어렵겠지."

"하하하. 당연히 계약을 이행하지 못한 그놈들은 장인 마을의 주민들과 사이가 틀어질 수밖에 없고."

"그렇게 틀어진 사이를 우리가 벌리고 들어가는 거지. 하하핫. 거 생각해보면 일이란 것은 대부분 이런 식으로 돌아가는 거란 말이지."

"음, 그럼 결정된 것으로 봐도?"

"고민할 것이 뭐가 있겠습니까? 진행하지요. 모두가 조금씩 출자해서 용병들을 쓰기로 합시다. 화산 전투 필드는 예전부터 몬스터가 많았습니다. 오히려 너무 많아서 탈이었지요. 거기에 용병들을 대거 투입해서 사냥을 할 수 있게 하면 용병들도 싫어하지만은 않을 겁니다."

"수가 적어서 밀릴 때와는 달리 다수가 들어가서 사냥을 하면 확실히 사냥 효율이 오르니 나쁘지 않겠지요."

"한 달, 그 정도만 하면 충분할 겁니다. 안 그렇습니까?"

"장인들이 그렇게나 모여 있는 마을입니다. 그곳과 거래를 할 수 있다면 그 이익이 무궁무진할 겁니다. 하하핫."

개성상단 길드의 원탁 회의실에는 앞으로 들어올 이익을 생각하는 간부들의 웃음이 가득 찼다.

*　　　　*　　　　*

"들었냐? 요즘 사냥을 방해하는 놈들이 부쩍 늘었다는데?"

재한이 걱정스러운 음성으로 세현에게 말했다.

"그래."

세현은 별로 신경을 쓰지 않는다는 듯이 대꾸했다.

"야, 이러다가 마을 사람들이 화를 내면 어쩌려고 그래?"

"마을 사람들이 왜 화를 내?"

세현이 재한의 말에 이해가 되지 않는다는 듯이 되물었다.

"야! 계약이 제대로 지켜지지 않으면 화를 내지 안 내겠냐? 응?"

재한이 답답해서 가슴까지 두드리며 소리를 질렀다.

"화를 내다니? 그건 이곳 장인들과는 상관없을 거야. 손해는 우리하고 계약한 천공기사 팀들이 좀 보겠지. 사냥을 하지 못 해 장비를 얻지 못하니까."

"마을 사람들과 상관이 없긴 왜 없어? 사냥 증거물을 가지고 오지를 않는데? 그리고 우리와 계약했던 팀들도 불만이 이만저만 아닐 거라고."

"재한아, 그 사람들 불만이 우리에게로 향할까, 아니면 그 개성 상단으로 향할까?"

세현이 물었다.

"그야… 우리야 죄가 없으니 대부분 개성상단 쪽으로 앙심을 품겠지. 다들 지금 사냥을 방해하는 놈들이 그쪽에서 고용했다는 것을 알고 있으니까 말이야."

"그런 거야. 그렇게 해서 개성상단 길드 놈들에게 불만을 품은 사람들이 늘어나는 거지. 크크크."

"뭔 웃음이! 아니, 그거야 그렇다고 치고 장인들은?"

재한은 다시 마을 주민들에 대한 걱정을 시작했다.

"이곳 주민들이 왜 밖으로 나가서 사냥을 할까?"

세현이 뜬금없이 물었다.

"그야 이곳에 몬스터들의 수가 많아지면서 균형이 틀어졌기 때문이잖아. 타이호 어른이 그렇다고 했잖아."

재한이 대답했다.

"그럼 일정한 시기마다 일정 숫자의 몬스터를 잡기로 한 것은 왜 그랬을까?"

"작품을 만들기는 해야 하는데, 이곳에 마을을 만든 목적을 달성하기 위해선 몬스터의 수를 줄여서 관리할 필요가 있었으니까."

"그럼 그걸 누가 체크하고 판단하는데?"

"응? 그게 무슨?"

재한이 어리둥절한 표정을 지었다.

"설마 몬스터를 잡아서 그 증거를 가지고 일일이 어디에 보고를 한다거나 할 거라고 생각해?"

세현이 물었다.

"음? 그러고 보니 전에 타이호 어른이랑 마을 사람들이 사냥할 때, 따로 증거 같은 건 챙기지 않았지?"

재한이 그 때의 기억을 떠올리며 고개를 갸웃거렸다.

"그래, 굳이 그걸 챙길 이유가 없는 거야. 이곳 이면공간에서 벌어지는 일은 딱히 보고하지 않아도 그 절대적인 존재가 모두 알고 있다는 거지."

"그럼 마을 사람들이 사냥을 하지 않고 있다는 것도 알지 않을까?"

재한이 물었다.

"상관없잖아. 어쨌거나 몬스터들의 수는 착실하게 줄어들고 있으니까 말이야. 그게 마을 사람들이 잡은 거든, 우리가 계약한 천공기사들이 잡은 거든, 개성상단 놈들이 고용한 용병들이 잡은 것이든, 결과는 같아."

"그렇지. 어쨌거나 몬스터의 수는 줄어들고 있으니까."

"그러면 된 거 아냐? 마을 장인들은 굳이 나서서 사냥을 할 이유가 없고, 우리는 마을 장인들이 마음 놓고 작품 활동을 할 수 있는 상황을 만들어 줬지."

"야, 우리가 아니라 사냥을 하는 것은 용병들이잖아!"

"그러니까 그게 누가 되었건 사냥만 되면 되는 거지. 물론 돈은 개성상단이 쓰고, 장인 마을에서 나온 물건은 우리가 차지하게 되겠지만 말이야. 우리하고 계약한 천공기사들이 제 역할을 하지 못해서 대가로 줄 물건들이 고스란히 창고에 남았거든. 그건 우리 거지. 전부다!"

"하하하하. 그게 그렇게 되는구나? 크크크큭."

재한이 세현의 설명에 어느 정도 이해가 되었던지 크게 웃다가 또 음흉하게 웃다가 하면서 기쁨을 표현했다.

"그래도 우리하고 계약한 천공기사 팀에게 어느 정도 위로금은 지급해야지. 그리고 앞으로 이쪽 관리는 재한이, 네가 좀 하고. 물건들을 여기서 판매하는 것도 좋고, 현실로 가지고 가서 파는 것도 좋고."

"우리야 사람 수가 별로 없으니까 여기서 팔아야지. 한 번에 가지고 나갈 수 있는 양이 별로 없으니까 어쩔 수 없잖아. 그런데 여길 나한테 맡기면 너는?"

재한이 세현에게 물었다.

"타이호 어른과 자이글 어른이 이번에 선물을 준다고 했거든."

"선물?"

"전에 천공기 개조하면 이면공간 사이를 넘나들 수 있다는 거 들었지?"

"그, 그래."

"그걸 받기로 했다. 마을 주민들을 편하게 해준 대가라더군."

"그게 있으면 이면공간 사이를 오갈 수 있다고? 그럼 현실은 어떻게 하려고?"

"두 분이 신경을 써주셨거든. 그래서 천공기도 그대로 쓸 수 있게 해준다더라."

"그래서 어쩌려고?"

재한의 물음에 세현이 품에서 지도 한 장을 꺼냈다.

이전 광산 필드에서 얻었던 지도였다.

천공 길드의 본진이 나타나 있는.

여행을 떠나요! 즐거운 마음으로??

"혼자서 간다고?"

"괜찮아. 천공기를 이용하면 언제든 현실로 돌아올 수 있으니까."

세현이 담담한 음성으로 말했다.

"그게 말이 된다고 생각해? 우리, 한팀 아니었어? 어떻게 그럴 수가 있어? 응?"

나비가 버럭 소리를 질렀다.

"천공기는 현실의 좌표를 기억하고 있는 거야. 그러니까 이면 공간에서 얼마나 이동을 한다고 해도, 결국 되돌아 올 때는 떠난 자리로 돌아오게 되어 있어."

"누가 그걸 이야기하는 거야? 혼자서 간다고 하니까 이러는 거잖아. 그것도 천공 길드의 본거지가 있는 곳으로 간다고? 너, 그러다가 죽어!"

나비가 끝내 최악의 상황까지 입에 올렸다.

"내 생각도 이건 아니다 싶은데?"

한종국이 떠듬거리듯이 말했다.

세현이 혼자서 이면공간을 돌아다니겠다는 이야기를 하고 나서 급하게 한자리에 모인 팀이었다.

모두가 세현을 혼자 보낼 수는 없으니 함께 가겠다고 했지만, 불행하게도 세현이 가지고 있는 천공기 이외에는 개조를 할 수가 없었다.

그들이 가지고 있는 천공기는 개조할 경우 현실로 돌아가는 기능이 사라지게 되는 것이다.

세현의 천공기가 특별하다는 것이 드러나긴 했지만 별다른 문제는 없었다.

세현의 몸에 들어 있는 천공기를 꺼내서 비교할 수 있는 것도 아니었고, 장인 마을의 주민들도 세현의 천공기에 대해선 입을 다물어 준 덕분이었다.

재한이나 나비, 종국이 가지고 있는 천공기를 개조하면 크라딧이라 불리는 배신자들의 천공기와 같은 형태가 되고 만다.

개조된 크라딧의, 배신자들의 천공기는 이동할 때, 좌표 기억을 하지 못하고 그저 이면공간 사이를 넘나들 수만 있었다.

변해버린 천공기가 자신이 지구를 떠난 좌표를 기억할 수 없기 때문에 그들은 현실로 돌아올 수가 없는 상태가 되어 있었다.

물론 그것이 아니라도 그들은 실험의 부작용으로 지구의 현실 좌표가 변했기 때문에 이미 이면공간으로 넘어간 그들의 천공기로는 복귀가 불가능했다.

"함께 가고 싶어도 그렇게 할 수가 없다는 건 모두 알고 있잖아."

세현의 목소리는 여전히 담담했다.

그래서 재한 등은 세현이 절대로 고집을 꺾지 않을 거란 사실을 알 수 있었다.

"너, 크라딧들과 만나면 굉장히 위험할 수 있다는 건 알고 있냐?"

한종국이 심각한 표정으로 세현을 보며 물었다.

"간혹 이면공간에서 마주친 크라딧과 싸움이 벌어지고 있다는 소리는 저도 듣고 있습니다."

세현이 대답했다.

"그래, 그런데 솔직히 그 크라딧 놈들이 우리보다 실력이 좋아. 파란색 등급이나 남색 등급을 오가던 놈들이 거기 대부분 몰려 있지."

"맞아. 초기 천공기사의 60% 이상이 크라딧에 속해 있다고."

종국의 말에 나비가 맞장구를 쳤다.

"괜찮을 겁니다. 이번에 얼굴도 조금 바꾸고 들어갈 생각이고, 무엇보다 개조된 천공기가 제 신분을 크라딧으로 위장해 줄 겁니다."

"음? 얼굴을 바꾼다고?"

"야, 성형이라도 하려고?"

재한과 나비가 놀란 표정으로 세현을 바라봤다.

"아니, 그건 아니고 전에 나비 보니까 그 생명력 듬뿍 영양 크림이라는 거, 그거 바르니까 완전히 얼굴이 달라지는 것 같던데? 그래서 나도 그거 바르고 가면 사람들이 알아보기 어렵지 않을까 하고… 아하하하! 노, 농담인 거 알지?!"

"죽어!!"

"음, 장인 마을 주민들 중에서 그게 가능한 사람이 있다는 말인가?"

"그렇죠. 가르쳐 줄 수는 없어도 일정 대가를 지불하면 천공기를 개조해 줄 수는 있다고 하더군요."

"이건 혹시나 해서 묻는 건데, 천공기를 가진 사람이 계약자 없는 천공기를 가지고 가서 개조를 받으면 그것을 사용할 수 있나?"

태극 길드의 마스터가 세현을 보며 물었다.

"아, 그건 모르겠군요. 천공기를 두 개는 소유할 수 없다는 생각에 개조된 것은 어떨지 물어보지 않았습니다. 하지만 만약 개조를 했는데 쓸 수가 없다면 천공기 하나를 날리는 것이 되는데……."

"그렇지. 그런 실험은 자네 같은 개인이 할 수 있는 것이 아니지."

"하하하. 운이 없는 건지, 저는 아직까지 천공기를 얻은 적이 없어서 말입니다."

세현은 멋쩍게 웃었다.

천공기는 지금도 하루에 두세 개씩은 새로 발견되고 있었다.

천공기는 마치 하늘에서 뚝 떨어진 것처럼 흙바닥 위에 뒹굴고 있을 때도 있고, 동굴 끝의 상자에 들어 있을 때도 있고, 몬스터가 지니고 있을 때도 있었다.

쉽게 어떤 형태로 어디에 있을지 알 수 없는 것이란 소리다.

게다가 세현은 아직까지 천공기를 직접 획득한 적이 없었다.

"그게 그렇게 쉽게 얻을 수 있는 거였으면 천공기사의 수가 몇 배는 더 많았겠지."

"뭐, 그렇긴 하겠군요. 그런데 그건 어떻게 되었습니까? 이면공간의 전투 필드를 적극적으로 공략하는 것 말입니다."

"당연히 신경을 쓰고 있네. 이면공간의 몬스터 수를 줄이면 몬스터 웨이브에 나타나는 몬스터 에테르의 총량이 낮아진다는데 당연히 해야지. 세계 기구에도 알려서 공조를 하기로 했고."

"뭐, 이젠 웨이브도 어느 정도는 익숙해진 거라고 봐야죠. 참, 개성상단은 어떻습니까?"

세현이 태극 길드 마스터에 개성상단 길드에 대해서 물었다.

그런 세현의 눈빛이 평소와 달리 서늘했다.

"여전하지. 어떻게든 장인 마을을 손에 넣으려고 용을 쓰는 중이지. 용병들을 더 고용해서 다른 천공기사들의 사냥을 좀 더 적극적으로 방해할 생각인 것 같더군."

"하여간 욕심이 목구멍까지 찬 놈들이라니까요. 그런데 그 뒤에 있는 기업들은 어떻습니까?"

"기업들이 문제가 아니라 그 뒤를 봐주는 실세들을 알고 싶은 거 아닌가?"

태극 길드의 마스터가 세현의 정곡을 찌르고 들어왔다.

"어차피 그놈이 그놈 아니겠습니까? 어느 쪽으로나 틈이 있는지 살피는 것뿐입니다. 요즈음 그쪽에서 이상한 소리가 흘러나오고 있다고 해서요."

"으음. 세계 정부론 말인가?"

태극 길드 마스터의 목소리가 어둡게 가라앉았다.

"지구 전체를 하나의 정부로 묶어서 공동체가 되어야 한다는 소리가 조금씩 퍼지는 중이잖습니까."

"맞아. 강대국들 중심으로 그런 이야기가 나오고 있지. 거기다가 우리나라에서도 묘한 기류가 보이고 있고."

"거기에 그놈들이 개입되어 있는 것 같다는 말이죠. 제 생각에는요."

"어째서 그렇게 생각하는가?"

"그냥 감입니다. 권력에서 밀려난 놈들이 다시 그 권력을 찾기 위해서 판을 새로 짜고 싶어 하는 것이 아닌가 싶기도 하고, 그놈들이 대부분 강대국의 끄나풀 짓거리 하면서 살아 온 놈들이니까 세계 정부론이란 것의 첨병이 되기도 좋겠다 싶어서 말입니다."

"으음. 여론을 조직적으로 만들어 가고 있는 정황이 있기는 했는데, 일단 보고를 하고 상황 파악을 하도록 해야겠군. 알겠지만 우리 길드는 천공기사와 헌터들로 이루어져 있어. 일반인들에 대한 것은 개입하기가 좀 어렵지. 그건 따로 전담 부서가 있으니까."

"그렇겠지요. 알겠습니다."

"그리고 이면공간에서 크라딧에 대해서 파악하게 되면……."

"알겠습니다. 알려야 할 정보라면 알려드리죠."

"고맙네."

"서로 도와야지요. 저도 지난 정권에 갚을 빚이 있으니까요. 그건 저 혼자 할 수 있는 일이 아니죠."

"알고 있네. 우리가 나서야 할 때에는 꼭 도움을 주지. 명분만 확실하다면 말이야."

"그 정도면 충분합니다. 조금씩 흔들고 틈을 만들다 보면 언젠가 뿌리를 뽑는 순간이 오겠지요."

[음! 여기? 여기 맞아?]

'팥쥐'가 세현에게 다시 한 번 확인을 했다.

'그래. 여기 맞아.'

[음! 알았어. 그럼 여기 좌표를 기억해 둔다? 대신에 앞으론 빨간색 등급 천공기 주얼은 못 쓰는 거야. 음음.]

'알아.'

[이면공간에서도 하나 써야 하니까, 노란색, 초록색 두 개만 쓸 수 있는 거야. 음. 괜찮아?]

'괜찮아.'

세현이 팥쥐에게 대답했다.

지금 세현이 있는 곳은 그의 명의로 된 작은 아파트였다.

그동안 돈을 제법 벌어서 다른 거처를 마련하긴 했지만 그래도 형이 유일하게 남긴 아파트는 팔 생각이 없어서 그대로 가지고 있었다.

그랬던 곳을 이번에 만약을 위한 비상 탈출 장소로 지정을 한 것이다.

그것은 '팥쥐'가 지니게 된 새로운 능력이었다.

'팥쥐'는 천공기 주얼에 특정한 좌표를 지정하는 능력이 생겼다.

물론 '팥쥐'가 초록색 등급까지만 에테르 주얼을 흡수했기 때문에 딱 그 수준까지의 천공기 주얼을 관리할 수 있었다.

어쨌건 붉은색 천공기 주얼에 아파트의 좌표를 지정해 뒀으니 이면공간에서 이곳 아파트로 언제든 이동이 가능해진 것이다.

그리고 이면공간에서 현실로 올 때는 그곳의 좌표를 주황색 천공기 주얼에 지정을 해두면, 다시 그곳으로 돌아갈 수 있게 된다.

물론 그런 활용에 신경을 써야 할 문제가 생기긴 했다.

빨간색과 주황색 천공기 주얼에 좌표를 설정했기 때문에 세현이 쓸 수 있는 것은 노란색과 초록색 천공기 주얼뿐이었다.

그러다 보니 그 등급의 이면공간에서만 현실로 이동이 가능하다는 부작용이 생겼다.

[음음. 여행이야. 세현과 둘이서! 음음!]

'팥쥐'가 세현의 정수리에 앉아서 꼼지락거렸다.

'너, 내가 투구라도 쓰면 어쩌려고 그러냐? 그냥 어깨로 내려오지?'

[그건 그때. 음! 지금은 여기!]

'그래. 마음대로 해라. 자, 그럼 장비 점검을 해볼까?'

세현이 거실에 펼쳐진 장비들을 쳐다보며 뿌듯한 표정을 지었다.

모두가 장인 마을의 주민들이 생산한 물품들이었다.

대체적으로 개성상단 길드에서 취급하는 최상급에 비견되는 것들이었다. 개성상단 길드에서 파란색, 심지어는 남색 등급의 이면공간에서 어렵게 구해 온 것들과 비교해도 처지지 않을 수준의 장비들.

검과 방패, 가죽 갑옷 상하, 부츠와 장갑, 건갑, 망토, 투구까지. 타이호를 비롯한 주민들이 신경 써서 마련해 준 작품들이었다.

천공기사들의 장비들은 등급이 높아질수록 에테르를 얼마나 잘 활용하느냐가 중요한 기준이 된다.

에테르를 주입하면 강력한 방어력을 지니게 되는 일라일라의 갑옷이나 에테르를 이용해서 실드를 만들어 내는 특이 몬스터의 갑옷 같은 경우가 대표적인 예다.

세현이 받은 장비들도 그런 기능들이 들어 있었다.

각 파트의 방어구에 에테르를 주입하면 방어력이 상승하는 것은 물론이고 몇 개의 파트가 연동하면 짧은 시간 에테르 실드를 만들어 낼 수 있는 기능도 있었다.

그 외에도 갑옷의 하의와 부츠의 마법진이 연동되면 도약력이 높아지는 기능이 들어 있기도 했다.

그런 식으로 서로 다른 부위의 마법진이 연동되어 하나의 효과를 보이는 것은 자이글이란 이종족의 능력이었다.

그는 직접 물건을 만드는 것이 아니라, 다른 이들이 만든 물건을 아티팩트로 만드는 장인이었다.

이번에는 그가 적극적으로 나서서 세현이 쓸 장비들에 이런저런 기능들을 추가했던 것이다.

"음, 괜찮은데?"

세현이 모든 장비를 착용한 상태로 몸을 이리저리 돌려보며 말했다.

그의 앞에는 커다란 에어스크린이 펼쳐져서 그가 움직이는 모습을 보여주고 있었다.

거울 대용으로 쓰는 이미지 장치인 것이다.

장인들이 '깔맞춤'이라는 배려까지 해준 탓에 흑갈색으로 통일된 장비들이었다.

그것도 단색의 흑갈색이 아니라 짙은 색과 옅은 색이 조화를 이루어서 딱 봐도 멋이 있었다.

[음음. 마음에 들어!]

세현이 투구를 쓰는 바람에 견갑이 없는 왼쪽 어깨로 자리를 옮긴 '팥쥐'가 기분 좋은 의지를 전했다.

"언제까지나 재한이나 나비, 종국 아저씨와 함께 있긴 어렵지. 나는 파란색 등급을 넘어 남색 등급, 그 후에는 보라색 등급까지 가야 해. 그 정도는 되어야 형을 찾을 수 있을 것 같거든. 특히 천공 놈들이 크라딧이 된 이상, 외부의 힘으로 그들을 상대할 수는 없게 되어 버렸지. 이면공간에서 결착을 보려면 힘이 필요해!"

세현이 이면공간을 돌아다니려는 것에는 그런 이유도 있었던 것이다.

[음음. 잘해! 음, 나도 더 굉장해지는 거야. 대단해지고! 세현도 그러는 거야!]

나날이 향상심이 늘어나는 '팥쥐'의 반응이다.

세현은 그런 '팥쥐'의 반응에 슬며시 미소를 지었다.

Chapter 7

어? 여기가 아닌데?

세현의 출발은 천공 길드가 관리하던 광산 필드부터였다.

그곳에서 다섯 곳의 이면공간을 거치면 천공 길드가 실험으로 만든 칠천도 이면공간이 있었다.

세현은 초록색 등급의 천공기 주얼까지 활성화시키면서 60리터로 부피가 늘어난 소지 공간을 꽉꽉 채우고 광산 필드로 들어갔다.

그곳을 관리하는 태극 길드의 길드원들은 이미 연락을 받았는지 친절하게 다른 이면공간으로 넘어갈 수 있는 장소까지 세현을 안내했다.

"아시겠지만 이곳을 막은 이후로 저쪽에서도 같은 조치를 취했습니다. 그래서 지금까지 몇 번이나 이동 통로가 막히고 새로 생기고를 반복했습니다."

"지금은 저쪽이 안 막혔다고 하던데요?"

"그렇습니다. 얼마 전부터 통로를 막는 구조물이 만들어지지 않고 있습니다. 하지만…"

안내를 하던 길드원은 함정이거나 혹은 위험이 있을지 모른다는 뒷말을 삼켰다.

이미 그 정도는 생각을 하고 여기에 왔으리란 생각이 든 것이다.

"일단 들어가서 상황을 보지요. 이면공간에서 현실로 나올 때처럼 어느 정도는 주변을 파악할 수 있다면서요?"

세현이 안내원에게 물었다.

"그렇다고 들었습니다. 사실 그것도 포로를 통해서 확인을 한 것이라 세현 씨가 직접 살펴야 할 겁니다."

"알겠습니다. 어디 보자. 저거군요."

세현이 천공기에 에테르를 주입해서 개조된 기능을 활성화시키며 한 쪽을 가리켰다.

원래 이동 통로에 구조물을 세우면서 통로가 조금씩 자리를 옮기더니, 처음과는 꽤나 멀리 떨어진 곳에 통로가 만들어져 있었다.

세현은 어쩌면 그 통로가 자신이 가려는 이면공간과 연결된 것이 아닐지도 모른다는 생각이 들기도 했다.

'그럼 되돌아 나오던가 아니면 그냥 탐사를 하던가 해야지. 어차피 모험인 걸.'

세현은 그렇게 각오를 다지며 개조된 천공기가 가리키는 이면 공간 통로로 다가갔다.

개조된 천공기는 그 통로를 짙은 아지랑이처럼 보여줬는데, 함께 있는 태극 길드의 천공기사들은 아무것도 보지 못하는 것 같았다.

"여기에 있습니다. 형태는 아지랑이나 뜨거운 열기로 대기가 일렁이는 것 같은 모양입니다. 그럼 다녀오겠습니다."

세현은 주변 사람들에게 살짝 고개를 숙여 인사를 하고는 이면공간 사이의 이동 통로로 발을 디뎠다.

그 순간 천공기에서 처음 느끼는 기운이 흘러나와 세현의 몸을 감쌌다.

후웅!

그리고 세현의 몸이 하나의 점으로 수렴되듯이 사라져 버렸다.

태극 길드의 길드원들은 그 광경을 처음부터 끝까지 살피곤 몇 명의 감시자를 남기고 보고를 하기 위해 돌아갔다.

[음음! 음! 여기, 여기!]

"왜 그래? '팥쥐'야!"

[에테르! 에테르가 짙어, 무지 짙어!]

"으음. 그러고 보니 그러네. 초록색 등급보다 훨씬 짙은데? 설마?"

세현이 주변을 살폈다.

광산 필드에서 들어오기 직전에도 주변을 어느 정도 살필 수 있었다.

그래서 이곳으로 진입하는 곳에 위험한 구조물이 없다는 것은 확인했다.

하지만 지금은 전체적인 주변 위험을 살펴야 했다.

주변은 커다란 기둥들이 수도 없이 서 있는 신비로운 모습이었다. 마치 동굴 속에 종유석이 자란 천장을 뒤집어서 바닥으로 삼은 것 같은 모양이었다.

세현은 주변에 아무것도 없는 것을 확인하고 천천히 걸음을 옮기며 경계를 늦추지 않았다.

그런데 세현이 걸음을 옮기고 얼마 지나지 않아서 갑작스럽게 바람이 불기 시작했다.

휘이이이잉!

"웃, 바람이 굉장하네?"

세현이 갑자기 불어오는 바람에 급히 몸을 바닥에 붙였다.

휘이이이잉. 휘이이이잉!

하지만 바람이 점점 거세게 불어왔다.

'여긴 아니다. 천공 길드원들이 지나온 이면공간이 아니었다. 되돌아가야 한다.'

세현은 빠르게 결정을 내리고 천공기의 개조 기능을 활성화시켰다.

하지만 세현에겐 좋지 못한 소식이 있었다.

되돌아가는 입구가 바람이 불어오는 방향으로 십여 미터 떨어진 곳에 있었던 것이다.

'이런, 거리가?'

세현은 잠깐 움직인 거리가 제법 된다는 사실에 바짝 긴장했다.

휘이이잉 휘이이이잉 휘이이이이 피이이이이!

"어엇!?"

세현이 급히 이면공간 이동 입구로 달려가려 하는 순간 바람이 급변했다.

콰과과과과과, 콰과과과과.

"이, 이런!"

주르륵!

세현은 바닥에 납작 엎드려서 주변에 있는 기둥들에 발과 팔을 걸치고 버티기 시작했다.

그렇게 하지 않으면 당장에라도 날려갈 것이 분명했다.

하지만 그것도 쉽지 않았다.

세현의 등에 메고 있는 배낭이 자꾸만 세현의 몸을 뒤로 끌어당기고 있었다.

'버려야 하나?'

세현은 배낭을 버릴 것인지, 아니면 끝까지 지킬 것인지를 두고 갈등을 했다.

어떻게든 되돌아갈 수 있다면 배낭은 포기하는 것이 옳겠지만 만약 돌아가는데 실패하면 배낭을 버렸을 때, 큰 리스크를 안아야 했다.

'지킨다!'

세현은 배낭을 포기할 수가 없었다.

자칫 배낭도 없이 이곳에 낙오가 되면 당장 먹고 마시는 것부터 곤란해진다.

더구나 세현에겐 정말 상황이 급할 때에 탈출할 수 있는 비상통로가 있었다.

천공기를 이용해서 현실로 나가는 방법이 있는 것이다.

비록 이곳이 원래 오려고 했던 이면공간이 아니라고 해도, 탐험의 가치는 충분해 보였다.

'꿀쥐'의 반응이나 세현, 자신이 느끼는 에테르의 농도를 생각하면 어쩌면 이곳은 초록색 등급보다 높은 등급의 이면공간일 가능성도 있었다.

망토 안으로 메고 있던 배낭을 지키기 위해서 세현은 망토의 끝부분을 허리에 묶기로 결정했다.

하지만 등 뒤에서 펄럭이는 망토를 잡아채는 것도 쉽지 않다.

출발하면서 망토를 멋스럽게 두르고 있었던 것이 영 좋지 않은 결과를 가지고 온 셈이다.

"으윽! 이런!"

주르르르륵!

세현은 망토를 수습하려고 도리어 바람에 밀려서 바위기둥 사이로 미끄러졌다.

바람은 더욱 거세게 불어대고 있었다.

"도대체 여긴 뭐야? 설마 이 기둥은 모두 이런 바람 때문에 만들어진 거란 말이야?"

세현은 처음보다 멀어진 이면공간 이동 통로를 생각하다가 더는 바람을 견디는 것이 힘들다는 판단을 내렸다.

"어쩔 수 없지."

세현은 바람을 등지고 조금씩 이동을 시작했다.

목표는 저 멀리 보이는 커다란 바위였다.

그곳이라면 충분히 바람을 피하고 또 이후에 이면공간 이동 입구를 찾는 것도 어렵지 않을 거라는 판단이었다.

쿠웅! 쿠웅! 쿠웅!

"어떻게 생각 하냐? '팥쥐'야. 이게 말이 되냐?"

세현은 동굴 바닥에 주저앉아서 '팥쥐'와 대화를 나누는 중이었다.

'팥쥐'는 예의 그 햄스터 모양을 하고 세현의 앞에 오도카니 앉아 있었다.

쿠웅! 쿠웅! 쿠웅! 휘이이이잉! 휘이이이잉!

동굴 밖에선 여전히 강력한 바람이 휘몰아치는 소리가 들리고, 그 소리 사이로 묵직한 발걸음 소리가 들렸다.

사실 세현은 그것이 발걸음 소리란 사실을 받아들이고 싶지 않았다.

세현이 바람을 피해서 겨우겨우 몸을 움직여 도착한 바위.

그곳에서 세현은 바위틈 사이로 들어가서 바람을 피하는데 성공했다.

그렇게 마음을 놓고 있었는데 갑자기 세현이 있던 바위가 통째로 흔들리기 시작하더니 바위틈이 요동을 쳤다.

세현은 깜짝 놀라서 바위틈에서 나오려고 했지만 그 때는 이미 세현이 들어온 틈의 입구가 무척 좁아진 후였다.

더구나 세현을 기가 막히게 만든 것은 세현이 좁아진 틈으로 밖을 봤을 때, 주변 경치가 움직이고 있다는 사실이었다.

아니, 정확하게는 세현이 있는 바위가 움직이고 있었다.

"이게 몬스터는 아니란 거지?"

[음!음! 아니야. 몬스터 아니야!]

세현의 질문에 '팔쥐'는 단호하게 대답했다.

지금 세현이 들어 있는 바위, 정확하게는 바위처럼 생긴 움직이는 '그것'은 절대 몬스터가 아니란 것이다.

그 때문에 세현은 그것을 공격하는 것도 자제해야 했다.

이면공간에서는 어떤 이종족을 만날지 모르는데 혹시라도 지금 세현이 타고 있는 그것이 이 이면공간에 거주하고 있는 이종족이라면 공격 행위가 엄청난 재앙으로 돌아올 수도 있었다.

천공기사라면 누구나 지켜야 할 제1법칙이랄 수 있는 것은 바로 이면공간에서 이성을 지닌 존재를 공격하지 말아야 한다는 것이다.

세현은 그 때문에 이러지도 저러지도 못하고 바위틈에 갇혀서 어딘지도 모르는 곳으로 이동을 하는 중이었다.

"그나저나 크기는 무척 큰 것 같은데? 내가 봤을 때, 그 바위가 못해도 폭이 백 미터는 되는 것 같았단 말이지. 그런 돌덩이가 지금 움직이고 있다는 거잖아. 거북이 같은 걸까?"

〔음음. 이렇게 생겼어. 이렇게!〕

세현의 말에 '끝쥐'가 에테르를 이용해 입체 영상처럼 뭔가를 허공에 그려냈다.

세현을 위해서 마법진을 만들 때처럼 자신의 기운을 이용해서 허공에 입체 영상을 만들어 낸 것이다.

"오호라, 이렇게 생긴 거군. 신기하네?"

세현은 '끝쥐'가 보여주는 괴생명체의 모습을 유심히 살폈다.

세현이 탄 생명체는 두 개의 짧은 다리를 가지고 있었다.

그리고 그 다리 아래에는 몸통 전체 길이와 비슷한 발이 달려 있었다.

이 두 개의 긴 발은 몸체 아래에 나란히 뻗어 있어서 어느 한쪽을 들어 올려도 몸체의 균형을 다른 하나가 완벽하게 잡아 주었다.

그래서 발 하나로만 몸을 지탱하고 있어도 좌우로 기우뚱거리는 느낌이 없었는데, 그 상태에서 나머지 발이 앞으로 가서 자리를 잡으면 몸체가 미끄러지듯 앞으로 나간다.

그럼 다른 발이 또 앞으로 나가는 것이다.

그런 식으로 바람 속에서도 흔들림 없이 이동하는 거대 생명체였다.

중앙 부분에 두 발이 움직이며 교차되는 부분은 깍지를 끼듯이 엇갈려가며 공간을 나누어 가졌다.

그런 상태로 괴생명체가 걸음을 옮기고 있는 것이다.

그 발 이외에 나머지 생김도 세현에게 낯설긴 마찬가지였다.

"제일 가까운 모양이 머리가 잘린 풍뎅이 정도 되겠다. 그렇지?"

[음음. 풍뎅이, 기억 안 나. 없어. 없어.]

하지만 '팥쥐'는 풍뎅이란 곤충을 본 기억이 없어서 세현의 말에 맞장구를 쳐주지 않았다.

"맞아. 풍뎅이 머리 부분이 없는 상태로 몸통만 있는 거와 비슷해. 뭐 놈은 워낙 크기는 하지만. 더듬이도 없고. 그래도 앞쪽에 눈처럼 생긴 부분이 있는 걸 보면 생명체가 맞는 것 같기도 하고."

세현은 '팥쥐'와 함께 기묘하게 생긴 생명체를 살피며 무료한 시간을 보냈다.

밖으로 나갈 틈은 좁아진 상태고, 괴생명체는 멈출 생각이 없는 듯했다.

게다가 어차피 지금으로선 이곳 이면공간에서 광산 필드로 나가는 입구를 찾는 것도 불가능한 상황이었다.

얼마나 먼 거리를 왔는지도 가늠이 제대로 되지 않고, 방향도 중간에 몇 번이나 바꾸어서 헷갈렸다.

물론 '팥쥐'의 기억력이라면 그 정도는 알 수 있을지 모르지만 그것도 '팥쥐'가 기억을 하려고 애를 썼을 때의 일이다.

세현은 '팥쥐'에게 그런 부탁을 하지 않았다는 것을 자책했지만 이미 지난 일이었다.

그러니 이곳에서 빠져나갈 방법은 어차피 천공기를 이용해서 현실로 돌아가는 방법 밖에 남지 않았으니 마음 편히 상황을 즐기자는 심정이었다.

적어도 세현이 머물고 있던 동굴로 뜻밖의 목소리가 들려오지 않았다면 세현은 잠이라도 잤을 것이다.

"여기야, 이쪽에 분명이 있어."

"어떻게 여길 들어온 거지? 언제 들어온 거야?"

"몰라, 아까부터 뭐라고 뭐라고 하는 소리가 들려서 가만히 귀를 기울여보니까 여기 있는 거야. 그것도 하나가 아니라 둘인 것 같아. 서로 이야기를 하고 있었거든."

"그래? 그런데 누구야?"

"그건 모르지 바보야."

"위험하지는 않을까?"

"그럴 리가 없잖아! 몬스터도 아닌데!"

"하지만 그래도 나쁜 놈들이 얼마나 많은데? 이렇게 저렇게 속이는 놈들이 많다고 했다고."

"음, 괜찮을 거야. 우릴 지켜주는 그분께서 다 보고 계시니까."

"그렇기는 하지만, 그래도 큰 문제가 아니면 우리들에게 알아서 하라고 하시잖아."

"그러니까 아무리 문제가 생겨도 큰일은 없을 거란 소리잖아. 바보야!"

"아, 그건 그렇다. 에헤헤."

세현은 벽을 사이에 두고 들려오는 목소리에 바짝 긴장하며 몸을 세웠다.

"문 연다? 응?"

드르르륵.

그리고 그와 거의 동시에 세현이 바라보던 돌벽이 좌우로 갈라지며 열렸다.

체이퍼와 앙또, 빤따또마를 만나다.

"그러니까 돌비틀이라고? 이 커다란 생명체가?"

"그렇지. 하지만 이건 큰 편이 아니지. 고작 우리 가족이 지내는 정도니까 말이야."

"그래. 체이퍼 말이 맞아. 우리가 집으로 삼은 이거보다 훨씬 더 큰 것도 있지. 우리 집이 수십 마리 정도는 그 몸에 올라탈 수 있을 정도로 큰!"

"아니지, 더 정확하게 하면 이 이면공간 전체가 거대한 돌비틀이란 말도 있다고. 뭐 확인은 못했지만, 우리 조상들은 그렇게 말했지."

"그래. 우리가 사는 이 공간 자체가 돌비틀이라고, 그건 전설 같은 거지."

세현은 체이퍼와 앙또라고 하는 남매와 함께 동굴 바닥에 주저앉아서 이야기를 나누고 있었다.

체이퍼와 앙또는 세현의 배낭에서 나온 즉석 볶음밥 하나씩을 들고 조금씩 음미하는 중이었다.

체이퍼와 앙또.

둘은 남매라고 하는데 세현이 지금까지 들어본 적도 없는 이종족이었다.

그들의 전체적인 생김새는 개미와 흡사했다.

다만 개미의 커다란 배가 없다는 점이 달랐다.

머리, 가슴, 배로 나뉘는 개미의 신체 구분 중에서 머리와 가슴은 그대로였지만 배 부분 대신 너구리 꼬리를 닮은 작은 배가 있는 모습이다.

하지만 개미처럼 피부가 딱딱한 것은 아니었다.

외골격을 지닌 것이 아니라 피부와 근육 안쪽에 뼈가 있는 내골격의 신체를 지녔고, 피부색도 밝은 갈색이었다.

"돌비틀은 그럼 자라기도 하는 건가?"

세현이 앉아 있는 바닥을 손바닥으로 살짝 쓰다듬으며 물었다.

"그럼! 돌비틀도 자라. 나도 내 돌비틀이 있어. 아직은 작아서 방 하나도 제대로 안 나오지만 내가 커서 독립을 할 때가 되면 생활공간 정도는 나올 거야."

체이퍼가 자랑스럽다는 표정으로 말했다.

"그럼 앙또도 돌비틀이 있나?"

세현이 물었다.

"응? 앙또? 아니지 앙또는 없어. 독립할 때, 돌비틀은 남자 쪽에서 가지고 오는데 앙또가 가지고 있을 이유가 없지. 한 가족에 돌비틀도 하나면 족하니까. 대신에 부모는 사내아이를 낳게 되면 그 돌비틀을 교배시켜서 새끼를 얻어야 하는 거야."

"그, 그래?"

"당연하지. 그런 건 남자가 해야 하는 거야. 여자아이에게 돌비틀을 키우라고 하는 것은 말도 안 된다고."

앙또는 당연하다는 듯이 고개를 끄덕거렸다.

"그렇구나. 그런데 들어보니 너희 나이가 어린 것 같은데?"

세현이 체이퍼와 앙또를 떠보듯이 물었다.

"아니, 우린 어리지 않아. 아직 독립을 하지 못했다고 해도 가족의 일에 보탬이 되고 있어. 어린 것들과는 다르지."

"그래?"

"당연하지. 그렇지 않았으면 이렇게 밖으로 나와서 돌아다니지도 못하지. 어린 것들은 안쪽에서 보호를 받아야 하니까. 그런데 이거 맛있다."

체이퍼가 거의 비어버린 볶음밥 봉지를 열어 보이며 말했다.

"체이퍼, 그만 먹어 너, 너무 많이 먹었어. 그러다 잘못하면 탈 나!"

앙또가 그런 체이퍼에게 구박하듯 말했다.

앙또의 봉지는 절반 정도가 아직도 남아 있었다.

"음, 그렇긴 하다. 너무 과식을 하긴 했지. 더 먹다간 정말 탈 나겠다."

체이퍼는 아쉬운 듯이 얼마 남아 있지 않은 볶음밥 봉지를 갈무리했다.

"그거 그냥 두면 상할 텐데?"

세현이 남은 음식을 챙기는 체이퍼에게 걱정스러운 표정으로 말했다.

"걱정하지 마, 그전에 아이들을 주거나 가족을 주면 되니까."

하지만 다행히 체이퍼는 그것을 두고 먹을 생각은 아니었던 모양이다.

"그런데 바람을 피해서 우리 돌비틀에 들어왔다고?"

앙또가 세현에게 질문을 시작했다.

"그래. 사실은 이곳이 어딘지도 모르고 왔어. 이면공간 사이를 통과하는 통로를 따라왔는데 갑자기 바람이 불어서 되돌아가지도 못했거든."

"아, 그랬구나. 정말 운이 없었네."

"그렇지. 그렇게 갑자기 바람이 불 줄은 몰랐거든."

세현이 대답했다.

"그게 아니라. 아주 잠깐 바람 방향이 바뀔 때에 네가 들어 온 거야. 그래서 안전하다고 생각한 거겠지. 여긴 거의 언제나 바람이 불거든."

"맞아. 세현이라고 했지? 니가 들어왔을 때, 바람이 심하게 불었으면 어쩌면 곧바로 돌아갈 수도 있었을 텐데, 바람이 멈춘 상황이라서 입구에서 멀어진 거잖아."

"그래서 돌아가지 못한 거지. 그러니까 바람이 멈췄을 때, 온 것이 운이 없었던 거야."

앙또와 체이퍼가 번갈아가며 세현의 불운에 대해서 이야기했다.

"그게 그렇게 되는 거구나. 여긴 언제나 바람이 심하게 분다고?"

"그렇지. 항상 그래. 그래서 우리 일족이 언제나 돌비틀 안에서 생활을 하는 거야. 저 밖에서 돌아다니는 일은 거의 없지."

"그래. 다른 돌비틀 안에 들어가는 경우가 아니면 우리는 돌비틀을 떠나지 않아."

"다른 돌비틀? 그게 아까 말했던 거대한 돌비틀이라고 하는 그건가?"

"아, 그래. 맞아. 가끔 우리 일족들이 모여서 회의를 하거나 혹은 거래를 할 때에 거대 돌비틀을 찾아가지. 거기엔 거의 항상 많은 일족들이 있으니까 말이야."

"맞아. 그런 거지."

"그럼 그냥 거기서 살면 안 되나? 왜 밖으로 돌아다녀? 돌비틀에서 내리는 경우도 별로 없다면서?"

세현이 물었다.

"그야, 우리 돌비틀도 먹고 살아야지. 우리는 돌비틀 안에서 살아갈 수 있지만, 우리 집인 돌비틀은 그게 아니잖아. 여기저기 다니면서 부지런히 먹어야 한다고."

"아! 그렇구나."

세현은 반 정도 남은 볶음밥 봉지를 허리에 두른 천으로 잘 갈무리하며 대답하는 앙또의 말에 자신의 생각이 짧았음을 깨달았다.

이 개미를 닮은 종족은 돌비틀 안에서 거의 모든 생활을 할 수 있지만, 돌비틀은 스스로의 생명을 유지하기 위한 활동을 해야 하는 것이다.

"자, 그럼 이제 가자."

체이퍼가 앉았던 자리에서 일어나며 세현에게 말했다.

"어딜?"

"어디긴, 우리 가족에게 인사를 해야지. 뭐 어쨌거나 우리 집에 찾아온 손님이잖아. 그러니까 우리 가족과 인사하고 그래야지."

"맞아. 나쁜 인간이었으면 그냥 여기서 보내겠지만, 넌 좋은 인간인것 같으니까 우리 가족과 함께 지내도 될 거야."

"너도 딱히 밖에서 고생하고 싶은 생각은 없지? 사실 돌비틀이 없이 이곳 이면공간에서 지내는 것을 어려운 일이라고."

"당연하지. 어디서 빈 돌비틀을 구하지 못한다면 남의 신세를 질 수밖에 없는 거지. 그러니까 당분간은 우리와 함께 지내."

체이퍼와 앙또는 돌비틀 밖에선 생활할 수 없다는 것이 당연하다는 듯이 말했다.

세현도 그들 남매의 말에 어느 정도는 동의했다.

밖에서 부는 바람 소리가 너무도 매섭게 들렸기 때문이다.

*   *   *

"반가워요. 나는 빤따또마라고 해요. 이 돌비틀의 주인이죠."

세현은 체이퍼와 앙또의 뒤를 따라 돌로 이루어진 복도를 어지럽게 이동했다.

복도는 구불거렸고, 또 몇 곳에서 서너 곳으로 갈라지는 갈림길들이 있어서, 세현은 얼마 지나지 않아서 미로를 헤매는 기분이 되었다.

그렇게 이동해서 도착한 곳은 커다란 석실들이 있는 공동(空洞)이었다.

그곳에서 체이퍼와 앙또는 세현을 석실 한 곳에서 기다리게 하고는 자신에 대해서 가족에게 먼저 이야기를 하겠다며 사라졌다.

그리고 제법 시간이 흐른 후에 체이퍼와 앙또는 한 명의 동족을 데리고 왔는데, 빤따또마라 소개한 돌비틀의 주인은 의외로 여자였다.

세현은 또 한 번 이들 종족의 관습이나 문화에 적응하지 못하고 당황했다.

"체이퍼와 앙또의 어머니 되십니까?"

"맞아요. 내가 이들의 어머니죠. 당연하죠."

"그렇습니까? 제가 여러분들의 문화를 몰라서 당황했습니다. 체이퍼는 돌비틀이 있는데 앙또는 없다고 했거든요. 그래서 돌비틀의 주인은 당연히 남성일 거라고 생각을 했습니다."

"그런가요? 그럴 수도 있겠네요. 사실상 이 돌비틀은 우리 가족의 것이죠. 하지만 가족을 대표하는 것이 저, 빤따또마이기 때문에 실질적으로 이 돌비틀의 주인도 제가 되는 거예요. 결혼을 해서 가정을 이루면 돌비틀의 주인은 당연히 그 가정의 대표가 되는 거죠."

"그 대표는 보통 여성이 되는 겁니까?"

세현이 물었다.

"그래요. 아이들을 낳아 가족의 수를 늘리는 것이 저잖아요. 당연하죠."

"그렇군요. 독특한 문화인 것 같습니다."

"종족들마다 각기 다른 문화와 관습이 있으니까요. 그런데 여긴 무슨 일로 온 거죠? 이곳은 그다지 좋은 환경이 아닌데 말이에요. 우리처럼 돌비틀이 있다면 또 모를까요."

"사실은 이곳에 특별히 볼 일이 있었던 것이 아닙니다. 그저 어떤 이면공간을 찾아가기 위해서 지나칠 예정이었습니다."

"여길 지나간다고요?"

"아니, 원래는 이곳이 아니었습니다. 다른 이면공간으로 가야 하는 건데, 막상 들어오니 여기였지요. 그리고…… ."

"그 다음 이야기는 들었어요. 하필 바람의 방향이 바뀌는 그 때에 이곳에 들어왔다고요? 그래서 되돌아갈 입구에서 멀어졌다고 들었어요."

"맞습니다. 그래서 어쩔 수 없이 바람을 피해서 빤따또마 님의 돌비틀에 들어오게 된 거지요."

"그래요. 확실히 특이한 경우네요. 보통 우리가 사는 이곳에는 외부인들이 들어오지 않거든요. 와 봐야 바람 때문에 고생만 하고 특별하게 사냥을 할 몬스터가 넘치는 것도 아니어서 별로 인기가 없는 곳이죠."

"네. 그렇군요."

"그런데 어디서 오셨는지 알 수 있을까요?"

빠따또마가 세현의 출신지를 물었다.

"저는 지구에서 왔습니다. 천공기사라고 부르지요."

세현이 그런 빠따또마에게 자신을 차분하게 소개하기 시작했다.

"별로 좋은 소식은 아니지만 알아야 할 것이 있어요."

세현이 지구와 천공기사, 배반의 크리스마스, 크라딧 등에 대해서 이야기를 마쳤을 때, 빠따또마가 세현에게 말했다.

"무슨 말씀입니까? 좋지 않은 소식이라니요?"

세현이 조금 불안한 표정으로 빠따또마를 쳐다봤다.

그녀의 좌우에 자리를 잡고 있던 체이퍼와 앙또도 자신들의 어머니를 쳐다보고 있었다.

"이곳은 지구의 관할이 아니에요."

"네?"

"그러니까 이곳은 지구에서 들어올 수 있는 공간이 아니란 거죠."

"하지만 저는 이곳에 오지 않았습니까?"

"그거야 이면공간의 벽을 넘어서 온 거니까요. 그것도 이번에 새로 연결된 통로가 있었던 모양이네요. 사실 이곳 이면공간은 좁은 것 같아도 무척 넓은 곳이에요. 그래서 수시로 생겼다가 없어지기도 하는 이면공간 연결 통로를 모두 파악하긴 어렵죠. 그건 이곳을 관리하시는 분이나 가능한 일이에요. 아무튼 이면공간의 벽을 넘었기 때문에 지구와는 상관없는 곳으로 오게 된 거죠."

세현은 빠따또마의 말에 혹시라도 지구로 돌아가는 것이 불가능한 상황이 된 것은 아닐까 걱정이 되기 시작했다.

"그럼 어떻게 되는 겁니까? 저는 고향으로 돌아가지 못하는 겁니까?"

세현이 빠따또마에게 물었다.

"그건 나도 모르죠. 하지만 가능성은 언제나 열려 있어요. 여기에 왔으면 다시 되돌아갈 수도 있는 거고, 또 다른 이면공간으로 가는 통로를 찾아서 나갈 수도 있는 거죠. 그럼 그곳에 혹시 세현, 당신의 현실을 기반으로 한 공간일 수도 있지 않겠어요? 그게 아니라도 다른 방법도 있겠죠. 내가 다 말하지 못하는 방법이나 알지 못하는 방법이 있을 테니까요."

세현은 빠따또마의 말에서 별로 위로를 받지 못했다.

다만 지금 자신의 천공기로 귀환을 시도해 보는 것은 너무 성급하다는 생각을 했다.

어차피 상황이 이렇게 되었으면 이곳에서 조금이라도 더 많은 것을 얻어 가야 할 터였다.

"우린 지금 거대 돌비틀을 향해 가고 있어요. 그곳에 갔다가 다시 한동안 우리 돌비틀이 먹이를 찾게 할 생각이에요. 그러니 당분간 우리와 함께해요. 하지만 먹이를 찾는 돌비틀에게 특정 장소로 가라고 하긴 어려워요. 그래서 세현, 당신이 도착했다는 장소로 다시 간다는 보장은 할 수가 없어요."

빤따또마는 또다시 세현이 가지고 있던 기대 중에 하나를 허망하게 부숴버렸다.

'어쩔 수 없이 천공기를 사용하거나 혹은 다른 이면공간으로 가거나 해야 한다는 소리네. 어쩔 수 없지.'

세현은 마음을 편히 먹기로 했다.

그리고 그런 세현에게 빤따또마는 그녀의 돌비틀 내부를 자유롭게 구경할 수 있도록 허락해 주었고, 그녀의 가족과 교류하는 것도 막지 않겠다고 약속했다.

돌비틀, 돌로 된 커다란 풍뎅이

"아, 세현, 조심해."

쿠르르르르 쿠르르르릉 쿠르룽.

체이퍼의 경고가 있은 직후, 세현이 있던 통로로 돌덩어리들이 잔뜩 밀려들어왔다.

세현은 체이퍼가 소매를 끌어준 덕분에 옆으로 난 통로로 들어가서 무사할 수 있었다.

"뭐, 뭐야? 이건?"

"뭐긴 돌비틀이 식사를 하는 거잖아. 자자 이리 가보자."

체이퍼가 세현을 끌고 방금 돌덩어리들이 밀려간 쪽으로 걷기 시작했다.

그리고 둘은 얼마 지나지 않아서 제법 커다란 공간에 돌이 가득 쌓인 곳에 도착했다.

"뭐하는 거야? 저건?"

그곳에는 체이퍼의 가족이 돌덩이들을 망치로 두드려 깨고 있었다.

"돌비틀은 소화기관이 좋지 않아. 물론 먹은 것을 소화시킬 능력은 있는데 이렇게 마구 움직일 때에는 소비하는 에너지를 감당하지 못하지. 그래서 우리가 돌비틀의 소화를 도와주는 거야."

"지금 저렇게 돌을 깨는 것이 소화를 돕는 거라고?"

"그렇지. 돌비틀은 저기 돌 속에 있는 에너지를 먹고 사니까. 그런데 돌을 녹이고 그 에너지를 흡수하려면 시간도 오래 걸리고 효율도 좋지 않지. 그래서 우리가 그걸 돕는 거야. 그리고 돌비틀은 우리의 집이 되어주고 말이야."

세현의 체이퍼의 말에서 그들 종족과 돌비틀의 공생 관계를 조금 더 깊이 파악할 수 있었다.

"어? 운이 좋았는데?"

그 때, 체이퍼가 가족이 작업하는 곳으로 달려가 뭐라고 이야기를 하더니 돌덩이 속에서 나온 푸른색의 조각 하나를 얻어왔다.

"그건 뭐야?"

"이게 돌비틀의 먹이야. 이걸 흡수해서 에너지로 삼는 거지. 그리고 그 힘으로 덩치도 키우고 움직이는 힘도 내고, 그런 거야."

"그런데 그건 왜 가지고 온 거야? 에너지원이라면 저기 저 구멍으로 넣어야 하는 거 아냐?"

세현이 체이퍼 가족이 돌을 잘게 부숴서 넣고 있는 작은 구멍을 가리켰다.

"맞아. 원래는 그런데, 전에 이야기했잖아. 나도 돌비틀이 있다고. 그 녀석은 밖에 나가지 못하니까 이렇게 먹이를 얻어다가 주는 거야. 오늘은 운이 좋아. 이것만 가져다 줘도 며칠은 안 먹여도 될 거야. 하하."

"그래? 그럼 그 돌비틀 한번 볼 수 있어?"

"그럼. 문제없어. 이리 와! 내 돌비틀을 보여주지."

체이퍼는 세현의 소매를 다시 잡아끌었다.

"돌비틀이 이렇게 생겼군?"

세현은 '꿀쥐'의 입체 영상으로 한 번 본적이 있었지만 실제로 돌비틀을 보기는 처음이었다.

체이퍼의 돌비틀은 높이가 3미터 정도 되었는데 체이퍼가 주는 파란 조각을 받아먹을 때 말고는 전혀 움직이지 않았다.

먹이를 먹을 때에도 바닥에 붙어 있던 몸을 약간 들어서 체이퍼가 주는 먹이를 먹기 편하게 입을 드러낸 것이 전부였다.

입이 몸의 바닥 쪽에 있지 않았다면 그나마도 움직이지 않았을 거라고 세현은 생각했다.

그런 느낌이 들었던 것이다.

"무척 둔한 것 같은데? 꼼짝도 안 하잖아."

세현이 돌비틀의 몸을 여기저기 쓰다듬는 체이퍼에게 말했다.

"당연하지. 이렇게 먹고 쉬면서 몸을 키워야지. 그래야 언젠가 독립을 할 거 아냐. 보라구 이렇게 작아서야 어디 방이라도 하나 제대로 나오겠어?"

체이퍼는 돌비틀의 크기가 마음에 들지 않는 듯이 말했다.

세현은 개미의 얼굴에도 표정이 드러나는 것에 또다시 살짝 놀랐다.

처음 봤을 때부터 개미를 닮은 얼굴이 외골격이 아닌 것에 놀랐는데, 그 얼굴이 다양한 표정을 지을 때에는 번번이 놀라게 되는 세현이었다.

"그런가?"

세현은 체이퍼의 말에 토를 달지 않았다.

돌비틀과 저들 종족 사이의 문제는 세현이 모르는 것이 대부분인데 그것들을 두고 감 놔라 배 놔라 할 일은 아니었던 것이다.

"그런데 여기선 몬스터 사냥은 안 하는 건가?"

세현이 문득 궁금하다는 듯이 체이퍼에게 물었다.

"몬스터 사냥? 당연히 해야지. 그렇지 않으면 우리가 살아갈 공간이 줄어드는데? 몬스터는 적당하게 유지해야 하는 거야."

"왜? 박멸을 하는 것이 더 좋지 않아?"

세현은 몬스터를 적당하게 유지해야 한다는 체이퍼의 말에 이유를 물었다.

"없으면 좋겠지. 하지만 우리가 살아가는 공간은 유지하는 힘이 에테르 코어잖아. 그러니까 그게 있는 이상은 몬스터는 계속 생기거든. 그렇다고 코어를 없앨 수는 없잖아."

"음, 그렇긴 하네."

"거기다가 몬스터도 제법 쓸모가 많잖아. 그 부산물들 중에서 이젠 없으면 곤란할 정도로 우리에게 필요한 것들이 있지. 그러니까 적당한 수의 몬스터를 유지하는 것이 우리에게 좋은 거야."

"하긴……."

세현은 체이퍼의 말에 고개를 끄덕일 수밖에 없었다.

지구도 그랬다.

이면공간이 알려지고, 그곳에서 생산된 것들이 퍼지면서 지구 인류의 삶은 급격히 변했다.

지금 당장 에테르와 관계된 것들이 모두 사라지면 어떻게 될까 하는 생각은 세현도 수없이 했던 생각이었고, 결론은 언제나 어둡고 암울한 미래였다.

"하지만 돌비틀 안에 있으면 몬스터를 만날 일이 거의 없어. 아니, 이렇게 바람이 몰아치는 곳에는 몬스터가 거의 없지."

"그래? 그럼 몬스터를 어디서 사냥한다는 거야?"

세현은 바람이 부는 곳에는 몬스터가 없다는 말에 문득 떠오르는 것이 있었지만 내색하지 않고 물었다.

"돌비틀! 거기 있어. 거대 돌비틀 안쪽에는 몬스터 서식지도 같이 있는 거야. 우리가 거대 돌비틀을 찾아가는 이유 중에는 사냥을 하기 위해서도 있어. 우리도 몬스터 부산물이 필요하니까."

"아, 그렇군. 그럼 이번에 가면 몬스터들을 구경할 수 있을까?"

세현이 체이퍼에게 물었다.

"그건 모르겠네. 넌 좀 약해서."

하지만 체이퍼의 대답은 세현의 얼굴을 붉어지게 만들었다. 그리고 세현은 이곳이 파란색 등급의 이면공간임을 다시 한 번 떠올렸다.

파란색 등급.

세현으로선 아직 감당하기 어려운 등급이긴 했다.

"그래도 어떻게 안 될까? 난 직접 공격은 못해도 몬스터들을 약하게 만드는 기술이 있는데."

"음? 그래? 그럼 어머니께 물어봐. 어머니가 허락하면 다 되는 거니까."

체이퍼는 어머니인 빤따또마에게 결정을 미뤘다.

세현도 그건 당연한 일이라고 생각했다.

"돌비틀은 오래전부터 우리들과 함께해 온 동반자야."

앙또가 세현에게 말했다.

앙또는 세현이 쉬고 있는 방으로 찾아왔다.

돌비틀 안에서의 생활이 단조롭다 보니 앙또와 체이퍼는 어떻게든 흥밋거리를 찾아 돌아다니는 편이었다.

그런 그들 남매에게 세현은 무료한 시간을 재미있게 해줄 좋은 상대였다.

그들은 세현과 대화를 하는 것만으로도 충분히 즐거워했다.

"그래?"

"원래 우리들어 살던 세상에서 우리 일족은 이렇게 굴을 파고

살았어. 그리고 돌비틀은 우리와 함께 동굴 속에서 살았지. 그때, 돌비틀은 지금과 많이 달라서 우리의 일을 돕는 역할을 했데. 짐을 옮기거나 하는."

"무슨 말인지 알겠다. 그런데 어째서 이렇게 변한 거지?"

세현은 자신이 돌비틀의 몸 안에 들어와 있다는 것을 새삼 확인하듯이 주변을 한 번 휘둘러봤다.

보이는 벽과 천장, 바닥이 온통 돌로 이루어져 있지만, 그 자체가 또 돌비틀의 몸이었다.

이해하기 어려운 암석 생물이 돌비틀인 것이다.

"나도 어머니께 들은 것밖엔 몰라. 우리 일족의 역사에서 배운 내용이지."

세현은 앙또의 다음 말을 기다리며 그녀에게 집중했다.

"우리가 살던 세상, 그러니까 지금처럼 에테르 코어로 만들어진 것이 아닌, 정상적인 세상에 에테르 기반 생명체가 나타났어."

"에테르 기반 생명체란 건 몬스터를 말하는 거지?"

세현이 확인하듯 물었다.

"맞아. 그것들이 나타나면서 세상은 변하기 시작했다고 해. 에테르가 세상에 영향을 미치기 시작한 거야. 돌연변이가 생기기 시작했지."

"돌연변이? 우리 지구엔 돌연변이는 없는데?"

"곧 생길 거야. 에테르가 일정 이상으로 늘어나면 에테르를 받아들여서 변하는 생명체가 나타나게 되어 있어."

"설마 에테르를 이용해서 능력을 사용하는 사람들도 거기에 속하는 거야?"

세현은 천공기사가 아니면서 에테르를 사용하게 된 헌터들을 떠올리며 물었다.

"아니, 그건 그냥 새로운 기운을 사용하게 된 거니까 상관이 없어. 도리어 그런 사람들은 에테르에 저항력을 가지니까 돌연변이가 되지 않지."

"그럼 정말로 에테르 때문에 돌연변이가 생긴다는 거야? 무슨 괴물이 되기라도 하나?"

"돌연변이는 여러 종류가 있어. 최악의 경우에는 에테르 기반 생명체로 변하는 거지. 몬스터가 되는 거야. 사실은 반쯤 몬스터가 되고, 반은 현실 생명체가 되는 거지만."

"반쯤 몬스터가 되는 거라고? 그럼 다른 경우는?"

"말 그대로 돌연변이가 되는 거야. 육체적으로나 정신적으로나 변화가 생기지. 이 돌비틀도 그렇게 된 거야. 돌연변이가 되었지. 하지만 다행스럽게도 이들은 우리 종족과의 유대 관계를 잃지 않았어. 덩치가 엄청나게 커지고도 계속 우리와 함께하길 원했지."

"그건 다행이네."

"하지만 우리의 세상은 몬스터와 돌연변이들의 번식을 버티지 못했어. 우리 일족은 멸족의 위기를 맞이했지."

"으음. 세상이라면 행성 하나를 말하는 건가?"

"그래. 그렇게 생각하면 될 거야. 우리 세상은 온통 에테르가 가득차기 시작했고, 결국에는 에테르 기반 생명체가 행성을 점령

했지. 그리고 결국 행성 자체가 에테르 코어에게 먹혀 버렸어."

"음? 행성이 에테르 코어에 먹혀? 그건 무슨 말이야?"

세현은 처음 듣는 말이라 깜짝 놀라서 물었다.

"우리 세상의 의지가 에테르 코어의 의지에게 굴복하고 소멸한 거지. 그래서 그 뒤로 우리 세상은 급격하게 에테르의 농도가 높아지고 일반적인 생명체들은 살 수 없는 곳이 되어버렸어."

"음, 그럴 수도 있는 건가?"

"너희 지구라고 안전한 것은 아니야. 몬스터들이 나타나기 시작했으면 이제 거기에서도 우리 세상과 같은 일이 벌어질 수 있어. 물론 하루아침에 일어나는 변화는 아니겠지만 제대로 대처하지 못하면 그렇게 될 거야."

"그럼 너희 종족은 어떻게 여기에 들어오게 된 거야?"

세현은 이 개미를 닮은 종족이 이면공간에 들어와 살게 된 이유가 궁금했다.

어쩌면 천공 길드들이 했던 그 실험과 같은 일이 벌어졌을지도 모른다는 생각이 들었던 것이다.

"멸족의 순간에 우리의 조상은 선택해야 했어. 그곳에선 더 살수가 없었으니까 말이야. 그래서 몬스터들이 나오는 통로를 역으로 거슬러 올라가기로 한 거야. 일족 모두가 죽거나, 혹은 몬스터들이 나오는 근원을 파괴해서 어떻게든 생존을 모색하자는 거였지."

"그렇게 이면공간으로 들어왔다고?"

"그래. 그런 거야."

"우린 천공기라는 것이 있어서 이면공간을 드나들게 되었는데 너흰 아니었어?"

"우린 그 때가 처음으로 이면공간으로 들어온 거야. 첫 시도이 자 마지막 시도였지. 그 후로 우리 조상들은 다시는 우리의 고향 으로 가지 못했다고 하니까 말이야."

"으음. 그래?"

세현은 앙또의 말에서 이들 종족과 지구 인류의 상황에는 차 이가 있다는 것을 알게 되었다.

하지만 분명한 것은 지구에도 앙또가 말했던 에테르 코어가 존재할 거라는 사실이었다.

그것도 일반적인 수준이 아니라 지구 전체를 먹어 버릴 정도 의 능력을 지닌 코어일 것이다.

"그 뒤로 우리 조상들은 이곳에 정착했고, 다행스럽게도 혹독 한 바람 속에서도 돌비틀의 도움으로 살아갈 수 있었어. 사실 초기에는 이렇게 넓은 곳은 아니었지만 이후로 조금씩 이곳을 넓혔지."

"이곳을 넓혀?"

"이곳을 유지하는 에테르 코어에 또 다른 에테르 코어를 흡수 시키는 거야. 그러면 조금씩 영역이 넓어지지. 물론 한계에 도달 하면 단계가 높은 에테르 코어를 흡수시켜야 하지만 말이야."

"그 말은 다른 이면공간을 유지하는 코어를 획득해서 이곳 코 어에 흡수시켰다는 거야?"

세현이 깜짝 놀라 물었다.

"그래. 허락을 받으면 가능하지."

"허락?"

"그건 나도 몰라. 그건 우리 일족의 어른들이 때가 되어야 알려주는 거니까. 나는 아직 배우지 못했어. 특정 이면공간은 그런 식으로 써도 된다고 하는데 정확히는 몰라."

"그렇구나. 하지만 굉장하네. 이면공간을 확장시킨다거나 등급을 올린다거나 하는 것이 가능하다니 말이야."

세현은 그렇게 말을 하면서 특정 이면공간이란 곳이 어떤 곳인지 짐작이 갔다.

코어 몬스터가 있는 곳.

코어 몬스터를 잡으면 이면공간이 사라지는 그런 곳이 바로 앙또가 말한 허락된 공간일 것이라 짐작했다.

"야야야! 드디어 도착했어. 곧 거대 돌비틀에 들어간대!"

그 때, 세현에게 제공된 작은 석실 밖에서 체이퍼의 요란스런 발걸음 소리와 목소리가 들려왔다.

"도착한 모양이네? 가보자."

앙또가 세현의 소매를 잡고 일어났다.

Chapter 8

거대 돌비틀 속의 움직이는 마을

"이래선 곤란하겠는데? 체이퍼, 앙또, 너희들은 돌비틀을 보면 구별이 되는 거냐? 내가 보기엔 다 비슷하게 생긴 것 같은데?"

세현은 빤따또마의 돌비틀과 함께 거대한 동굴로 들어왔다.

동굴로 들어오고 얼마 지나지 않아서 바람소리는 들리지 않게 되었고, 세현이 탄 돌비틀은 그와 비슷한 크기의 돌비틀들이 가득 모여 있는 거대한 공동에 도착했다.

그리고 한 곳에 자리를 잡고 앉은 돌비틀에서 빤따또마의 가족은 제각각 볼일을 보기 위해 나섰다.

세현도 혼자서 돌비틀에 남아 있을 생각은 없었기에 체이퍼와 앙또를 따라서 밖으로 나왔는데, 나오고 보니 주변에 있는 돌비틀들이 판박이처럼 생긴 것이다.

물론 가까이에서 보면 바위의 모양이나 홈집 등이 다 다르니 어떻게든 돌비틀들을 구별할 수 있다고 하지만, 조금만 떨어져서 보면 그놈이 그놈이었다.

"웅? 걱정 없는데? 우린 돌비틀의 냄새를 구별하거든."

"냄새? 그걸로 어떻게 찾아?"

"왜? 어지간해선 돌비틀 냄새는 충분히 맡을 수 있어. 아마 우리가 들어왔던 입구에 있다고 해도 여기 있는 우리 돌비틀은 찾을 수 있을 걸?"

"그, 그래? 굉장하네."

세현은 이들 종족이 냄새 맡는 능력에 감탄할 수밖에 없었다.

"어쩔 수 없네. 세현, 너는 우리에게 꼭 붙어서 다녀. 그렇지 않으면 집을 잃어버리겠다."

"하하핫, 앙또, 그거 재미있다. 아무리 어린아이들도 제 집을 찾지 못하는 경우는 없는데, 세현은 그렇게 될 수도 있다는 거잖아. 아하하하하!"

앙또의 말에 체이퍼가 허리를 잡고 웃었다.

세현은 그런 체이퍼의 웃음에 멋쩍은 듯 슬쩍 시선을 외면했다.

"자, 저리로 가자. 저쪽에 시장이 있는 모양이다."

앙또가 세현의 소매를 잡고 앞장서기 시작했다.

그 뒤를 따라가는 체이퍼는 그 모습이 재미있다는 듯이 입가로 새어나오는 웃음소리를 흘리고 있었다.

시장에 따라온 세현은 앙또와 체이퍼가 이런저런 것들을 거래

하는 모습을 지켜봤다.

그들은 특별히 화폐를 이용해서 거래를 하는 것이 아니었다.

대부분의 거래는 모두가 자루나 주머니에 들어 있는 가루를 주고받는 것이었다.

그 외에는 천이나 가죽을 거래했는데, 이때에도 같은 천이나 가죽, 혹은 조금 더 많은 양의 정체모를 가루를 주고받았다.

거래는 대부분 앙또가 맡아서 했는데 앙또는 몇 가지 종류의 가루를 자신과 체이퍼가 가진 가루와 교환하는 정도로 시장에서 볼 일을 마쳤다.

"그게 뭐냐?"

세현이 앙또와 체이퍼가 허리에 달고 있는 자루를 가리키며 물었다.

"이거? 식량."

앙또가 대답했다.

"식량?"

"맞아. 이걸로 우리가 먹을 것을 만들어 먹지."

"그러고 보니, 너희들 처음 만난 날 뒤로는 뭘 먹는 것 못 봤는데?"

"그야 당연하지. 그만큼 먹었으면 당분간 아무것도 안 먹어도 된다고. 하긴 너는 다른 것 같더라. 무척 많이 먹어야 하는 것 같고."

앙또가 세현을 보며 조금은 불쌍하다는 표정을 지었다.

"뭐냐? 그 표정은?"

"그렇게 많이 먹어야 하니까. 우리는 조금만 먹어도 되는데."

"많이 먹는 게 어때서?"

"뭐 종족 특성이니까 뭐라고 하긴 좀 그렇지만 아무래도 많이 먹어야 한다는 건 그만큼 효율이 좋지 않다는 뜻이잖아. 우리보다 훨씬 많이 먹으면서 약하기까지 하다니."

"그건 그렇지."

"……"

세현은 앙또와 체이퍼의 말에 마땅한 대꾸를 찾지 못했다.

'먹는 것의 즐거움 따위를 이야기한다고 저들의 인식이 바뀌진 않겠지?'

세현은 그런 생각을 하며 자기변호를 포기했다.

"어이, 거기."

그 때, 앙또와 체이퍼, 세현 일행을 부르는 이가 있었다.

"무슨 일이에요?"

앙또가 그 동족을 보며 물었다.

아무래도 그쪽의 나이가 많으니 존대가 나왔다.

"거기 이종족. 너, 혹시 지구라는 곳에서 온 녀석이냐?"

그는 앙또의 반응에는 신경도 쓰지 않고 세현에게 물었다.

"맞습니다. 지구에서 왔습니다."

"훙! 그렇단 말이지?"

쿠구구구구구궁!

"윽! 아니, 왜?!"

세현이 지구에서 왔다고 인정하자마자 곧바로 그에게서 엄청난 기세가 뿜어져 나오며 세현을 억압했다.

"이게 무슨 짓이에요? 세현은 우리 손님이라고요!"

앙또가 그런 동족을 향해서 거칠게 항의했다.

"당장 그만두지 않으면 촌장님께 탄원을 하겠습니다. 우리 손님을 관계도 없는 당신이 해코지 했다고 말입니다."

체이퍼 역시 그 사내를 향해서 기세를 뿜어냈다.

"관계가 없기는! 이놈은 지구 출신이라며? 얼마 전에 지구 출신 놈들이 우리 일행을 공격했다고, 그 덕분에 다 잡은 사냥감을 놓치고 도망을 쳐야 했다고!"

"그래서 그 지구 인간이 세현이란 말인가요?"

앙또가 그를 향해서 매섭게 추궁했다.

"그건 아니지만 같은 종족이니 당연히……."

"죄를 지은 자와 죄를 지은 종족에 대한 규칙을 잊은 건가요? 설마 지구 출신 종족이 죄를 지은 종족으로 규정되었다고 하는 건 아니겠죠? 나는 그런 소리를 들은 기억이 없는데요?"

앙또가 주춤거리는 사내에게 뭔가를 따졌다.

세현은 그것이 무엇을 말하는 것인지 자세히 몰랐지만 그래도 종족 구성원의 잘못을 같은 종족의 다른 구성원에게 따지지 말라는 뜻은 알아들었다. 그리고 '죄를 지은 종족'으로 규정되면 그런 것도 없어지는 모양이라고 짐작했다.

"이익!"

결국 앙또의 항의를 받은 사내는 기세를 풀고 화를 내며 바닥을 발로 찼다.

"저기 죄송하지만 그 지구 인간들을 만났다는 곳이 어딘지 알 수 있겠습니까?"

"뭐냐? 그걸 내가 왜 알려줘야 하는데?"

사내는 세현이 갑작스럽게 자신에게 말을 걸자 기분이 나쁘다는 기색을 역력하게 드러내며 쏘아 붙였다.

"제가 지구로 돌아가는 길을 알고 싶은 것도 있고, 방금 말씀하신 그런 짓을 하는 놈들이 어떤 놈들인지 확인하고 싶은 마음도 있어서 그렇습니다."

"쳇, 딱 봐도 허약하기 짝이 없는 놈인데 내가 잠깐 흥분했군."

하지만 사내는 세현의 말에 아무런 대꾸도 하지 않고 혼잣말만 하고는 등을 돌려서 떠나버렸다. 그러자 주변에서 구경하고 있던 이들 몇도 흥미를 잃고 자리를 떴다.

"별로 협조적이지 않네. 하하."

세현은 떠나가는 사내의 뒷모습을 보면서 씁쓸하게 웃었다.

"다른 이면공간으로 사냥을 나가는 동족이야. 여기서 사냥을 하기엔 가족의 수가 적거나 능력이 부족하거나 그런 거지."

"맞아. 하지만 방금 보여준 힘이면 아마도 가족의 수가 적어서 여기서 사냥을 하기 힘든 경우일 거야. 보통 성인 수준의 능력은 충분한 것 같으니까."

체이퍼의 말에 앙또가 세밀한 분석을 내놓았다.

"그런 동족들이 많나? 다른 이면공간으로 나가는 동족들 말이야."

세현이 물었다.

"아니, 많지는 않지. 그게 누구나 다 할 수 있는 건 아니거든. 다른 이면공간으로 가려면 그만한 자격이 있어야 해. 그러고 보니 세현도 이곳으로 들어왔으니까 그걸 가지고 있겠네?"

"그거라니? 뭘 말하는 거야? 앙또?"

"이면공간을 연결해 주는 통로를 지날 수 있는 통행증이지. 그게 있어야 지나다니지."

"음? 통행증?"

"왜? 지구 인간들은 다른 이름으로 부르는 모양이지?"

"우린 현실에서 이면공간으로 들어가는 도구를 가지고 있다고 했잖아. 그걸 천공기라고 부르지."

"하지만 너는 이면공간 사이를 건넜다고 하지 않았어?"

체이퍼가 그럼 거짓말을 한 거냐는 표정으로 세현을 봤다.

"알잖아. 여긴 지구와 연결된 이면공간이 아니야. 그러니까 지구 인간인 내가 여길 오려면 이면공간의 벽을 넘어야 하지. 내가 거짓말을 한 것이 아니란 것 그것만 생각해도 알 수 있잖아."

"그래, 체이퍼, 넌 좀 생각이란 걸 해야 해. 바보야!"

"바보라고 하지 말랬지. 그럼 뭐야? 세현, 너는 그 두 가지를 다 가지고 있다는 거야?"

"결국 따지면 그런 거지. 내가 가진 천공기는 두 가지 역할을 모두 할 수 있도록 개조를 한 거니까 말이야."

"우와 그런 개조는 하기가 쉽지 않은 건데 어떻게 한 거야? 우리 동족들 중에서도 통행증을 만들 수 있는 동족은 몇 없다고."

"그래. 그래서 어른들이 여러 가지를 고려해서 그 통행증을 나넘주고 또 회수하고 하는 거지."

"음? 여기 통행증이란 것은 다른 사람에게 주기도 할 수 있는 모양이네?"

세현은 또 다른 정보를 얻었다는 표정으로 물었다.

"그야 당연하지. 그래야 사정이 어려운 가족들이 다른 이면공간에 가서 사냥도 하고 그럴 수 있잖아. 그러다가 사정이 나아지면 다시 반납하고 그러는 거지."

체이퍼가 그런 것도 모르냔 듯이 의기양양한 표정으로 세현을 봤다.

"아이고 체이퍼, 너, 내 남매란 소리 어디 가서 하지 마. 세현이야 지구 출신이니까 우리 사정을 모르는 건 당연하잖아. 그걸 알고 있다고 그렇게 뻐길 건 하나도 없다고 멍청아!!"

"아, 그런가? 하하하핫."

세현은 체이퍼가 앙또와 함께 있기만 하면 조금씩 모자라는 행동을 한다는 생각이 문득 들었다.

[음! 나는 굉장하고 대단해진다.]

"그래. 그래야지. 하지만 지금은 방법이 없어. 에테르 주얼을 구할 수가 없으니까."

[세현, 사냥을 가는 거다. 음음! 용감해!]

"그래. 일단 빤따또마에게 이야긴 해뒀어. 사냥을 나갈 때, 참관을 할 수 있게 해달라고. 하지만 내가 사냥에 끼어드는 것은 허락을 하지 않았어."

[음. 가면 기회가 생길 거야. 음음. 그럴 거야.]

세현은 '팥쥐'가 그런 일이 일어나기를 기대하고 있다는 사실을 알 수 있었다.

"그래. 나도 그렇게 되었으면 좋겠다. 어차피 여기까지 왔으면 파란색 등급 에테르 주얼을 얻어서 너를 더 굉장하고 대단하게 만들어 줄 수 있으면 좋겠지."

[음음. 착해. 세현은 착해.]

'팥쥐'는 세현의 말이 썩 마음에 든 모양이었다.

기분 좋은 의지가 한껏 전해져 왔다.

세현은 그런 '팥쥐'의 등을 손가락으로 슬슬 긁어 줬다.

'팥쥐'는 자신의 기운을 이용해서 실체를 밖으로 만들어 낸 상태였다.

그래서 기운으로 이루어진 '팥쥐'의 몸은 세현이 손가락으로 쓰다듬을 때마다 조금씩 뭉그러졌다가 본래의 모습을 되찾곤 했다.

하지만 그럼에도 '팥쥐'는 세현이 손가락으로 긁어주는 것을 무척 즐겼다.

세현이 '팥쥐'를 긁어줄 때에는 앙켑스를 이용해서 평소에 주지 않던 기운을 조금씩 흘려주기 때문이다.

에테르 코어 세 개를 흡수한 '팥쥐'는 이제 스스로 생산하는 에테르를 분해해서 자신에게 알맞은 기운으로 바꾸어 쓰고 있었다.

그래서 따로 세현이 '팥쥐'의 유지 에너지를 신경 쓰지 않아도 되는 상황이었다.

다만 만약의 경우에 '팥쥐'가 자신의 능력을 최대로 발휘하기 위해서는 적어도 초록색 등급의 에테르 영역을 채울 기운이 필요했다.

그러기 위해서는 세현의 도움이 필요했다.

아직 '팥쥐'가 초록색 에테르 코어를 흡수하지 못했으니 어쩔 수 없는 상황이었다.

하지만 그런 준비는 이미 오래전에 끝나 있는 상태, '팥쥐'가 초록색 등급에 해당하는 기운을 사용할 일이 지금까지 없었으니 세현이 따로 기운을 보충해 줄 일은 없었다.

'파란색 등급의 몬스터에게도 앙켑스가 제대로 먹혀야 할 텐데. 그렇게 되기만 하면 앙켑스 중첩을 이용해서 몬스터에게 많은 피해를 줄 수도 있고, 사냥에 큰 도움을 줄 수도 있을 텐데……'

세현은 빤따또마 가족의 사냥에서 그것을 확인할 수 있기를 바랐다.

그리고 자신의 능력이 쓸모가 있어서, '팥쥐'의 성장에 필요한 에테르 주얼을 얻을 수 있기를 원했다.

'직접 싸우는 것은 아니니까 실험을 해보는 정도는 할 수 있겠지. 사냥터에서 빤따또마에게 다시 한 번 부탁을 해보는 수밖에.'

세현은 각오를 다지며 빤따또마 가족의 사냥을 기다렸다.

이게 여기서도 먹히네?

쿠과광! 쾅!

카르르르륵 카르르르! 카르르르륵!

투황! 투황! 투황!

쿠과광! 카르르르륵!

"얼마 안 남았다. 이제 거의 끝나가!"

빤따또마가 가족의 사기를 끌어올리기 위해서 고함을 질렀다.

그녀는 가족과 함께 몬스터 사냥을 나온 참이었다.

정면에서는 돌비틀이 몬스터를 상대로 적극적인 공세를 펼치고 있었다.

그리고 그에 맞서서 몬스터 역시 마지막까지 저항을 멈추지 않았다.

그녀의 가족이 잡고 있는 몬스터는 돌비틀과 비슷한 크기의 두더지 모양의 몬스터였다.

거대 돌비틀 안쪽에 서식지를 가지고 있는 그 몬스터는 일정 기간마다 일족의 어른들에게 사냥 허가를 받아야 잡을 수 있는 몬스터였다.

사실상 몬스터들에게 일정 영역을 내어주고 그곳에서 정해진 숫자를 일정 기간마다 사냥을 하는 것이다.

물론 사냥을 하는 것도 능력이 있는 가족만 가능한 일이고, 능력이 있어도 마음대로 할 수 있는 것도 아니었다.

빤따또마는 이번 사냥에 열 마리의 몬스터 사냥을 허락받고 사냥터에 나온 참이었다.

카르르르르륵. 카르르륵.

돌비틀과 몬스터가 서로 힘을 겨루며 몸을 부비는 거친 소리가 들린다.

돌비틀의 몸은 대부분 암석이고, 몬스터는 두껍고 단단한 껍질 가죽을 가지고 있었다.

때문에 둘이 맞붙어 겨루면 듣기 거북한 마찰음이 생겨났다.

"공격해! 쉬지 말고!"

투황! 투황! 투황!

앞쪽에서 돌비틀이 몬스터를 잡고 있는 동안에 빤따또마의 가족이 열심히 공격을 한다.

그들의 공격 수단은 돌로 만들어진 원거리 무기였다.

원통형의 그것은 길이가 1미터를 조금 넘는 길이였는데, 에테르를 주입하면 원통 안쪽에 에테르가 응집되며 투사체를 만들었다.

세현은 그 투사체가 검기(劍氣)의 수준을 넘어선 강기 수준의 위력을 지니고 있다고 느꼈다.

원통 안쪽에 모이는 에테르의 기운이 그만큼 강력했던 것이다.

'앞쪽에 돌비틀을 탱커로 내세우고 뒤에서 원거리 공격이라. 나름 특화된 방식이야. 여기서 등장하는 몬스터들에겐 딱 맞는 맞춤식 구성.'

세현은 빤따또마 가족의 사냥 모습을 보면서 그런 판단을 내렸다.

카르르륵! 쿠구궁!

"쓰러졌다! 확인해!"

드디어 빤따또마 가족의 몬스터 사냥이 마무리되었다.

앞에서 열심히 싸운 돌비틀은 몸을 바닥에 붙이고 휴식에 들어갔고, 빤따또마의 가족은 죽은 몬스터에게 달라붙어서 도축을 시작했다.

하지만 그런 가족을 보는 빤따또마의 표정은 밝지 않았다.

"이번에도 없군요."

세현이 그런 빤따또마를 보며 말했다.

"그래요. 없네요. 다섯 마리를 잡았는데 에테르 주얼은 하나도 나오지 않았어요. 이래선 곤란한데 말이죠."

빤따또마는 무척 실망스러운 표정을 감추지 못했다.

그녀는 열 마리의 몬스터를 사냥할 수 있는 허가를 받았고, 그 사냥을 통해서 두 개 이상의 에테르 주얼을 얻을 목표를 가지고 사냥에 나왔다.

그런데 다섯 마리를 사냥하는 동안에 에테르 주얼은 하나도 나오지 않은 것이다.

"그럼 이제부턴 제가 끼어도 되겠습니까?"

세현이 빤따또마에게 확인하듯 물었다.

"그래요. 약속을 했으니까요. 그리고 그게 성공하면 우리에게도 이익이 될 테니까 허락하겠어요."

빤따또마는 어쩔 수 없다는 듯이 세현에게 사냥에 참가하는 것을 허락했다.

그전부터 세현은 빤따또마에게 자신의 앙켑스 능력을 설명하고 사냥에서 실험을 해볼 수 있도록 부탁했다.

하지만 빠따또마는 가족 사냥에 손님이 끼는 것을 달갑게 생각하지 않았다.

그것은 가족의 능력이 부족해서 다른 이의 도움을 받는 것으로 보일 수도 있기 때문이었다.

그래서 다섯 마리까지 사냥을 하는 동안 세현은 그저 참관자의 위치를 지켜야 했다.

하지만 세현은 빠따또마의 곁에 붙어 있으면서 거듭해서 자신이 사냥에 참가할 수 있도록 부탁을 했다.

그 결과 빠따또마는 다섯 마리의 몬스터를 잡는 동안에도 에테르 주얼이 나오지 않으면 세현의 참가를 허락하기로 했었고, 지금 다섯 마리째 몬스터 사냥이 끝났다.

[도와주지 않아도 되는 거야? 음?]

'그래. 앙켑스는 따로 도와주지 않아도 되는 거니까. 하지만 혹시라도 원거리 공격이 있으면 그건 부탁할게.'

[음음! 맡겨! 난 굉장해. 대단하기도 하지.]

'그래. 하지만 대단한 건, 나중에 하자. 알았지?'

[알아. 그래도 돕고 싶어! 음음! 내가 더 굉장하고 대단해지기 위한 거니까. 음음음!]

'그러니까 혹시라도 원거리 공격이 있으면 막아줘. 그리고 그게 아니어도 '팥쥐', 너는 큰 도움이 되고 있어. 그러니까 조급해 할 필요 없어.'

세현은 그렇게 '팥쥐'를 달랬다.

이번 사냥에서 남은 다섯 마리를 사냥해서 에테르 주얼이 넷 이상 나오면 세 개는 빤따또마 가족이 가지고 나머지는 세현이 가지기로 했다.

그러니 네 개의 에테르 주얼이 나오면 '팥쥐'가 또 한 번 성장을 할 수 있는 길이 열리는 것이다.

'팥쥐'도 그걸 알기에 조금이라도 도움이 되고 싶다는 조바심을 내고 있었다.

"자, 휴식 끝. 다음 사냥을 시작한다."

가족의 우두머리인 빤따또마가 사냥의 시작을 선언했다.

그 사이에 몬스터는 완전히 도축이 되어서 필요한 부분만 돌비틀의 내부로 옮겨졌다.

'집, 차, 창고, 사냥에선 방패. 돌비틀이 정말 여러 가지로 유용하게 쓰이는군.'

세현은 돌비틀과 이들 종족이 어울려 사는 모습을 보면서 새삼 자신도 돌비틀 같은 것이 있으면 좋겠다는 생각을 했다.

하지만 곧 고개를 저었다.

지구 현실에서 돌비틀이 돌아다니는 것을 상상하기가 어려웠던 것이다.

'돌비틀이 크긴 크지.'

세현은 그런 생각을 하며 빤따또마의 뒤를 따랐다.

이미 다음 사냥감은 물색이 되어 있었다.

가족이 휴식을 취하는 동안에 정찰을 위해서 몇 명이 따로 움직였던 것이다.

"잘 부탁해요. 그리고 정말로 당신의 능력이 당신이 말했던 효과를 거둘 수 있었으면 좋겠군요."

"저도 그렇게 생각합니다. 그래야 저도 빤따또마 가족에게 받은 은혜를 갚을 수 있지 않겠습니까."

"은혜랄 것은 없지만 그래도 우리 가족에게 도움이 되려는 마음은 기억하겠어요. 아, 저기 있군요."

쿠궁 쿠궁 쿠궁!

빤따또마가 멀리 보이는 몬스터를 가리켰을 때, 이미 돌비틀은 그 몬스터를 향해서 움직이고 있었다.

두 개의 발로 움직이는 돌비틀은 그리 빠르게 보이지 않지만 크기가 크기 때문에 한 걸음이 세현의 수십 걸음에 해당했다.

몬스터를 향해 속도를 올려서 다가가는 돌비틀의 속도는 겉으로 보이는 것보다는 훨씬 빠른 것이었다.

쿠구궁! 카르르륵! 카드득!

두더지를 닮은 몬스터의 크기는 돌비틀과 비슷했다.

하지만 주둥이가 길고, 앞발과 뒷발에 긴 발톱과 발톱 사이에 갈퀴가 있어서 암석 재질의 돌비틀과는 확연한 차이가 있었다.

카르륵! 카카칵! 빠드득!

자신을 공격하는 돌비틀을 상대로 두더지 몬스터는 앞발을 단단한 발톱으로 바위를 갈아 내기 시작했다.

새파란 에테르가 맺힌 발톱이 돌비틀의 몸통에 커다란 흉터를 만들었다.

하지만 돌비틀의 상처는 빤따또마가 힘을 쓰면 급격하게 치료가 되었다.

돌비틀의 주인만 할 수 있는 치료 기술이라고 했다.

그것도 자신의 돌비틀에게만 사용할 수 있는 능력인데, 세현이 앙또에게 듣기로는 결혼을 해서 남편의 돌비틀을 받게 되면 그 때, 돌비틀과 연결이 된다고 했다.

그것은 오직 종족의 여성만 가능한 것이어서 앙또는 최고의 돌비틀을 가진 신랑을 찾겠다며 세현에게 자랑을 했었다.

"그럼 저도 시작하겠습니다."

세현이 빠따또마에게 허락을 구했다.

그녀의 가족이 본격적으로 공격을 시작하기 전에 에테르 스킨을 무력화시키는 앙켑스를 시전하려는 것이다.

"좋아요. 해봐요."

빠따또마의 허락이 떨어졌다.

세현은 속으로 바짝 긴장하며 허공에 두 번, 점을 찍었다.

그와 함께 세현의 에테르가 몬스터에게 흘러가 몸으로 스며들기 시작했다.

"휴우!"

세현은 안도의 한숨을 쉬었다.

몬스터의 체내로 앙켑스 에테르를 침투시키는데 성공한 것이다.

그 후는 어렵지 않은 과정이다.

앙켑스 에테르를 몬스터가 지닌 에테르 스킨과 상극이 되는 에테르로 바꾸면 된다.

그것은 세현에겐 어려운 일이 아니었다.

파란색 등급의 몬스터라도 해도 기본적인 에테르 스킨의 성격은 하위 몬스터의 것과 다르지 않았다.

좀 더 많은 에테르가 필요하고 조금 더 강력하게 응집된 에테르가 필요할 뿐이다.

"성공하고 있습니다. 공격을 시작하셔도 됩니다."

세현이 빤따또마에게 말했다.

빤따또마는 기다렸다는 듯이 가족에게 공격을 명령했다.

세현은 계속해서 앙켑스 에테르를 몬스터에게 밀어 넣고 동시에 그 에테르를 에테르 스킨을 무력화시키는 에테르로 바꾸는 일에 몰두했다.

덕분에 몬스터의 에테르 스킨은 급속하게 약해지고 있었다.

그리고 그것은 곧 사냥 시간의 단축과 에테르 주얼의 생성으로 이어졌다.

보통 사냥을 하던 것보다 절반 정도의 시간만 걸렸고, 운이 좋게도 에테르 주얼도 나왔다.

빤따또마는 그것이 운이 좋은 것인지, 아니면 세현의 주장대로 세현이 사용한 스킬 덕분인지는 성급히 판단하지 않았다.

다만 에테르 주얼은 몰라도 사냥 시간이 절반으로 줄어든 것은 분명히 세현의 스킬 때문이라고 결론지었다.

평소와 다른 것이 전혀 없는 사냥에서 시간이 반으로 줄었다면 변수를 확인해야 하는데, 이번의 변수는 세현밖에 없었던 것이다.

"좋아요. 사냥 시간이 짧아진 것만으로도 충분히 의미가 있어요. 세현, 당신이 사냥에 참가하는 것은 문제가 없어요. 하지만 에테르 주얼의 생성에 대해선 아직 판단을 유보하겠어요."

"당연합니다. 앞으로 남은 네 마리의 몬스터를 마저 사냥하고 그 후에 판단을 하는 것이 옳을 겁니다."

"그래요. 맞는 말이에요."

세현과 빤따또마는 그렇게 의견의 일치를 봤다.

"우와, 미쳤어. 어떻게 이럴 수가 있지? 다섯 마리에서 다섯 개의 에테르 주얼이 나왔어! 세현, 너 그래서 두 개를 받았다고?"

앙또가 반짝거리는 눈빛으로 세현을 보며 물었다.

앙또는 가족 사냥에 참가하지 못하고 마을에 남아 있었다.

위험한 일이 있을 때에는 특별하게 결혼을 하지 않은 여성들을 보호하는 것이 이 종족의 관례라 했다.

"체이퍼가 뭐라고 했는지 모르지만 그래. 에테르 주얼 두 개를 받았지."

"그렇구나. 너, 굉장하다. 대단해!"

앙또는 감탄과 칭찬을 멈추지 않았다.

"실제론 뒤에서 스킬을 사용하는 것 말고는 아무것도 하지 않았는데 뭐."

"그래도 그게 어디야. 너, 모르지? 너에 대한 이야기가 소문이 나서, 다른 가족들도 너를 만나고 싶어 해."

"응? 그건 무슨 소리야?"

"무슨 소리는, 당연하잖아. 네가 끼면 열 마리를 잡으면 아무리 적어도 세 개는 나올 거 아냐."

"뭐 보통 그 정도는 나오지. 지금까지 사냥할 때 열에 여덟 정도의 비율로 나왔으니까. 운이 나빠도 열에 다섯은 나왔어."

"그러니까 다른 가족들도 너와 함께 사냥을 가고 싶어 한다는 거지. 아마 도와주면 무척 좋아할 거야."

"하하, 그럼 여기 눌러 앉아서 그것만 해줘도 아주 부자가 되겠네?"

세현은 문득 그런 생각이 들어서 앙또에게 물었다.

"바보, 사냥은 항상 하는 것이 아냐. 시기를 정해서 적당한 숫자만 잡는 거지. 뭐 그래도 아직 잡아야 할 몬스터가 제법 있으니까 세현, 네가 하겠다고 하면 제법 벌 수 있을 걸?"

앙또가 은근히 권하는 표정으로 말했다.

"그래?"

"그렇다니까. 해! 하는 게 남는 거잖아. 우리도 마을에서 사냥이 끝나고 큰 교환을 하고 나서 떠날 거니까, 그 때까지 다른 가족들을 도와줘."

앙또는 숨길 것도 없다는 듯이 드러내놓고 동족을 도와줄 것을 세현에게 부탁했다.

"그래, 알았어. 그렇게 하자."

세현은 그런 앙또의 부탁을 흔쾌히 수락했다.

서로에게 도움이 되는 거래를 마다할 이유가 없었던 것이다.

'그런데 '팥쥐'는 괜찮을까?'

세현의 관심이 '팥쥐'에게로 이어졌다.

오래간만의 현실 복귀

스화화확!

"휴우, 도착했다."

세현은 바짝 긴장했던 몸의 근육을 이완시켰다.

그는 이면공간에서 현실로 돌아왔지만, 처음 출발했던 광산 필드를 통해서 복귀하지 못했다. 돌비틀 종족의 이면공간에서 광산 필드로 되돌아가는 입구를 찾지 못한 탓이었다.

앙또와 체이퍼는 세현을 만났던 때의 장소는 기억했지만, 그전에 돌비틀이 어디를 어떻게 지났는지는 알지 못했다.

대부분 돌비틀이 먹이를 찾아서 제멋대로 돌아다니기 때문에 대략적인 행로만 잡을 뿐, 정확한 위치는 파악을 하지 않는 것이 그들 종족의 습관이었다.

때문에 세현은 광산 필드로 복귀하는 것을 포기하고 이면공간에서 자신의 작은 아파트로 이동하는 비상 통로를 이용하기로 했다.

하지만 그것도 난관이 있었다.

세현이 들어간 곳은 파란색 등급의 이면공간인데, 세현은 그때까지 파란색 등급의 천공기를 활성화시키지 않은 상태였던 것이다. 덕분에 '팥쥐'가 파란색 에테르 주얼을 흡수하고 한 단계 성장을 했음에도 불구하고 세현이 천공기 주얼을 활성화시키는 과정이 필요했다.

하지만 이 과정에서 세현에게 문제가 생겼다.

일반적인 천공기는 등급에 따른 천공기 주얼을 순서대로 장착해서 업그레이드를 하면 어떻게든 그 주얼을 사용할 수 있었다.

비록 충전에 오랜 시간이 걸리긴 하지만 충전시킬 수는 있고, 충전이 되면 그 천공기를 사용하는 것은 문제가 없었다.

그런데 세현의 천공기에는 다른 일반적인 천공기와 다른 제약이 걸려 있었던 것이다. 세현은 그것도 모르고 몇 번이나 파란색 천공기 주얼을 활성화시키기 위해서 시도를 했다.

하지만 번번이 실패를 했고, 그 이유를 몰라 당황하기도 했었다.

그리고 그 답을 찾은 것은 바로 '팥쥐'였다.

자신이 깃들어 있는 천공기의 제약을 힘겹게 찾아낸 것이다.

세현의 에테르 수준이 파란색 천공기 주얼을 활성화시킬 정도의 수준에 이르지 못했다는 것이 원인이었다.

세현의 천공기에는 능력이 부족하면 천공기 주얼을 활성화시킬 수 없다는 제약이 있었던 것이다.

이전까지 세현이 그런 제약을 몰랐던 것은 어떻게든 천공기가 세운 기준을 넘어선 상태에서 천공기 주얼을 활성화시켜 왔기 때문이라고 봐야 했다.

하지만 원인을 찾았다고 세현이 할 수 있는 일은 많지 않았다.

수련을 해서 경지를 올린 후에 파란색 천공기 주얼을 활성화시키거나 아니면 다른 하급의 이면공간으로 이동한 후에 현실로 복귀를 할 수밖에 없었던 것이다.

그리고 세현은 등급이 낮은 다른 이면공간에서 복귀하는 쪽으로 마음을 결정하고 빤따또마의 도움을 받았다.

수련을 통해서 능력을 올리는 것도 필요하지만 단기간에 이룰 수 있는 일이 아니라 판단한 것이다.

세현은 사냥을 도와주고 얻어놓았던 파란색 에테르 주얼 다섯 개를 대가로 주고, 이면공간의 이동 경로를 파악할 수 있는 지도를 얻었다. 물론 그것은 돌비틀 종족이 작성한 것이어서 그들의 이면공간을 중심으로 주변을 파악한 것이었다.

돌비틀 종족은 세현이 그곳에 사는 개미를 닮은 종족에게 붙인 이름이었다.

어쨌건 그들의 생활 영역을 중심으로 그려진 지도라 그들이 있는 이면공간에서 몇 단계만 넘어가면 그 이상의 이면공간 연결은 알 수 없는 지도였다.

빤따또마나 앙또는 다른 이종족들이 만드는 지도도 대부분 그런 식이라고 했다. 자신들이 사는 이면공간을 중심으로 주변 지역에 무엇이 있는지 파악하는 것은 당연했다. 그렇게 해야 원정 사냥을 하거나 다른 이종족과 교류할 수가 있다.

생존과 보다 나은 삶을 위해서 그런 과정은 반드시 필요했다.

그래서 거의 모든 이종족들이 이면공간 연결 지도를 만들어 가지고 있다고 했다.

세현은 돌비틀 종족의 그 지도를 어렵게 손에 넣었다.

그가 비록 돌비틀 종족에게 도움을 주었다고 하지만, 지도라는 것은 쉽게 다른 종족에게 내어줄 성질의 것이 아니었다. 그 지도에는 그들 종족이 주로 이용하는 이면공간에 대한 정보가 빼곡하게 담겨 있기 때문이다.

하지만 그럼에도 세현은 그 지도를 손에 넣었고, 그것을 바탕으로 주황색의 이면공간으로 넘어온 뒤에 현실로 복귀할 수 있었다. 이면공간에서 주민들에게 직접적인 위해를 가하는 것이 불가능하다는 점을 들어서 세현이 돌비틀 종족의 어른들을 설득한 결과였다.

"그래도 등급만 맞으면 어디서나 현실로 올 수 있다는 점은 정말 다행이지. 꼭 지구에서 진입이 가능한 이면공간에서만 돌아올 수 있었다면 정말 고생했을 텐데 말이지."

세현은 생각만 해도 끔찍하다는 듯이 고개를 흔들었다.

다행히도 '팥쥐'는 그 이면공간이 어떤 곳인지를 따지지 않고 천공기 주얼에 기억된 좌표로 통로를 열 수 있었던 것이다.

'팥쥐'에게 필요한 조건은 천공기 등급이 알맞게 활성화되어 있어야 한다는 것뿐이었다.

*   *   *

—얌마! 어떻게 된 거야? 우린 니가 죽은 줄 알았다. 자식아!

재한은 세현의 연락을 받자마자 삿대질을 하며 소리를 질렀다.

세현은 스마트 폰의 기능을 이용해서 망막에 화면이 나오도록 하고, 소리를 혼자만 듣도록 해서 다행이라고 생각했다.

—일이 좀 꼬였지. 그래서 돌아오는데 시간이 좀 걸렸다.

—뭐, 일단 왔으면 된 거지. 그나저나 너 없는 동안에 일이 굉장히 많았다. 너, 정보 검색은 해봤냐?

—아니, 일단 돌아왔으니 동료들에게 안부부터 전해야겠다는 생각을 했지.

—어쩐 일로 그런 기특한 생각을 했는지 모르지만, 빨리 집으로 오고, 오는 동안에 검색을 해서 너 없는 동안 일어난 일들을 좀 알아봐라.

—무슨 일인지 모르지만 알았다. 가서 보자.

—나비하고 종국 아저씨는 내가 연락하마. 참, 조만간 나비하고 종국 아저씨, 살림 차릴 것 같다.

—아, 그것도 나름 대단한 소식이군.

—아무튼 조금 있다가 보자. 넌 각오하고 와라!

"차라리 오지 말라고 하지. 자식이 이렇게 겁을 주면 가고 싶은 마음도 없어지겠다."

세현은 재한과의 통화가 끝나자마자 투덜거리며 마침 도착한 무인 택시에 올라탔다.

"몬스터가 난리를 쳐도, 서울은 나날이 바뀌는구나. 무인 택시도 이젠 심심찮게 보이고 말이지."

1년 정도 전까지만 해도 시범 운행이니 뭐니 했던 것을 기억하며 세현이 중얼거렸다.

세현은 그렇게 혼잣말을 하며 그동안 무슨 일이 있었는지 검색하기 시작했다.

세현이 이면공간에 있었던 기간은 반년 정도였는데, 그 사이에 몬스터 웨이브가 두 번 있었다고 나왔다.

그리고, 그 두 번의 몬스터 웨이브는 지구에서 인류의 구역과 몬스터의 구역을 조금 더 명확하게 나누는 계기가 되었다는 이야기도 있었다. 몬스터들이 나타날 때, 몬스터 구역에 주로 나타났고, 인간들의 영역에선 수가 급감했다는 것이다.

그 때문에 세계 각국은 지금, 몬스터 구역을 구별해서 격리하는데 힘을 쓰고 있다고 했다.

"음? 이건?"

하지만 그런 내용보다 세현의 관심을 크게 끈 것은 이면 공간으로 들어갔던 크라딧, 즉 배신자들의 등장이었다.

그들이 현실에 나타난 것은 아니지만 그들과 내통하는 이들이 전 세계적으로 퍼져 있다는 사실이 드러난 것이다.

그들은 이면공간에서 자신이 속해 있던 크라딧 길드나 단체와 접선해서 행동 방향을 정하고, 그에 따라서 현실에서 활동을 한다고 했다.

그런데 그런 현실의 크라딧 중에 거대 기업이나 권력자가 포함되어 있다는 미확인 정보가 논란의 대상이 되고 있다는 이야기였다.

"결국 세계 정부론도 이들이 주도하고 있었던 거란 말이지? 그게 밝혀져서 이젠 세계 정부론을 이야기하는 사람들은 그 배신자들과 한통속이 아니냔 눈총을 받는 거고? 음, 덕분에 민족주

의나 국가주의 같은 것들이 강세를 보이고 있다?"

세현은 그것도 별로 바람직하지 않은 것이 아닌가 생각했다. 인류 전체의 공통적인 위기 앞에서 국가나 민족 단위로 대립을 하는 것은 별로 권할 만한 일이 아니었다.

"그래도 아직까지는 어떻게든 공조를 이루고 있다니까 믿어 봐야 하나?"

세현은 다시 크라딧에 대한 검색을 이어갔다.

그러다가 이면공간에서도 여전히 크라딧의 마찰이 끊어지지 않고 있다는 내용을 발견하고 세부 항목으로 검색을 했다.

그러자 이면공간에서 현실의 천공기사와 크라딧 사이에 분쟁이 생기고 사상자가 나오는 다툼이 증가하고 있다는 내용이 나왔다. 처음에는 그저 욕설을 하는 정도에서 대립하는 정도였는데, 어느 순간부터 서로가 과격하게 충돌하며 유혈사태가 벌어지기 시작했다고 한다.

이유는 크라딧들에게 있다는 것이 중론이었다.

그들이 저지른 일 때문에 세계 각국의 국가기관이나 대형 길드들이 이면공간에서 크라딧들이 가지고 있던 기득권을 빼앗기 시작했다.

태극 길드가 천공 길드의 미스릴 광산 필드를 접수한 것과 같은 일들이 전 세계적으로 벌어졌던 것이다.

이렇게 되자 자신들의 것을 빼앗긴 크라딧들이 그에 저항을 시작하고, 일반 필드에서 만나는 지구의 천공기사들에게 적대적인 행동을 하게 된 것이다.

당연히 지구의 천공기사들도 그들 크라딧 때문에 지구에 몬스터가 나타났다는 원망의 감정이 쌓여 있었으니 크라딧에게 과격한 반응을 보였다.

그 결과가 이면공간에서 천공기사와 크라딧 사이의 유혈충돌이었다.

—그들은 스스로 이면공간의 주민이라고 말하고 있지만 실제로 그들은 이면공간의 주민으로서 보호받지 못하는 듯하다. 그들과 천공기사의 전투가 벌어져도 이면공간을 주민을 보호하는 시스템은 작동하지 않는다.

—이면공간에서 주민 보호 시스템이 작동하지 않는 것을 두고 크라딧들이 이면공간에서 배척받고 있다는 것은 성급한 결론이다. 실제로 이면공간에서 같은 동족간의 다툼은 따로 제약을 받지 않는 것으로 알려져 있다.

—크라딧이 주민으로 인정받지 못한다는 것은 다른 예에서도 알 수 있다. 그들은 이면공간의 다른 이종족 주민들과 분쟁을 벌이지만 시스템의 보호에서는 제외되어 있는 것 같다. 그들은 여전히 이면공간에서 이방인으로 불리고 있다.

—그들이 이면공간으로 넘어간 후, 그들의 세력은 나날이 강성해지고 있음을 우리는 알아야 한다. 그 당시 이면공간으로 넘어갔던 일반인들도 모두가 에테르를 각성했다는 미확인 보고가 있었다.

—미확인 보고가 사실이라고 하더라도 현실의 일반인들이

크라딧들을 부럽게 생각할 이유가 있는가? 확인되지 않은 정보로 대중을 혼란스럽게 하고 크라딧에게 긍정적인 이미지를 주려는 이가 누군지 확인할 필요가 있다.

등등.

세현은 정보 검색으로 확인된 내용을 읽으며 반 년 동안 현실에서 일어난 변화를 하나하나 확인했다.

"어서 와라."

"어서 와!"

"멀쩡하네? 어디 다친 곳도 없어 보이고?"

재한과 나비, 한종국이 입구까지 마중을 나와서 세현이 택시에서 내리는 것을 반겼다.

"혈색들이 좋은 것을 보니 다들 잘 지냈었던 모양이네?"

"하하핫, 뭐 장인 마을을 우리가 관리하게 되면서 솔직히 이익이 상당하거든. 거기다가 전에 특이 몬스터에게 얻었던 갑옷에 대한 분석에 장인들의 도움을 받아서 결국 그걸 양산하는데 성공했다는 거 아니냐."

재한이 세현의 말에 아주 의기양양한 표정을 지으며 말했다.

"그래? 그거 잘 됐네."

"당연하지. 거기다가 그 갑옷에서 몇 가지 파생 상품들이 나왔다는 거 아니냐. 니가 입고 있는 그런 명품에는 조금 못 미쳐도, 꽤나 고급 제품들이지."

"그게 잘 팔리긴 하는 모양이지?"

"쯧, 네가 영 감각이 없구나? 지금 지구는 몬스터와의 전쟁 중이야. 천공기사와 헌터는 물론이고, 일반인들도 몬스터 사냥에 나서고 있는 중이라고."

"음? 일반인이?"

"에테르 주얼이 있으니까 그걸로 주황색 등급까지는 일반인도 사냥이 가능한 무기를 만들었지. 오래전부터 있긴 했는데 이면 공간에서 쓰긴 어려웠던 거지. 그런데 현실에 몬스터가 나오니까 그걸로 주황색 몬스터를 잡아도 수지타산이 맞게 된 거야. 그래서 헌터와 함께 일반인들이 사냥을 나가는 경우가 늘었다."

"그 덕분에 우리 갑옷들이 더 많이 팔리게 된 거지. 어차피 에테르 주얼을 쓰는 거지만 그래도 몬스터의 공격을 방어해주는 실드를 만드는 갑옷이니까 말이야."

"호호호. 덕분에 우리도 팔자 고쳤지."

나비가 한종국의 팔짱을 끼면서 웃었다.

세현은 그 모습에서 나비와 한종국이 결국 짝이 되었음을 알 수 있었다.

"그런데 넌 도대체 무슨 일이 있었던 거냐? 어떻게 반 년이 넘도록……"

재한이 세현을 매섭게 노려보며 물었다.

"자자, 들어가서 이야기하자. 들어보면 알 거야. 그중에는 이면 공간에 대한 새로운 정보도 있으니까 들어보고 생각을 좀 이야기해 줘봐."

세현이 일행들을 집 안으로 이끌었다.

함께 앞으로의 계획을 의논하다

"이게 뭐야?"

재한은 세현이 내놓은 십여 개의 보석들을 보며 물었다.

"통행증."

"통행증이라니?"

"말 그대로 통행증이야. 이면공간 사이를 넘어가게 해주는 물건이지."

"어? 그래? 굉장한데? 이거 나도 하나 주는 거냐?"

재한이 눈빛을 빛내며 물었고, 함께 음식을 준비한다며 부엌에서 부비적거리고 있던 나비와 한종국도 응접실로 나와 관심을 보였다.

부엌에 있으면서도 밖에서 세현과 재한이 하는 이야기에 귀를 열어두고 있었던 것이다.

"달라면 줄 수는 있는데 자칫하면 다시는 지구로 돌아오지 못할 수도 있어. 그건 염두에 두고 선택을 해."

세현은 세 사람에게 심각한 얼굴로 경고를 했다.

"지구로 못 돌아온다고? 그게 네가 경험한 것과 연관이 있는 거야? 그래서 늦게 온 거야?"

나비가 세현을 다그치듯이 물었다.

"그래. 이건 이면공간을 건너갈 수 있게 해주는 통행증이야.

하지만 들어갔던 입구를 다시 찾지 못하는 경우나 혹은 그 입구가 사라지거나 막히면? 그 때는 다른 통로를 이용해서 본래의 이면공간까지 돌아와야 해. 자칫하면 얼마나 오랫동안 방황을 해야 지구로 돌아올 수 있을지 알 수 없지."

"음? 그러겠네. 마치 미로를 헤매는 것처럼 이면공간 사이의 입구를 드나들며 길을 찾아야 할 테니까 말이야. 야, 너도 그런 경우였다는 거잖아? 너, 참 고생했겠다. 운이 없으면 점점 지구에서 멀어지는 거 아냐?"

"그래. 그러니까 잘 생각하고 선택을 하라는 거야. 물론 지금 여기 있는 통행증은 제법 수가 되니까 한 팀으로 움직이면 위험은 그만큼 줄일 수 있겠지. 하지만 그렇다고 해서 안심할 수는 없어."

"이거 숫자가 제법 되는데? 이걸 어떻게 구한 거야?"

재한이 물었다.

"정당한 대가를 주고 구입한 거야. 파란색 에테르 주얼 세 개를 주고 구했지. 개당 세 개씩이야."

"우아아, 그럼 이게 전부 몇 개야? 파란색 등급 에테르 주얼을 몇 개나 줬다는 거야? 대단한데?"

나비가 세현의 말을 듣고 깜짝 놀라 소리를 질렀다.

파란색 등급의 에테르 주얼은 무척 귀했다.

보라색 등급은 아직까지 지구에 등장한 적이 없고, 남색 등급의 에테르 주얼도 그 수가 얼마 되지 않았다.

그나마 범용으로 쓰이는 것이 파란색과 초록색이지만, 정작

근래에는 파란색 등급의 몬스터 사냥은 거의 이루어지지 못했다.

위험한 것도 위험한 것이지만 파란색 등급으로 들어갈 수 있는 천공기사의 수가 많이 줄어 버렸다. 그런 실력자들 중에서 많은 숫자가 크라딧이 되어 버렸기 때문이다.

거기다가 그 뒤로는 각 국가마다 흩어져 있는 파란색 등급의 천공기사들이 하나로 뭉쳐서 이면공간 사냥을 할 수 있는 여건이 되지 못했다. 현실에 나타난 몬스터들을 상대하기 위해서 각국마다 비상이 걸린 상황에서 실력 있는 천공기사를 밖으로 보내긴 어려웠던 것이다.

그런 탓에 그나마 있던 파란색 등급의 에테르 주얼도 차근차근 소비가 되면서 수가 줄어드는 상황이라 가격이 무척 상승해 있었다.

"정말 이 통행증을 구할 정도의 숫자면 엄청난데? 그걸로 왜 통행증을 구해 온 거야?"

재한이 이해가 되지 않는다는 표정으로 세현에게 물었다.

"넌 이거 하나가 파란색 에테르 주얼 세 개 이상의 값어치가 없다고 생각 하냐? 난 이거 하나면 파란색 에테르 주얼 열 개는 받을 수 있다고 생각하는데?"

"뭐?"

"이전에는 천공기를 개조해야만 했어. 그래야 이면공간 통로를 이용할 수 있었지. 지금 크라딧 놈들이 그런 방식을 쓰고 있고. 물론 그렇게 개조를 하면 현실로 다시 돌아올 수가 없지."

"그런데?"

"이건 우리 천공기사들이 이면공간 통로를 이용할 수 있게 해주는 거야. 그리고 현실로 다시 돌아올 수 있다는 장점이 있지."

"그래도 난 파란색 등급의 에테르 주얼이 더 가치가 있는 것 같다. 아직까지 이건 우리에겐 별로 쓸모가 없어. 이면공간을 자유롭게 여행할 수 있다는 것은 꽤나 매력적이지만, 그 이상의 쓸모는 없는 것 같아."

나비가 냉정하게 통행증이라고 하는 것에 대한 평가를 내렸다.

"난!"

세현의 목소리에 힘이 실렸다.

세 사람의 시선이 세현에게로 자연스럽게 몰렸다.

"이면공간에 나만의 세상을 만들어 볼 생각이야."

"음? 뭐?"

"그건 또 무슨 황당한 소리?"

"뭔가 있군?"

재한과 나비, 종국이 순서대로 반응을 보였다.

"이번에 알게 된 건데, 이면공간은 성장이 가능하다고 하더라."

"성장? 이면공간이?"

"그래. 에테르 코어를 이용해서 성장시키는 것이 가능하다더군. 그 이면공간의 핵인 에테르 코어에 다른 에테르 코어를 흡수시키는 방법으로 말이야. 이번에 그렇게 성장시켜서 파란색 이면공간이 된 곳을 다녀왔지."

세현은 돌비틀 이면공간을 떠올리며 말했다.

"넌 현실에는 별로 관심이 없는 모양이네?"

재한이 세현을 보며 물었다.

"현실과 이면공간의 구별이 별로 필요 없는 상황이잖아. 여기도 몬스터가 날뛰는데 어디가 이면공간이고, 어디가 이면공간이 아니라는 것이 무슨 의미가 있지?"

"그래서 차라리 새로운 이면공간을 개척하겠다고?"

"여기보단 힘을 기르기가 좋지 않겠어? 물론 지금은 여기 있는 통행증이 전부지만, 앞으로 점점 키워 나가야지."

"도대체 왜 그런 생각을 한 거야?"

세현이 이면공간을 개척하고 확장시키겠다는 포부를 밝히자 재한은 도무지 이해가 되지 않는 표정으로 물었다.

"처음에는 형 때문이었지. 아니, 정확하게는 형의 실종 후에 내게 닥친 여러 상황을 나는 이해하기 어려웠어."

"알아. 거의 모든 재산이 몰수되었다고 했잖아."

"거기다가 감시도 붙었지. 이유는 아직도 잘 모르지만 뭐 그런 거겠지. 형이 가지고 갔다는 그 자료들이 혹시 나에게 있을까 생각했을 수도 있고, 아니면 또 다른 뭔가가 있을 수도 있고."

"그래서?"

"어쨌거나 지금은 정권도 바뀌었고, 천공 길드도 크라딧이 되어서 이면공간으로 사라졌어."

"그래, 그거야 모두 아는 이야기고."

"그런데 중요한 건 지난 일에 대한 어떤 조치도 없다는 거야.

태극 길드 마스터가 당시에 여러 복잡한 문제가 있었다고 했지만, 그래도 분명 잘못한 놈들은 있거든."

"그래, 있겠지. 태극 길드 마스터의 말을 다 믿는다고 하면 진강현 천공기사님도 당시에는 불법을 저지르고 사라진 거지만, 그럴 수밖에 없는 상황을 만든 것은 당시의 정치인들과 천공 길드, 그리고 여러 기업들이 힘을 합친 것이니까."

"그래, 난 뭔가 적절한 조치가 있어야 한다고 생각했어. 그런데 현실은 그렇지 않았어."

"하지만 지금 상황이 그렇잖아. 세상이 온통 몬스터 때문에 어지럽다고. 그런 때에 지난 일을 바로잡겠다고 일을 벌일 여력이 없잖아."

나비가 세현의 불만에 대해서 어쩔 수 없는 상황이라고 변명을 내 놓았다.

"그럴까? 뭐 그럴 수도 있겠지. 일을 하나하나 파헤치면 너무 큰 덩어리가 나올지도 모르니까. 쉽게 끝날 일은 아니겠지. 그러니까 내가 나서보려는 거야."

"그 방법이 이면공간에서 세력을 키우는 거란 말이야?"

"그래."

세현이 재한의 물음에 단호하게 답했다.

"그런데 그게 쉽겠냐? 일단 천공기사들을 모아서 네 휘하에 둬야 하는 거잖아. 겨우 통행증 몇 개로 이룰 수 있는 일이 아닐 텐데?"

"맞아. 세현이 네가 하려는 일에는 사람들이 많이 필요하다고.

배반의 크리스마스 실험처럼 사람들을 가득 모아두고 그들 모두를 이면공간으로 데리고 가지 않은 이상, 언제 천공기사들을 모아서 세력을 키워?"

"그렇지. 그러려면 차라리 현실에서 하는 것이 좋지. 천공기사들이라고 가족이 없는 것이 아니라고. 그들을 끌어들이려면 가족까지 함께할 수 있는 여건이 되어야지. 네가 말하는 이면공간 개척은 그런 면에서 리스크가 너무 크다고."

세 사람 모두 세현의 계획에 허점이 많다고 지적하고 나섰다.

"그래. 듣고 보니 성급하긴 했네. 하지만 이면공간을 성장시킬 수 있다는 사실을 생각하면 이면공간에 교두보를 만드는 것은 무척 중요해."

"그래도 이건 네가 잘못 생각한 거야. 이면공간에 교두보를 만들건 뭘 만들건 지구와 연결된 이면공간에 만들면 안 되냐? 그걸 성장시켜서 크게 만들고, 현실과 밀접한 연계를 만들어야지. 그래야 현실에서도 네가 원하는 바를 이룰 수 있을 테고 말이야."

세현이 한 발 물러서자 재한도 더는 타박하지 않고 세현에게 도움이 될 수 있는 조언을 해주었다.

"아, 그럼 당연히 그런 이면공간은 핀 포인트 이면공간이어야 되겠네? 일단은 비밀을 지키기도 좋고 만약의 경우 방어를 하기도 좋을 테니까 말이야."

나비도 의견을 보탰다.

핀 포인트 이면공간은 이면공간을 들어가는 입구가 무척 좁은 곳을 말한다. 천공 길드의 미스릴 광산이 있는 곳이 바로 그런

예에 속한다.

"거기다가 이종족도 없어야지. 스페셜 필드는 안 된다는 거지. 또 사람 살기에 좋은 환경이어야 한다는 것도 잊으면 안 되고."

한종국도 질 수 없다는 듯이 조언을 보탰다.

"역시 사람들이 많으니까 생각하는 범위가 다르구나. 이렇게 되면 내가 너무 생각 없이 일을 저지른 건가?"

세현이 뒷머리를 긁었다.

"그건 아니지. 이면공간에서 다른 이면공간으로 이동하는 것이 가능하다면 근거지로 삼은 이면공간과 연결되는 다른 이면공간들을 파악하는 건 무척 중요할 테니까 말이야."

재한이 세현이 가지고 온 통행증이 그나마 무용한 것은 아니라는 위로를 해주었다.

"그럼 뭐야? 그런 이면공간을 찾아야 한다는 거야?"

나비가 한종국을 보며 물었다.

"우리나라에 빨간색 등급의 이면 공간이 얼마나 많은지 알아? 거기에 주황색, 노란색까지도 꽤나 많다고. 하지만 그것들을 모두 살펴도 조건에 맞는 것을 찾기는 쉽지 않을 걸?"

"야, 세현. 너희 형의 다이어리에 뭐 특별한 이면공간에 대한 것은 없냐?"

한종국의 대답에 재한이 뭔가 치트키라고 바라는 눈빛으로 세현을 보며 물었다.

"초록색까지는 다 살펴봤지만 방금 이야기했던 조건을 모두 만족하는 곳은 없어."

"그래? 아쉽네."

"그러게?"

재한과 한종국이 그렇게 아쉬움을 표할 때, 나비가 뭔가 생각이 났다는 듯이 번쩍 손을 들고 소리를 질렀다.

"있다, 있어! 그런 장소가 하나 있어!"

"어? 있다고? 그런 곳이?"

세현도 깜짝 놀라서 물었다.

"거 있잖아. 우리가 처음 만났던 곳."

"처음 만났던 곳이면 포레스타 종족이 있던 이면공간?"

"그래, 바로 거기!"

세현이 반문에 나비가 목소리를 높였다.

"하지만 스페셜 필드는 제외하기로 한 거 아냐?"

한종국이 나비에게 조심스럽게 말했다.

"아이 참, 결국에는 포레스타 종족이 다른 곳을 마을을 옮기기로 했었잖아. 천공 애들이 워낙 밉보여서 그렇게 된 거지만."

"아, 기억났다. 드리스가 그랬지? 마을을 옮겨 버리겠다고."

재한도 생각이 났다는 듯이 무릎을 쳤다.

"맞아. 그러니까 거기를 확인해 보고 만약 거기가 비어 있으면 어떻게든 거기로 들어가는 입구가 있는 연구소 부지를 확보해서 우리가 차지하는 거야. 음. 어때?"

나비가 오랜만에 한 건 했다는 표정으로 일행들을 둘러보며 물었다.

"그거 나쁘지 않네. 그런데 그 연구소, 지금 어떤 상태지?"

재한이 스마트폰으로 검색을 하며 중얼거렸다.

"아, 여기 있네. 그거 지금 국가로 귀속되어서 국가 기관에서 사용하고 있다고 나오는데?"

"국가 기관? 어디?"

세현이 물었다.

"태극."

재한이 멀뚱한 표정으로 세현을 보며 대답했다.

"또 그쪽 길드 마스터를 만나야 하나? 그런데 뭐라고 하고 만나지?"

"그보다 세현이 너, 그런데 여기 어떻게 나온 거야? 광산 필드를 통해서 나왔으면 태극에서 이미 알고 있는 거 아냐?"

나비가 뭔가 이상하다는 표정으로 물었다.

세현은 '팥쥐'에 대해서 이야기를 할 수 없는 입장이라 어설픈 웃음만 지었다.

"아하하하…."

『천공기』 3권에 계속…